中国诗词大汇 品读醉美

言情诗词

李懂懂 编著

中国言实出版社

图书在版编目（CIP）数据

品读醉美言情诗词 / 李懂懂编著. -- 北京 : 中国言实出版社, 2021.11

ISBN 978-7-5171-3894-5

Ⅰ. ①品… Ⅱ. ①李… Ⅲ. ①古典诗歌–诗歌欣赏–中国 Ⅳ. ①I207.2

中国版本图书馆CIP数据核字(2021)第190283号

品读醉美言情诗词

责任编辑：郭江妮
责任校对：敖　华

出版发行：中国言实出版社
地　址：北京市朝阳区北苑路180号加利大厦5号楼105室
邮　编：100101
编辑部：北京市海淀区花园路 6 号院 B 座 6 层
邮　编：100088
电　话：64924853（总编室）　64924716（发行部）
网　址：www.zgyscbs.cn　E-mail：zgyscbs@263.net

经　　销：新华书店
印　　刷：北京市兴怀印刷厂
版　　次：2022年 8 月第 1 版　2022年 8 月第 1 次印刷
规　　格：850毫米×1168毫米　1/32　7.5印张
字　　数：224千字

定　　价：42.80元
书　　号：ISBN 978-7-5171-3894-5

前言

优秀的诗词是我们中华民族传统文化的精粹，也是中华儿女引以为豪的瑰宝。我们伟大的祖国在悠久的历史长河中，造就了一个闻名世界的诗国。从《诗经》《楚辞》到汉乐府民歌，从魏晋诗歌到唐诗、宋词、元曲，无数诗人在祖国灵山秀水的孕育下，写下了一首首脍炙人口的诗篇。

看那优美的词句、听那和谐的音韵，或激励人奋发图强，或诉说爱情的悲欢离合，或追忆流金岁月，或赞美清幽的田园生活、山川田野的秀美景色；时而悲壮苍凉，时而清新优美，时而幽默风趣，时而沉郁激愤……内容五彩缤纷，情感细腻真挚。一首首诗词就像夜空中璀璨的星儿不断把光明洒向人间，驱散我们内心的迷惘，照亮我们的前程，这怎能不让我们为之震撼？怎能不让我们为之心动？

诵读经典诗词是中华民族的优良传统，对陶冶情操，开拓视野，继承古代优秀的文化遗产，提高文化修养、审美能力、想象能力和读写能力，都具有相当重要的作用。为此，我们在浩如烟海的中国诗词中精心选录了千余首，并按爱国、励志、怀古、思乡、登临、田园、言情、友谊、童趣等9个主题分为9册，更方便读者有针对性的选读。每册除了将诗词原汁原味地呈献给大家外，还增设了注释、作者名片、译文、赏析等四个板块，旨在让读者更准确、更深入地掌握这些诗词的内涵和特色。

在人类文明史上，爱情是一个永恒的主题，而表现这个主题最为精练的文学形式便是爱情诗。古往今来，不乏脍炙人口、感人肺腑的爱情诗歌精品，并且拥有大量的读者，在中国或者外国都是如此。本册将为您呈现许多闪光的爱情诗篇。

爱情没有模式。有欢乐的爱情也有痛苦的爱情，有轻松的爱情也有压抑的爱情，有明朗的爱情也有迷离的爱情……爱情多姿多彩，使得书中这一首首闪光的爱情诗篇仿佛在我们眼前织出了一片随风舞动的望不到边又如梦如幻的彩纱。

你能否在这梦幻的世界中看到属于自己的那份美丽爱情呢？

目录

夜雨寄北[1]

【唐】李商隐

君[2]问归期[3]未有期，

巴山夜雨涨秋池。

何当共剪西窗烛，

却话巴山夜雨时。

注释

①寄北：写诗寄给北方的人。诗人当时在巴蜀（现四川省），他的亲友在长安，所以说“寄北”。这首诗表达了诗人对亲友的深刻怀念。

②君：对对方的尊称，等于现代汉语中的“您”。

③归期：指回家的日期。

作者名片

李商隐（约813—约858），字义山，号玉溪（谿）生、樊南生，唐代著名诗人，祖籍河内沁阳（今河南省焦作市），出生于郑州荥阳。他擅长诗歌写作，骈文文学价值也很高，是晚唐最出色的诗人之一，和杜牧合称“小李杜”，与温庭筠合称为“温李”，因诗文与同时期的段成式、温庭筠风格相近，且三人都在家族里排行第十六，故并称为“三十六体”。作品收录于《李义山诗集》。

译文

你问我回家的日期，归期难定，今晚巴山下着大雨，雨水已涨满秋池。

什么时候我们才能一起秉烛长谈，相互倾诉今宵巴山夜雨中的思念之情。

赏析

《夜雨寄北》中“北”就是北方的人，可以指妻子，也可以指朋友。有人经过考证，认为它作于作者的妻子王氏去世之后，因而不是“寄内”诗，而是写赠长安友人的。但从诗的内容看，按“寄内”理解，似乎更确切一些。

第一句一问一答，先停顿，后转折，跌宕有致，极富表现力。“你问我回家的日期，回家的日期还没个具体时间。”其羁旅之愁与不得归之苦，已跃然纸上。接下来写了眼前的景色：“巴山夜雨涨秋池”，那已经跃然纸上的羁旅之愁与不得归之苦，便与夜雨交织，绵绵密密，淅淅沥沥，涨满秋池，弥漫于巴山的夜空。然而此愁此苦，只是借眼前景色而自然显现；作者并没有说什么愁，诉什么苦，却从这眼前景色生发开去，驰骋想象，另辟新境，表达了“何当共剪西窗烛，却话巴山夜雨时”的愿望。其构思之奇，真有点出人意料。然而设身处地，又觉得情真意切，字字如从肺腑中自然流出。“何当”（何时能够）这个表示愿望的词，是从“君问归期未有期”的现实中迸发出来的；“共剪……”“却话……”，乃是由当前苦况所激发的对于未来欢乐的憧憬。盼望归后“共剪西窗烛”，则此时思归之切，不言而喻。盼望他日与妻子团聚，“却话巴山夜雨时”，则此时“独听巴山夜雨”而无人共语，也不言可知。独剪残烛，夜深不寐，在淅淅沥沥的巴山秋雨声中阅读妻子询问归期的信，而归期无准，其心境之郁闷、孤寂，是不难想见的。作者却跨越这一切去写未来，盼望在重聚的欢乐中追话今夜的一切。于是，未来的乐，自然反衬出今夜的苦；而今夜的苦又成了未来剪烛夜话的材料，增添了重聚时的乐。四句诗，明白如话，却何等曲折，何等深婉，何等含蓄隽永，余味无穷！

相　思①

【唐】王维

红豆②生南国，
春来发几枝③。
愿君多采撷④，
此物最相思⑤。

注释

①相思：题一作“相思子”，又作“江上赠李龟年”。

②红豆：又名相思子，一种生在江南地区的植物，结出的籽像豌豆而稍扁，呈鲜红色。

③“春来”句：一作“秋来发故枝”。

④“愿君”句：一作“劝君休采撷”。采撷（xié）：采摘。

⑤相思：想念。

作者名片

王维（701—761，一说699—761），字摩诘，汉族，河东蒲州（今山西运城）人，祖籍山西祁县，唐朝诗人，有“诗佛”之称。苏轼评价其：“味摩诘之诗，诗中有画；观摩诘之画，画中有诗。”开元九年（721）中进士，任太乐丞。王维是盛唐诗人的代表，今存诗400余首，重要诗作有《相思》《山居秋暝》等。王维精通佛学，受禅宗影响很大。佛教有一部《维摩诘经》，是王维名和字的由来。王维诗、书、画都很有名，多才多艺，音乐也很精通。与孟浩然合称“王孟”。

译文

红豆生长在阳光明媚的南方，每逢春天不知长多少新枝。

希望思念的人儿多多采摘，因为它最能寄托相思之情。

赏析

这是借咏物而寄相思的诗，是眷怀友人之作。起句因物起兴，语虽单纯，却富于想象；接着以设问寄语，意味深长地寄托情思；第三句暗示珍重友谊，表面似乎嘱人相思，背面却深寓自身相思之重；最后一语双关，既切中题意，又关合情思，妙笔生花，婉曲动人。全诗情调健美高雅，怀思饱满奔放，语言朴素无华，韵律和谐柔美。可谓绝句中的上乘佳品。

第三句寄意对方“多采撷”红豆，言在此而意在彼。以采撷植物来寄托怀思的情绪，是古典诗歌中常见的手法，如汉代古诗“涉江采芙蓉，兰泽多芳草，采之欲遗谁？所思在远道”即著例。“愿君多采撷”似乎是说：“看见红豆，想起我的一切吧。”暗示远方的友人珍重友谊，语言恳挚动人。这里只用相思嘱人，而自己的相思则见于言外。用这种方式透露情怀，婉曲动人，语意高妙。宋人编《万首唐人绝句》，此句“多”字作“休”。用“休”字反衬离情之苦，因相思转怕相思，当然也是某种境况下的人情状态。用“多”字则表现了一种热情饱满、一往情深的健美情调。此诗情高意真而不伤纤巧，与“多”字关系甚大，故“多”字比“休”字更好。

最后一句“此物最相思”只因红豆是最能表达相思之物。中国人常说，睹物思人。这“物”可能是他吃过的、穿过的，也可能是他看过的、听过的；可能是他喜欢的，也可能是他厌恶的。只要是与他有关系的，哪怕只有一丝关联，都能激起思念者敏感的神经。诗人所希望的，是友人每每看见这最能代表相思之意的红豆，就能想起正在相思的“我”、正在思念“你”的“我”。从诗人对朋友的深切叮咛中，我们看到了诗人自己深重的相思之意。正是诗人对朋友的满心思念，才使他希望朋友亦如此。用这种方式表露情怀，语意高妙，深挚动人。

全诗洋溢着少年的热情，青春的气息，满腹情思始终未曾直接表白，句句话不离红豆，而又“超以象外，得其环中”，把相思之情表达得入木三分。它“一气呵成，亦须一气读下”，极为明快，却又委婉含蓄。在生活中，最情深的话往往朴素无华，自然入妙。王维很善于提炼这种素朴而典型的语言来表达深厚的思想感情。所以此诗语浅情深，当时就成为流行名歌是毫不奇怪的。

春江花月夜

【唐】张若虚

春江潮水连海平，
海上明月共潮生。
滟滟[1]随波千万里，
何处春江无月明！
江流宛转绕芳甸[2]，
月照花林皆似霰[3]。
空里流霜[4]不觉飞，
汀[5]上白沙看不见。
江天一色无纤尘[6]，
皎皎空中孤月轮[7]。
江畔何人初见月？
江月何年初照人？
人生代代无穷已[8]，
江月年年只相似。
不知江月待何人，
但见[9]长江送流水。
白云一片去悠悠[10]，

注释

①滟（yàn）滟：波光荡漾的样子。

②芳甸（diàn）：芳草丰茂的原野。甸，郊外之地。

③霰（xiàn）：天空中降落的白色不透明的小冰粒。形容月光下春花晶莹洁白。

④流霜：飞霜，古人以为霜和雪一样，是从空中落下来的，所以叫流霜。在这里比喻月光皎洁，月色朦胧、流荡，所以不觉得有霜霰飞扬。

⑤汀（tīng）：水边平地，小洲。

⑥纤尘：微细的灰尘。

⑦月轮：指月亮，因为月圆时像车轮，所以称为月轮。

⑧穷已：穷尽。

⑨但见：只见、仅见。

⑩悠悠：渺茫、深远。

青枫浦[11]上不胜愁。
谁家今夜扁舟子[12]？
何处相思明月楼[13]？
可怜楼上月徘徊[14]，
应照离人[15]妆镜台。
玉户[16]帘中卷不去，
捣衣砧[17]上拂还来。
此时相[18]望不相闻[19]，
愿逐月华[20]流照君。
鸿雁长飞光不度，
鱼龙潜跃水成文[21]。
昨夜闲潭[22]梦落花，
可怜春半不还家。
江水流春去欲尽，
江潭落月复西斜。
斜月沉沉藏海雾，
碣石潇湘无限路[23]。
不知乘月[24]几人归，
落月摇情[25]满江树。

⑪青枫浦：地名，今湖南浏阳市境内有青枫浦。这里泛指游子所在的地方。暗用《楚辞·招魂》“湛湛江水兮上有枫，目极千里兮伤春心”句意，隐含离别之意。

⑫扁舟子：飘荡江湖的游子。扁舟，小舟。

⑬明月楼：月夜下的闺楼。这里指闺中思妇。

⑭月徘徊：指月光偏照闺楼，徘徊不去，令人不胜其相思之苦。

⑮离人：此处指思妇。妆镜台：梳妆台。

⑯玉户：形容楼阁华丽，以玉石镶嵌。

⑰捣衣砧（zhēn）：捣衣石，捶布石。

⑱相：一作“只”。

⑲相闻：互通音信。

⑳逐：追随。月华：月光。

㉑文：同“纹”。

㉒闲潭：幽静的水潭。

㉓碣（jié）石潇湘：碣石，山名，在渤海边上。潇湘，湘江与潇水，在今湖南。这里两个地名一南一北，暗指路途遥远，相聚无望。无限路：极言离人相距之远。

㉔乘月：趁着月光。

㉕摇情：激荡情思，犹言牵情。

作者名片

张若虚（约660—约720），唐代诗人。扬州（今属江苏）人。曾任兖州兵曹。生卒年、字号均不详。事迹略见于《旧唐书·贺知章传》。中宗神龙（705—707）中，与贺知章、贺朝、万齐融、邢巨、包融俱以文辞俊秀驰名于京都，与贺知章、张旭、包融并称“吴中四士”。玄宗开元时尚在世。张若虚的诗仅存二首于《全唐诗》中。其中《春江花月夜》是一篇脍炙人口的名作，它沿用陈隋乐府旧题，抒写真挚动人的离情别绪及富有哲理意味的人生感慨，语言清新优美，韵律婉转悠扬，洗去了宫体诗的浓脂艳粉，给人以澄澈空明、清丽自然的感觉。

译文

春天的江潮水势浩荡，与大海连成了一片，一轮明月从海上升起，好像与潮水一齐涌出来。

月光照耀着春江随着波浪荡漾千万里，所有地方的春江都有明亮的月光。

江水曲曲折折地绕着花草丛生的原野流淌，月光照射着开遍鲜花的树林好像细密的雪珠在闪烁。

月色如霜所以霜飞无从觉察，洲上的白沙和月色融合在一起看不分明。

江水和天空变成了一种颜色没有一点儿微小的灰尘，明亮的天空中悬挂着一轮孤月。

江边上是什么人最先看见了月亮？江上的月亮在哪一年最先照耀到人们？

人生一代一代地无穷无尽，而江上的月亮一年一年地总是相似。

不知道江上的月亮在等待着什么人，只见长江不断地运送着流水。

游子像一片白云缓缓地离去，只剩下思妇站在离别的青枫浦上不胜忧愁。

谁家的游子今晚坐着小舟在漂荡？什么地方有人在明月照耀的楼上相思？

可怜楼上不停移动的月光，应该照耀在离人的梳妆台上。

月光照进思妇的门帘卷不走，照在她的捣衣砧上拂不掉。

这时互相望着月亮可是不能互通音信，我希望追随着月光去照耀着您。

鸿雁不停地飞翔而不能飞出无边的月光，月照江面，鱼龙在水中跳跃激起阵阵波纹。

昨天夜里梦见花落闲潭，可惜的是春天已过了一半自己却还不能回家。

江水带着春光将要流尽，水潭上的月亮又要西落。

斜月慢慢下沉藏在海雾里，碣石与潇湘的离人距离无限遥远。

不知道有几人能趁着月光回家，唯有那西落的月亮摇荡着离情洒满了江边的树林。

赏析

被闻一多先生誉为“诗中的诗，顶峰上的顶峰”（《宫体诗的自赎》）的《春江花月夜》，一千多年来使无数读者为之倾倒。一生仅留下两首诗的张若虚，也因这一首诗，“孤篇横绝，竟为大家”。

此诗沿用陈隋乐府旧题，运用富有生活气息的清丽之笔，以月为主体，以江为场景，描绘了一幅幽美邈远、惝恍迷离的春江月夜图，抒写了游子思妇真挚动人的离情别绪以及富有哲理意味的人生感慨，

创造了一个深沉、寥廓、宁静的境界。全诗共三十六句，每四句一换韵，通篇融诗情、画意、哲理为一体，意境空明，想象奇特，语言自然隽永，韵律婉转悠扬，洗净了六朝宫体的浓脂腻粉，具有极高的审美价值，素有“孤篇盖全唐”之誉。

诗人入手擒题，一开篇便就题生发，勾勒出一幅春江月夜的壮丽画面：江潮连海，月共潮生。这里的“海”是虚指。江潮浩瀚无垠，仿佛和大海连在一起，气势宏伟。这时一轮明月随潮涌生，景象壮观。一个“生”字，就赋予了明月与潮水活泼的生命。月光闪耀千万里之遥，哪一处春江不在明月朗照之中！江水曲曲弯弯地绕过花草遍生的春之原野，月色泻在花树上，像撒上了一层洁白的雪。诗人真可谓是丹青妙手，轻轻挥洒一笔，便点染出春江月夜中的奇异之“花”。同时，又巧妙地缴足了“春江花月夜”的题面。诗人对月光的观察极其精微：月光荡涤了世间万物的五光十色，将大千世界浸染成梦幻一样的银灰色。因而“流霜不觉飞”“白沙看不见”，浑然只有皎洁明亮的月光存在。细腻的笔触，创造了一个神话般美妙的境界，使春江花月夜显得格外幽美恬静。这八句，由大到小，由远及近，笔墨逐渐凝聚在一轮孤月上了。

“不知江月待何人，但见长江送流水”，这是紧承上一句的“只相似”而来的。人生代代相继，江月年年如此。一轮孤月徘徊中天，像是等待着什么人似的，却又永远不能如愿。月光下，只有大江急流，奔腾远去。随着江水的流动，诗篇遂生波澜，将诗情推向更深远的境界。江月有恨，流水无情，诗人自然地把笔触由上半篇的大自然景色转到了人生图像，引出下半篇男女相思的离愁别恨。

“白云”四句总写在春江花月夜中思妇与游子的两地思念之情。“白云”“青枫浦”托物寓情。白云飘忽，象征“扁舟子”的行踪不定。“青枫浦”为地名，但“枫”“浦”在诗中又常用为感别的景物、处所。“谁家”“何处”二句互文见义，正因不止一家、一处有离愁别恨，诗人才提出这样的设问，一种相思，牵出两地离愁，一往一复，诗情荡漾，曲折有致。

最后八句写游子，诗人用落花、流水、残月来烘托他的思归之情。"扁舟子"连做梦也念念归家——花落幽潭，春光将老，人还远隔天涯，情何以堪！江水流春，流去的不仅是自然的春天，也是游子的青春、幸福和憧憬。江潭落月，更衬托出他凄苦的寂寞之情。沉沉的海雾隐遮了落月；碣石、潇湘，天各一方，道路是多么遥远。"沉沉"二字着重渲染了他的孤寂；"无限路"也就无限地加深了他的乡思。他思忖：在这美好的春江花月之夜，不知有几人能乘月归回自己的家乡！他那无着无落的离情，伴着残月之光，洒满在江边的树林之上……

"落月摇情满江树"，这结句的"摇情"——丝丝缕缕的思念之情，将月光之情、游子之情、诗人之情交织成一片，洒落在江树上，也洒落在读者心上，情韵袅袅，摇曳生姿，令人心醉神迷。

《春江花月夜》在思想与艺术上都超越了以前那些单纯模山范水的景物诗，"羡宇宙之无穷，哀吾生之须臾"的哲理诗，抒儿女别情离绪的爱情诗。诗人给这些屡见不鲜的传统题材，注入了新的含义，融诗情、画意、哲理为一体，凭借对春江花月夜的描绘，尽情赞叹大自然的奇丽景色，讴歌人间纯洁的爱情，把对游子思妇的同情心扩大开来，与对人生哲理的追求、对宇宙奥秘的探索结合起来，从而汇成一种情、景、理水乳交融的幽美而邈远的意境。诗人将深邃美丽的艺术世界特意隐藏在惝恍迷离的艺术氛围之中，整首诗篇仿佛笼罩在一片空灵而迷茫的月色里，吸引着读者去探寻其中美的真谛。

离思五首·其四

【唐】元稹

曾经①沧海难为②水，
除却③巫山不是云。
取次花丛懒回顾，
半缘修道半缘君。

注释

①曾经：曾经到临。经：经临，经过。

②难为：这里指"不足为顾""不值得一观"的意思。

③除却：除了，离开。这句意思为：相形之下，除了巫山，别处的云便不称其为云。此句与前句均暗喻自己曾经接触过的一段恋情。

作者名片

元稹（779—831），字微之，别字威明，唐洛阳人（今河南洛阳）。父元宽，母郑氏。为北魏宗室鲜卑族拓跋部后裔，是什翼犍之十四世孙。早年和白居易共同提倡“新乐府”。世人常把他和白居易并称“元白”。

译文

经历过波澜壮阔的大海，别处的水再也不值得一观。陶醉过巫山云雨的梦幻，别处的风景就不称之为云雨了。

即使身处万花丛中，我也懒得回头顾盼。一半是因为修道人清心寡欲，一半是因为曾经拥有过你。

赏析

《离思五首·其四》中“曾经沧海难为水，除却巫山不是云”表面上是说看过“沧海水”“巫山云”之后，其他地方的水和云已经很难再入诗人的眼底了，实际上隐喻他们夫妻之间的感情有如沧海之水和巫山之云，其深广和美好是无与伦比的——除爱妻之外，再没有能让诗人动心的女子了。诗人借“沧海水”“巫山云”这世间绝美的景象，表达了自己对爱妻坚贞不渝的感情，表现了夫妻昔日的美好感情。“曾经沧海难为水，除却巫山不是云”，意境深远、意蕴颇丰，情感炽烈却又含蓄蕴藉，成为人们喜欢借用的一副联语，后来不仅用来表达爱情深厚坚贞永固，还常被人们用来形容阅历丰富而眼界极高。这首诗也从客观上进一步提升了人们对沧海之水巫山之云的认识。

“难为水”“不是云”，情语也。这固然是元稹对妻子的偏爱之词，但像他们那样的夫妻感情，也确乎是很少有的。元稹在《遣悲怀》诗中有生动描述。因而第三句说自己信步经过“花丛”，懒于顾视，表示他对女色绝无眷恋之心了。

“取次花丛懒回顾，半缘修道半缘君”。第三句以花喻人，即使走进百花盛开、清馨四溢的花丛里，也懒于回首，无心去欣赏那些映入眼帘的盛开的花朵，表示对女色绝无留恋眷顾之心。第四句承上“懒回顾”的原委，含蓄地说：由于他看破红尘而修道导致失去心爱的人，再不会动心于其他的芳草繁花。“修道”也可以理解为一种修身、修德、治学的自我操守。“半缘修道”“半缘君”所表现的忧思之情，完全是一致的，这样写更觉意蕴深厚。

元稹这首绝句，不但取譬极高，抒情强烈，而且用笔极妙。前两句以极致的比喻写怀旧悼亡之情，“沧海”“巫山”，词意豪壮，有悲歌传响、江河奔腾之势。后面，“懒回顾”“半缘君”，顿使语势舒缓下来，转为曲婉深沉的抒情。张弛自如，变化有致，形成一种跌宕起伏的旋律。而就全诗情调而言，它言情而不庸俗，瑰丽而不浮艳，悲壮而不低沉，创造了唐人悼亡绝句中的绝胜境界。“曾经沧海”二句尤其为人称颂。

竹枝词·山桃红花满上头

【唐】刘禹锡

山桃红花满上头①，
蜀江②春水拍山流。
花红易衰③似郎意，
水流无限似侬④愁。

注释

①山桃：野桃。上头：山头，山顶上。
②蜀江：泛指四川境内的河流。
③衰：凋谢。
④侬：我。

作者名片

刘禹锡（772—842），字梦得，汉族，中国唐朝彭城（今徐州）人，祖籍洛阳，唐朝文学家，哲学家，自称是汉中山靖王后裔，曾任监察御史，是王

叔文政治改革集团的一员。唐代中晚期著名诗人，有“诗豪”之称。他的家庭是一个世代以儒学相传的书香门第。政治上主张革新，是王叔文派政治革新活动的中心人物之一。后来永贞革新失败，被贬为朗州（今湖南常德）司马。据湖南常德历史学家、收藏家周新国先生考证刘禹锡被贬为朗州司马其间写了著名的“汉寿城春望”。

译文

春天鲜红的野桃花开满山头，蜀江的江水拍打着山崖向东流去。

容易凋零的桃花就像郎君的情意，这源源不断的江水就像我无限的忧愁。

赏析

这首诗是写一位深情女子在爱情受到挫折时的愁怨。这挫折乃是薄情郎的负心，这原是一个很古老的主题，而表现这个古老主题的这首小诗，其情景之浑化无迹，意境之高妙优美，却是罕见无比的。

头两句写眼前景色：“山桃红花满上头，蜀江春水拍山流。”上句写满山桃花红艳艳，下句写江水拍山而流，描写了水恋山的情景，这样的情景原是很美的，但对诗中的女子来讲，如此美景恰恰勾起了她的无限痛苦。

“花红易衰似郎意，水流无限似侬愁。”这两句是对景抒情，用的是两个比喻：花红易衰，正像郎君的爱情虽甜，但不久便衰落；而流水滔滔不绝，正好像自己的无尽愁苦。这两句形象地描绘出了这个失恋女子内心的痛苦。比喻贴切、动人，使人读了不禁为这个女子在爱情上的不幸遭遇而深受同情。南唐后主李煜的《虞美人》词：“问君能有几多愁，恰似一江春水向东流。”用江水比拟亡国之痛的深沉悠长，历来被人们称为写愁的名句，其实这正是从“水流无限似侬愁”一句脱胎而来的。

这首诗和前首诗一样，用的也是民歌常用的比兴手法，先写眼前水恋山的景象，然后再用它来做比喻，抒写愁绪，从而形象地描绘出人物的内心情感。全诗比喻新颖别致，形象感强。

江城子·乙卯[①]正月二十日夜记梦

【宋】苏轼

十年[②]生死两茫茫，不思量[③]，自难忘。千里[④]孤坟，无处话凄凉。纵使相逢应不识，尘满面，鬓如霜。

夜来幽梦忽还乡，小轩窗，正梳妆。相顾无言，惟有泪千行。料得年年肠断处，明月夜，短松冈。

注释

①乙卯：公元1075年，即北宋熙宁八年。
②十年：指结发妻子王弗去世已十年。
③思量：想念。
④千里：王弗葬地四川眉山与苏轼任所山东密州，相隔遥远，故称“千里”。

作者名片

苏轼（1037—1101）字子瞻、和仲，号铁冠道人、东坡居士，世称苏东坡、苏仙，汉族，眉州眉山（四川省眉山市）人，祖籍河北栾城，北宋著名文学家、书法家、画家，历史上的治水名人。苏轼是北宋中期文坛领袖，在诗、词、散文、书、画等方面取得很高成就。文纵横恣肆；诗题材广阔，清新豪健，善用夸张比喻，独

具风格，与黄庭坚并称“苏黄”；词开豪放一派，与辛弃疾同是豪放派代表，并称“苏辛”；散文著述宏富，豪放自如，与欧阳修并称“欧苏”，为“唐宋八大家”之一。苏轼善书，“宋四家”之一；擅长文人画，尤擅墨竹、怪石、枯木等。作品有《东坡七集》《东坡易传》《东坡乐府》《潇湘竹石图卷》《古木怪石图卷》等。

译文

你我夫妻诀别已经整整十年，强忍不去思念可终究难忘怀。孤坟远在千里之外，没有地方能诉说心中的悲伤凄凉。即使你我夫妻相逢怕是也认不出我来了，我四处奔波早已是灰尘满面两鬓如霜。

昨夜在梦中又回到了家乡，看见你正在小窗前对镜梳妆。你我二人默默相对，泪落千行。料想你年年都因我柔肠寸断，在那凄冷的月明之夜，在那荒寂的短松冈上。

赏析

中国文学史上，从《诗经》开始，就已经出现“悼亡诗”。从悼亡诗出现一直到北宋的苏轼开始写悼亡诗，这期间悼亡诗写得最有名的有西晋的潘岳和中唐的元稹。晚唐的李商隐亦曾有悼亡之作。他们的作品悲切感人。而用词写悼亡，是苏轼的首创。苏轼的这首悼亡之作与前人相比，它的表现艺术却另具特色。这首词是“记梦”，而且明确写了做梦的日子。但虽说是“记梦”，其实只有下片五句是记梦境，其他都是抒胸臆。

开头三句，排空而下，真情直语，感人至深。“十年生死两茫茫”，生死相隔，死者对人世是茫然无知了，而活着的人对逝者的感受也是这样的。恩爱夫妻，撒手永诀，时间飞逝，转瞬十年。“不思量，自难忘”，人虽亡故，而过去美好的情景“自难忘”。因为作者时至中年，那种共担忧患的夫妻感情，久而弥笃，是一时一刻都不能消除的。作者将“不思量”与“自难忘”并举，利用这两组看似矛盾的心态之间的张力，真实而深刻地揭示自己内心的情感。十年忌辰，触动人心的日子里，他不能“不思量”那聪慧明理的贤内助。往事蓦然来到心间，久蓄的情感潜流，忽如闸门大开，奔腾澎湃难以遏止。于是乎有梦，是真实而又自然的。

下片的头五句，才入了题开始“记梦”。“夜来幽梦忽还乡 ”写自己在梦中忽然回到了时常怀念的故乡，在那个两人曾共度甜蜜岁月的地方相聚、重逢。“小轩窗，正梳妆。”那小室，亲切而又熟悉，她情态容貌，依稀当年，正在梳妆打扮。这犹如结婚未久的少妇，形象很美，带出苏轼当年的闺房之乐。作者以这样一个常见而难忘的场景表达了爱侣在自己心目中的永恒的印象。夫妻相见，没有出现久别重逢、卿卿我我的亲昵，而是“相顾无言，惟有泪千行！”这正是东坡笔力奇崛之处，妙绝千古。“此时无声胜有声”，无声之胜，全在于此。别后种种从何说起，只有任凭泪水倾落。一个梦，把过去拉了回来，但当年的美好情景，并不存在。这是把现实的感受融入了梦中，使这个梦也令人感到无限凄凉。

结尾三句，又从梦境落回到现实上来。“料得年年肠断处，明月夜，短松冈。”料想长眠地下的爱侣，在这个年年伤逝的日子，因为眷恋人世、难舍亲人而柔肠寸断。推己及人，作者设想此时亡妻一个人在凄冷幽独的“明月”之夜的心境，可谓用心良苦。在这里作者设想死者的痛苦，以寓自己的悼念之情。最后这三句，意深，痛巨，余音袅袅，让人回味无穷。特别是“明月夜，短松冈”这句，凄清幽独，黯然魂销。这番痴情苦心实可感天动地。

这首词运用分合顿挫、虚实结合以及叙述、白描等多种艺术的表现方法，来表达作者怀念亡妻的思想感情，在对亡妻的哀思中又糅进自己的身世感慨，因而将夫妻之间的情感表达得深婉而真挚，使人读后无不为之动情而感叹哀婉。

御街行·秋日怀旧

【宋】范仲淹

纷纷坠叶飘香砌①。夜寂静，寒声碎②。真珠③帘卷玉楼空，天淡④银河垂地。年年今夜，月华⑤如练⑥，长是人千里。

愁肠已断无由醉，酒未到，先成泪。残灯明灭枕头欹，谙尽孤眠滋味。都来此事，眉间心上，无计相回避。

注释

①香砌：有落花的台阶。
②寒声碎：寒风吹动落叶发出的轻微细碎的声音。
③真珠：珍珠。
④天淡：天空清澈无云。
⑤月华：月光。
⑥练：白色的丝绸。

作者名片

范仲淹（989—1052），字希文，汉族，北宋著名的政治家、思想家、军事家、文学家，世称“范文正公”。范仲淹文学素养很高，写有著名的《岳阳楼记》。

译文

纷纷杂杂的树叶飘落在铺满残花的石阶上，寒夜一片寂静，只听见那寒风吹动落叶发出的轻微细碎的声音。珍珠的帘幕高高卷起，玉楼空空无人迹。夜色清淡，烁烁闪光的银河直垂大地。每年的今天的夜里，都能见到那如绸缎般的皎月，而心上人却远在千里之外。

愁肠已经寸断，想要借酒浇愁，也难以使自己沉醉。酒还未喝，却先化作了辛酸的眼泪。残灯闪烁，枕头歪斜，尝尽了孤眠滋味。这相思之苦，积聚在眉头，凝结在心间，实在没有办法可以回避。

赏析

此词是一首怀人之作，其间洋溢着一片柔情。上片描绘秋夜寒寂的景象，下片抒写孤眠愁思的情怀，由景入情，情景交融。

这里写“纷纷坠叶”，主要是诉诸听觉，借耳朵所听到的沙沙声响，感知到叶坠香阶的。“寒声碎”这三个字，不仅明说这细碎的声响就是坠叶的声音，而且点出这声响是带着寒意的秋声。由沙沙响而感知落叶声，由落叶而感知秋时之声，由秋声而感知寒意。这个“寒”字下得极妙，既是秋寒节候的感受，又是孤寒处境的感受，兼写物境与心境。

“真珠帘卷玉楼空”，空寂的高楼之上，卷起珠帘，观看夜色。这段玉楼观月的描写，感情细腻，色泽绮丽，有花间词人的遗风，更有一股清刚之气。

这里写玉楼之上，将珠帘高高卷起，环视天宇，显得奔放。“天淡银河垂地”，评点家视为佳句，皆因这六个字勾画出秋夜空旷的天宇，实不减杜甫“星垂平野阔”之气势。因为千里共月，最易引起相思之情，以月写相思便成为古诗词常用之意境。“年年今夜，月华如练，长是人千里”，写的也是这种意境，其声情顿挫，骨力遒劲。珠帘、银河、月色都写得奔放雄壮，深沉激越。

下片以一个“愁”字写酌酒垂泪的愁意，挑灯倚枕的愁态，攒眉揪心的愁容，形态毕肖。古来借酒解忧解愁成了诗词中常咏的题材。

范仲淹写酒化为泪，不仅反用其意，而且翻进一层，别出心裁，自出新意。他《苏幕遮》中就说：“酒入愁肠，化作相思泪。”这首词里说：“愁肠已断无由醉，酒未到，先成泪。”肠已愁断，酒无由入，虽未到愁肠，已先化泪。比起入肠化泪，又添一折，又进一层，愁更难堪，情更凄切。

范仲淹这里说“残灯明灭枕头欹”，室外月明如昼，室内昏灯如灭，两相映照，自有一种凄然的气氛。“谙尽孤眠滋味。”由于有前句铺垫，这句独白也十分入情，富有感人的力量。“都来此事”，算来这怀旧之事，是无法回避的，不是心头萦绕，就是眉头攒聚。古人写愁情，设想愁像人体中的“气”，气能行于体内体外，故或写愁由心间转移到眉上，或写由眉间转移到心上。范仲淹这首词则说“眉间心上，无计相回避。”两者兼而有之，比较全面，不失为入情入理的佳句。

酬①乐天②扬州初逢席上见赠③

【唐】刘禹锡

巴山楚水④凄凉地，
二十三⑤年弃置身。
怀旧空吟闻笛赋，
到乡翻似烂柯人。
沉舟侧畔千帆过，
病树前头万木春。
今日听君歌一曲，
暂凭杯酒长精神。

注释

①酬：答谢，酬答，这里是指以诗相答的意思。用诗歌赠答。
②乐天：指白居易，字乐天。
③见赠：送给（我）。
④巴山楚水：指四川、湖南、湖北一带。古时四川东部属于巴国，湖南北部和湖北等地属于楚国。刘禹锡被贬后，迁徙于朗州、连州、夔州、和州等边远地区，这里用“巴山楚水”泛指这些地方。
⑤二十三年：从唐顺宗永贞元年（805年）刘禹锡被贬为连州刺史，至宝历二年（826）冬应召，约22年。因贬地离京遥远，实际上到第二年才能回到京城，所以说23年。

译文

被贬谪到巴山楚水这些荒凉的地区，度过了二十三年沦落的光阴。

怀念故去旧友徒然吟诵闻笛小赋，久谪归来感到已非旧时光景。

翻覆的船只旁仍有千千万万的帆船经过，枯萎的树木前面也有万千林木欣欣向荣。

今天听了你为我吟诵的诗篇，暂且借这一杯美酒振奋精神。

赏析

《酬乐天扬州初逢席上见赠》是显示自己对世事变迁和仕宦升沉的豁达襟怀，表现了诗人的坚定信念和乐观精神，同时又暗含哲理，表明新事物必将取代旧事物。

诗的首联，便表现出作者不同凡响的抒情才能。刘禹锡因积极参加顺宗朝王叔文领导的政治革新运动而遭受迫害。在宦官和藩镇的联合反扑下，顺宗让位给宪宗，王叔文被杀，刘禹锡等被贬。他先贬到朗州（今湖南常德），再贬连州（今广东连州市），调夔州（今重庆奉节）、和州（今安徽和县），未离谪籍。朗州在战国时是楚地，夔州在秦、汉时属巴郡，楚地多水，巴郡多山，“巴山楚水”泛指贬地。刘禹锡没有直率倾诉自己无罪而长期遭贬的强烈不平，而是通过“凄凉地”和“弃置身”这些富有感情色彩的字句的渲染，让读者在了解和同情作者长期谪居的痛苦经历中，感觉到诗人的激愤心情，具有较强的艺术感染力。

诗的颔联，刘禹锡运用了两个典故。一是“闻笛赋”，指曹魏后期向秀的《思旧赋》。向秀与嵇康、吕安是好友，嵇康、吕安为司马氏杀害，向秀经过两人旧居时，听到邻人吹笛子，其声“慷慨”激昂，向秀感音而叹，写了《思旧赋》来表示对嵇康、吕安的怀念。另

一个是“烂柯人”，据《述异记》所载，晋人王质入山砍柴，见二童子对弈，他观棋至终局，发现手中的“柯”（斧头的木柄）已经朽烂了。王质下山，回到村里，才知道已经一百年过去了，同时代的人都已死尽。“怀旧”句表达了诗人对受害的战友王叔文等的悼念，“到乡”句抒发了诗人对岁月流逝，人事变迁的感叹。用典贴切，感情深沉。“乡”指洛阳。一本作“郡”，郡指扬州。扬州是当时淮南节度使的治所，而和州是隶属于淮南道的。

刘禹锡在这首诗中运用了层层递进的手法。首联，诗的第一层，先写自己无罪而长期被贬的遭遇，为全诗定下了愤激的基调。颔联，诗的第二层，通过对受害战友的悼念，以及自己回到故乡竟然恍如隔世的情景，使愤激之情进一步深化。颈联，诗的第三层，推开一步，对比了自己的沉沦与新贵的得势，诗人的愤激之情达到了顶点。尾联，诗的第四层，急转直下，表示并不消极气馁，要抖擞振奋，积极进取，重新投入生活，以自勉自励结束。层层深入，言简意深。愤激而不浅露，感慨而不低沉，惆怅而不颓废，堪称刘禹锡的代表作品。刘禹锡在这首诗中所表现的身经危难，百折不回的坚强毅力，给后人以莫大的启迪和鼓舞，所以古今传诵，交口称赞。

虞美人[①]·曲阑深处重相见

【清】纳兰性德

曲阑深处重相见，匀泪[②]偎人颤。凄凉别后两应同，最是不胜清怨[③]月明中。

半生已分孤眠过，山枕檀痕涴。忆来何事最销魂，第一折枝花样画罗裙。

注释

①虞美人：词牌名。此调原为唐教坊曲，初咏项羽宠姬虞美人，因以为名。又名《一江春水》《玉壶水》《巫山十二峰》等。双调，五十六字，上下片各四句，皆为两仄韵转两平韵。
②匀泪：拭泪。全句指在情人的怀中颤抖着擦拭眼泪。
③不胜清怨：指难以忍受的凄清幽怨。唐钱起《归雁》："二十五弦弹夜月，不胜清怨却飞来。"不胜：承受不了。清怨：凄清幽怨。

作者名片

纳兰性德（1655—1685），纳兰氏，字容若，号楞伽山人，满洲正黄旗人，清朝初年词人，原名纳兰成德，一度因避讳太子保成而改名纳兰性德。大学士明珠长子，其母为英亲王阿济格第五女爱新觉罗氏。

译文

当年在曲折的回廊深处，我再一次与你相逢。你抹掉泪水，颤抖着依偎在我怀里。分别之后，你我承受着相同的凄凉痛楚。每逢月圆，便因不能团圆而倍感伤心。

分别后只觉得半生孤苦，枕上早已泪痕点点。回忆起你最让我心动的一刻，是你那堪称第一的绘有折枝图样的彩色的罗裙。

赏析

由于作者的气质与秉性使然，所以即使内容为艳情，词作也往往会呈现出迥异的风格。早期花间词不仅内容空虚、意境贫乏，而且多追求辞藻的雕琢与色彩的艳丽，虽然词人多为男子，但他们写出来的文字却带着极浓重的脂粉气。纳兰的这一首《虞美人》虽然也写男女幽会，却在暧昧、风流之外多了几分清朗与凉薄。

发端二句“曲阑深处重相见，匀泪偎人颤”很明显出自于李煜在《菩萨蛮》中的“画堂南畔见，一向偎人颤”一句。小周后背着姐姐与后主在画堂南畔幽会，见面便相依相偎在一起，紧张、激动、兴奋之余难免娇躯微颤；纳兰词中的女子与情郎私会于“曲阑深处”，见面也拭泪啼哭。但细细品味，后主所用的“颤”字更多地展现出小周后的娇态万种、俏皮可人，而纳兰这一“颤”字，更多地展现出女子用情之深、悲戚之深，同用一字而欲表之情相异，不可谓不妙。

曲阑深处终于见到恋人，二人相偎而颤，四目相对竟不得“执手相看泪眼”，但接下来纳兰笔锋一转，这一幕原来只是回忆中的景象，现实中两个人早已“凄凉”作别，只能在月夜中彼此思念，忍受难耐的凄清与幽怨。夜里孤枕难眠，只能暗自垂泪，忆往昔最令人销魂心荡的，莫过于相伴之时，以折枝之法，依娇花之姿容，画罗裙之情事。

这首词首尾两句都是追忆，首句写相会之景，尾句借物映人，中间皆作情语，如此有情有景有物，又有尽而不尽之意，于凄凉清怨的氛围中叹流水落花易逝，孤清岁月无情，真是含婉动人，情真意切。

落　花

【宋】朱淑真

连理枝①头花正开，
妒花风雨便相催②。
愿教青帝④常为主，
莫遣纷纷点翠苔④。

注释

①连理枝：两棵树连生在一起，枝叶交缠。诗人常以之比喻夫妻恩爱。
②催：催促。
③愿：希望。青帝：传说中的春神，主管春季节令。
④莫遣：不要让。点翠苔：指花瓣飘落，点缀在翠绿的苔藓之上。

作者名片

朱淑真（约1135—约1180），号幽栖居士，南宋女诗人，是唐宋以来留存作品最丰盛的女作家之一。祖籍歙州（治今安徽歙县），《四库全书》中定其为“浙中海宁人”，一说浙江钱塘（今浙江杭州）人。生于仕宦之家。丈夫是文法小吏，因志趣不合，夫妻不和睦，最终因抑郁早逝。又传淑真过世后，父母将其生前文稿付之一炬。其余生平不可考，素无定论。现存《断肠诗集》、《断肠词》传世，是劫后余篇。

译文

连理枝头艳丽的鲜花正在盛开，但风雨嫉妒鲜花的美丽，时时刻刻想要催促鲜花凋谢。

我真想让掌管春天的神长久做主，不让娇嫩可爱的鲜花落到碧绿的青苔上。

赏析

这首诗直露惜花之情，并借惜花来表达她对世间不平的愤慨和对美的呼唤。前两句写象征邪恶力量的横雨狂风侵袭着象征美好事物的花；后两句呼唤青帝为落花做主，莫让风雨欺凌花，隐含着诗人对人间幸福和美的呼唤。诗写得含蓄而深情。

起首两句，展开的似乎是一种搏斗场面，一方面是正在开的弱花，另一方面是满怀嫉妒的横雨狂风，作者用“正”和“便”字突出了时间的紧迫，有搏击的紧张感。“连理枝头花正开，妒花风雨便相催。”花开正好，风雨何急，但是在作者眼里，横雨狂风夹着妒意向落花袭来时，已经成为人间暴虐力量的化身，而那正当新鲜、美好而又娇嫩的花枝则成了一副美好事物的象征，作者眼中不仅仅有落花，还有落花中不幸的人生、世事。这两句是对人世生活的一种概括。

诗人无力改变残酷的现实和苦难重重的人生，只能在内心发出呼吁：“愿教青帝常为主，莫遣纷纷点翠苔。”在乞求司春之神保护花儿，不要落下地成为尘埃的心情中，实际上隐含着诗人对人间幸福和美的呼唤。这种呼唤类似于晚清诗人龚自珍写的“我劝天公重抖擞”的浪漫精神。整首诗的惜花之情，并非是对自然景物的感慨，而是对人生的感慨。诗表达的是一种哲理，一种以落花来写人世间的风雨沧桑，以惜花来表达她对人世间不平的愤慨和对美的呼唤。

将此诗与孟浩然的那首诗作比较，孟诗的意象和感情更生动、更自然，形象的意念结合得更紧密，更饱满，而这首诗则理大于情。

登柳州①城楼寄漳汀②封连③四州

【唐】柳宗元

城上高楼接大荒④，
海天愁思正茫茫。
惊风⑤乱飐⑥芙蓉⑦水，
密雨斜侵薜荔⑧墙。
岭树重遮千里目⑨，
江⑩流曲似九回肠⑪。
共来百越文身地，
犹自音书滞一乡。

注释

①柳州：今属广西。
②漳汀：指漳州和汀州，今属福建。
③封连：指封州和连州，今属广东。
④大荒：旷远的广野。
⑤惊风：急风；狂风。
⑥乱飐（zhǎn）：吹动。
⑦芙蓉：指荷花。
⑧薜荔：一种蔓生植物，也称木莲。
⑨重遮：层层遮住。千里目：这里指远眺的视线。
⑩江：指柳江。
⑪九回肠：愁肠九转，形容愁绪缠结难解。

作者名片

柳宗元（773—819），字子厚，唐代河东（今山西运城）人，杰出诗人、哲学家、儒学家及成就卓著的政治家，唐宋八大家之一。著名作品有《永州八记》等六百多篇文章，经后人辑为三十卷，名为《柳河东集》。因为他是河东人，人称柳河东，又因终于柳州刺史任上，又称柳柳州。柳宗元与韩愈同为中唐古文运动的领导人物，并称“韩柳”。在中国文化史上，其诗、文成就均极为杰出，可谓一时难分轩轾。

译文

登上高楼，极目所见的是一派荒凉冷清的茫茫沙野，如海似天的愁绪滚涌而来。

急风胡乱地掀动水中的荷花，暴雨来袭，斜打在长满薜荔的墙上。

层叠的远山连绵起伏遮住了远望的视线，那弯弯曲曲的柳江就如同我百结的愁肠。

我们一起来到这边远的蛮荒之地，怎堪音书隔绝，人各一方。

赏析

这首抒情诗赋中有比，象中含兴，情景交融，凄楚动人。

一、二句先写登楼的所见所感。“城上高楼”的“高”字，显示出诗人一到柳州，就迫不及待地登上城楼远望友人的迫切心情。站得愈高，望得愈远，足见思之甚切。

三、四句“惊风乱飐芙蓉水，密雨斜侵薜荔墙”，写的是近处所见。惟其是近景，见得真切，故写得细致。就描绘风急雨骤的景象而言，这是赋笔，而赋中又兼有比兴。

五、六句写远景。也是赋而兼有比兴的。试看重重绵亘的叠嶂层林，这是西南地区风景的写实，岂不也象征顽固势力的层层包围禁锢吗？江流的蜿蜒盘旋，岂不也联想到作者经历的人生道路与前途的曲

折吗？

最后两句从前联生发而来，除表现关怀好友处境但望而不见的惆怅之外，还有更深一层的意思：望而不见，自然想到互访或互通音讯；而望陆路，则山岭重叠，望水路，则江流迂曲，不要说互访不易，即便互通音讯，也十分困难。这就很自然地归结到“音书滞一乡”。然而就这样结束，文情较浅，文气较直。作者的高明之处，在于他先用“共来百越文身地”一垫，再用“犹自”一转，才归结到“音书滞一乡”，便收到了沉郁顿挫的艺术效果。而“共来”一句，既与首句中的“大荒”照应，又统摄题中的“柳州”与“漳、汀、封、连四州”。一同被贬谪于大荒之地，已经够痛心了，还彼此隔离，连音书都无法送到。余韵袅袅，回味无穷，而题中的“寄”字之神，也于此曲曲传出。可见诗人用笔之妙。

全诗用“赋比兴”的手法，通过对眼前景物的描写，托物寄兴，以“惊风”“密雨”喻恶势力，意在抨击政敌：以“岭树”重重，“江流”回曲比远望之难和思念之苦，哀怨忧愁之情溢于言表，沉郁顿挫之感撼人心魄！

虞美人·东风荡飏轻云缕

【宋】陈亮

东风荡飏[①]轻云缕[②]，时送萧萧雨[③]。水边台榭燕新归，一点儿香泥，湿带落花飞。

海棠糁径铺香绣，依旧成春瘦。黄昏庭院柳啼鸦，记得那人，和月折梨花。

注释

①荡飏（yáng）：飘扬，飘荡。

②缕（lǚ）：一条一条地。
③萧（xiāo）萧雨：形容雨声萧萧。

作者名片

陈亮（1143—1194）原名汝能，后改名陈亮，字同甫，号龙川，婺州永康（今属浙江）人。婺州以解头荐，因上《中兴五论》，奏入不报。孝宗淳熙五年，诣阙上书论国事。后曾两次被诬入狱。绍熙四年光宗策进士第一，状元。授签书建康府判官公事，未行而卒，谥号文毅。所作政论气势纵横，词作豪放，有《龙川文集》《龙川词》，宋史有传。

译文

东风轻轻地吹拂，缕缕云儿随风飘过。萧萧春雨时紧时缓不停歇。茫茫水边的小楼阁，新归的燕子忙筑窝。口衔香泥穿烟雨，落花粘身频飞过。

小径上落满了海棠花，缤纷斑斓花香四发。绿肥红瘦人愁煞。更哪堪黄昏时节，庭院里柳树落啼鸦。还记得吗，朗月如辉的月光下，那人带着素洁的月色，轻轻地摘下如雪的梨花。

赏析

词的上片开篇两句没有写“红杏枝头春意闹”的芳菲春景，而是直说“风”“雨”。东风轻拂着大地，几缕淡淡的云彩在天空飘荡。这两句里的“风”和“雨”，是全词的词眼，大好的春光就是在风雨中消逝的，领起了全篇词意。“水边台榭燕新归，一点儿香泥、湿带落花飞。”两句化用白居易《钱塘湖春行》中“谁家新燕啄春泥”的诗意。燕子才刚刚归来，还未来得及观赏芳菲春色，满树花朵

却已经凋零，如此景象使词人不由产生满腔感慨、满腹愁绪。这里的“泥”承第二句“萧萧雨”，“落花”承第一句“东风荡飏”而来。燕子新归，而落红已经成阵，目睹这种景色，词人的感慨之情油然而生。

词的下片首句承上片“落花”，开始描写凋零的海棠。“海棠糁径铺香绣，依旧成春瘦。”在此词人虽然只取了海棠一种花来进行描写，但是读者从中仿佛还可以看到桃花、杏花、梨花……落红一地。当所有春花凋零并被泥土掩埋，也就没有什么春色可言。用“春瘦”来形容春色渐失十分形象传神，也是全词的主旨所在。春也如人一般，在万花凋零的满腹愁绪中逐渐消瘦，逐渐疲惫不堪。结尾两句“黄昏庭院柳啼鸦，记得那人、和月折梨花。”开始出现人的形象，画面也顿时变得更加丰富。

全词无一字说愁，却处处都透着愁绪。春天本是百花竞放、喧闹芳菲的季节，可是经历一场风雨后，凋零的花朵，衔泥的春燕，对月啼叫的乌鸦却让人顿感凄凉。花开花落虽是自然之理，却引发了敏感词人心中的无限愁绪，凄凉的其实不只是春色，也是词人因年华渐逝、壮志未酬而生出的悲哀。词中的抑郁哀婉之气令读者读之不禁为作者坎坷的生平而动容。

浣溪沙·一向①年光有限身

【宋】晏殊

一向年光②有限身③，等闲④离别易销魂⑤，酒筵歌席莫辞频。

满目山河空念远，落花风雨更伤春，不如怜取眼前人。

注释

①一向：一晌，片刻，一会儿。
②年光：时光。
③有限身：有限的生命。
④等闲：平常，随便，无端。
⑤销魂：极度悲伤，极度快乐。

作者名片

晏殊（991—1055）字同叔，著名词人、诗人、散文家，北宋抚州府临川城人（今江西进贤县文港镇沙河人），是当时抚州籍的第一个宰相。晏殊与其第七子晏几道（1037—1110），在当时北宋词坛上，被称为“大晏”和“小晏”。

译文

人的生命将在有限的时间中结束，平常的离别也会让人觉得悲痛欲绝。不要因为常常离别而推迟酒宴，应当在有限的人生中，对酒当歌，开怀畅饮。

到了登临之时，放眼辽阔河山，突然思念远方的亲友；等到风雨吹落繁花之际，才发现春天易逝，不禁更生伤春愁情。不如在酒宴上，好好怜爱眼前的人。

赏析

这首《浣溪沙》是《珠玉词》中的别调。大晏的词作，用语明净，下字修洁，表现出娴雅蕴藉的风格；而在本词中，作者却一变故常，取景甚大，笔力极重，格调遒上。抒写伤春怀远的情怀，深刻沉着，高健明快，而又能保持一种温婉的气象，使词意不显得凄厉哀

伤，这是本词的一大特色。

“一向年光有限身，等闲离别易销魂。”开头两句是说，人生是短暂的，离别是寻常的也是最使人伤心的。

首句劈空而来，语甚警炼。“一向”，即一晌，一会儿。片刻的时光啊，有限的生命！词人的哀怨是永恒的，那是无法抗拒的自然规律，谁不希望美好的年华能延续下去呢？惜春光之易逝，感盛年之不再，这虽是《珠玉集》中常有的慨叹，而在本词中强烈的直接呼喊出来，更有撼人心魄的效果。次句加厚一笔。“黯然销魂者，唯别而已矣！”可是，词中所写的，不是去国千里的生离，更不是沥泣技血的死别，而只不过是寻常的离别而已！“等闲”二字，殊不等闲，具见词人之深于情。在短暂的人生中，别离是不止一次会遇到的，而每一回离别，都占去有限年光的一部分，这怎不令人“易销魂”呢？

下片抒情。起首两句为空想之词：到了登临之时，放眼望去尽是大好河山，不禁徒然思念起远方的友人；等到风雨吹落繁华之际，才发现春天易逝，不禁更生伤春愁情。这两句词意境开阔、辽远，表现出词人对时空不可逾越，消逝的事物不可复得的感慨。结句中，词人以“不如”一词转折，再次表达了自己及时享乐的思想：与其徒劳地思念远方的亲友，因风雨摇落的花朵而伤怀，不如实际一些，珍惜眼前朋友的情谊。这也是词人对待生活的一种态度。

本词是《珠玉词》中的代表作。词中所写的并非一时，所感的也非一事，而是反映了作者人生观的一个侧面：悲年光之有限，感世事之无常；慨叹空间和时间的距离难以逾越，慨叹对消逝的美好事物的追寻总是徒劳，在山河风雨中寄予着对人生哲理的探索。词人幡然醒悟，认识到要立足现实，牢牢抓住眼前的一切。这里所表现的思想，颇似近代风靡法国乃至欧美的存在主义。本来词意是颇为颓靡的，但词人却把这种感情表现得很旷达、爽朗，可见其胸襟与气度。

新添声杨柳枝词二首

【唐】温庭筠

一

一尺深红蒙曲尘①，
天生旧物不如新。
合欢桃核②终堪恨，
里许③元来别有人。

二

井底点灯深烛伊④，
共郎长行莫围棋。
玲珑骰子安红豆，
入骨相思知不知？

注释

①一尺深红：即一块儿深红色丝绸布。古代妇人之饰；或即女子结婚时盖头的红巾，称“盖头”。曲尘：酒曲上所生菌，因色微黄如尘，亦用以指淡黄色。此处意谓，红绸布蒙上了尘土，呈现出酒曲那样的暗黄色。

②合欢桃核：是夫妇好合恩爱的象征物。桃核，桃为心形，核同合音，用来比喻两心永远相合。

③里许：里面，里头。许，语助词。元来：即“原来”。人：取“仁”的谐音。

④深烛：音谐深嘱，此处用的是谐音双关的修辞手法，写女子“深嘱”情郎。伊：人称代词，“你”。

作者名片

温庭筠（约812—866）唐代诗人、词人。本名岐，字飞卿，太原祁（今山西祁县东南）人。文思敏捷，每入试，押官韵，八叉手而成八韵，所以也有“温八叉”之称。精通音律。工诗，与李商隐齐名，时称“温李”。其诗辞藻华丽，秾艳精致，内容多写闺情。其词艺术成就在晚唐诸词人之上，为“花间派”首要词人，对词的发展影响较大。在词史上，与韦庄齐名，并称“温韦”。后人辑有《温飞卿集》及《金奁集》。

译文

一

一袭深红色的长裙日子久了便会蒙尘泛黄，自古以来旧的东西就不如新的东西讨人喜欢。

你我虽有两心相合的约定，但我心中终究是有怨恨的，因为你的心中已有他人。

二

深夜里点亮烛火深深地嘱咐你，此去路途遥远，我的心与你相伴，切记不要忘了归期。

小巧精致的骰子上嵌入那意喻相思的红豆，你是否知道那深入骨中的就是我对你的相思意？

赏析

一

“一尺深红蒙曲尘，天生旧物不如新。”首二句，感物起兴。眼见一块儿原来极鲜亮的红丝绸，却因蒙上了灰尘，颜色变得暗淡了，旧如“曲尘”，而这“一尺深红”的丝绸，好像不是一般的妇人之饰，很可能它就是女子新婚时用过的方幅红绸“盖头”。这“一尺深红”，应是女子眼中的不寻常之物，她一直把那约一尺宽的红绸作为自己婚姻的象征，看到红绸，就引起对幸福的憧憬。可如今，眼前的红绸却已经蒙上尘土，还有了不少“曲尘”似的霉斑。

“合欢桃核终堪恨，里许元来别有人。”这两句，仍然运用了比喻，抒发被弃女子的“恨”意。“合欢桃核”，本来那是夫妇好合恩爱的象征物，旧日婚俗在“新人”家中，也常常摆放枣、栗子、桂枝、桃核等果物，预示喜兆。想当初，女主人公在与丈夫两情欢娱的时候，她是那样相信她们用桃核来表示的永远好合的誓言，现在明白，原来那“合欢桃核”里面，已经有了另外一个“人”了。“人”

是“仁”的谐音，说“合欢桃核”另有“人”，就是说她的丈夫内心里另有“他人”了。

二

一二句“井底点灯深烛伊，共郎长行莫围棋。”“烛”，谐音双关“嘱”；“长行”，此处读作游子的“长行”，隐喻“长别”；“围棋”，音同“违期”。诗人仍使用谐音双关手法造成字面上的隐语，使读者通过联想便知言在此而意在彼。即字面上是说点灯相照，与郎共作双陆之戏，实际上是说诗中女主人公与郎长别时，曾深嘱勿过时而不归。“莫违期”是“深嘱”的具体内容，又为下文的“入骨相思”埋下伏笔。三四句“玲珑骰子安红豆，入骨相思知不知？”红豆即相思子，古人常用以象征爱情或相思。在章法上，则是对前两句“深嘱”早归“莫违期”的对应。诗中，女子“共郎长行”时“深嘱”于前，客子“违期”未归时又“入骨相思”于后，最后以“知不知”设问寄意的口吻轻轻将全诗兜住，然后再表现出这位多情的闺中人亟盼游子早归的焦虑心情。“知不知”三字，把女子离别之久、会合之难、相思之深之苦，乃至欲说无人都淋漓尽致地表现了出来，可谓收得自然，余味不尽。

三五七言[①]

【唐】李白

秋风清，
秋月明。
落叶聚还散[②]，
寒鸦[③]栖复惊。
相思相见知何日？
此时此夜难为情！

注释

①三五七言：一种诗歌体式，据说乃李白独创，全篇三言、五言、七言各两句，故名。此诗只题作“三五七言”而不言及诗歌内容主题，可知诗人的创作意图本是偏重作品的形式特征。

②落叶聚还（huán）散：写落叶在风中时而聚集时而扬散的情景。

③寒鸦：《本草纲目》：“慈鸟，北人谓之寒鸦，以冬日尤盛。”

入我相思门，
知我相思苦。
长相思兮④长相忆，
短相思兮无穷极。
早知如此绊⑤人心，
何如当初莫相识。

④兮：文言助词。大体相当于现代汉语的“啊（a）”。
⑤绊（bàn）：牵绊，牵扯，牵挂。

作者名片

李白（701—762），字太白，号青莲居士，唐朝浪漫主义诗人，被后人誉为“诗仙”。祖籍陇西成纪（待考），出生于西域碎叶城，4岁再随父迁至剑南道绵州。李白存世诗文千余篇，有《李太白集》传世。762年病逝，享年61岁。其墓在今安徽当涂，四川江油、湖北安陆有纪念馆。

译文

秋风凄清，秋月明朗。

风中的落叶时而聚集时而扬散，寒鸦本已栖息也被这声响惊起。

盼着你我能再相见，却不知在什么时候，此时此刻实在难耐心中的孤独悲伤，叫我情何以堪。

如果有人也这么思念过一个人，就知道这种相思之苦。

想起你的时候数不胜数，而短暂的相思却也无止境，

早知道如此牵绊我心，不如当初不相识。

赏析

此诗写在深秋的夜晚，诗人望见了高悬天空的明月，和栖息在

已经落完叶子的树上的寒鸦，也许在此时诗人正在思念一个旧时的恋人，此情此景，不禁让诗人悲伤和无奈。这是典型的悲秋之作，秋风、秋月、落叶、寒鸦烘托出悲凉的氛围 加上诗人的奇丽的想象，和对自己内心的完美刻画让整首诗显得凄婉动人。

此诗只题作“三五七言”而不言及诗歌内容、主题，可知诗人的创作意图本是偏重作品的形式特征，即只要满足全篇两句三言、两句五言、两句七言的体式要求就能成诗了。可以说，诗题中已经包含了明确的诗体形式内涵。

但李白这首诗也不能算是创体之作，因为初唐时僧人义净作有一首《在西国怀王舍城》，此诗因其体式特征而名为《一三五七九言》。李白的《三五七言》只是《一三五七九言》的变体，省去起首的“一言”和收尾的“九言”，即为“三五七言”。王昆吾在《唐代酒令艺术》中论证义净诗为“唱和之作”。李白这首《三五七言》可能也是他与其他诗人的“唱和诗”。“三五七言”是对所酬和诗歌格式的限制，这是一个“总题”，众人在具体创作时可根据所写内容再命一个相应的诗题。

此诗即使不是创体之作，也可以说李白最终确立了“三三五五七七”格式作为一种独特的曲辞格甚至成为一种时兴诗体的地位。这不仅是因为他借鉴和总结了许多人应用三五七字句式的经验，更得力于他自身歌辞创作中灵活运用此类格式的实践体悟，因而他的《三五七言》能表现出“哀音促节，凄若繁弦”（《唐宋诗醇》卷八）的艺术魅力。

卜算子·我住长江头

【宋】李之仪

我住长江头，君住长江尾。日日思君不见君，共饮长江水。

此水几时休[1]，此恨何时已[2]。只愿君心似我心，定[3]不负相思[4]意。

注释

①休：停止。
②已：完结，停止。
③定：此处为衬字。
④思：想念，思念。

作者名片

李之仪（1038—1117）北宋词人。字端叔，自号姑溪居士、姑溪老农。汉族，沧州无棣（庆云县）人。哲宗元祐初为枢密院编修官，通判原州。元祐末从苏轼于定州幕府，朝夕倡酬。元符中监内香药库，御史石豫参劾他曾为苏轼幕僚，不可以任京官，被停职。徽宗崇宁初提举河东常平。后因得罪权贵蔡京，除名编管太平州（今安徽当涂），后遇赦复官，晚年卜居当涂。著有《姑溪词》一卷、《姑溪居士前集》五十卷和《姑溪题跋》二卷。

译文

我住在长江源头，君住在长江之尾。天天想念你总是见不到你，却共同饮着长江之水。

悠悠不尽的江水什么时候枯竭，别离的苦恨什么时候消止。只愿你的心如我的心相守不移，就不会辜负我的一番痴恋情意。

赏析

李之仪这首《卜算子》深得民歌的神情风味，明白如话，复叠回环，同时又具有文人词构思新巧、深婉含蓄的特点，可以说是一种提高和净化了的通俗词。

“我住长江头，君住长江尾。”开头两句，“我”“君”对起，而一住江头，一住江尾，见双方空间距离之悬隔，也暗寓相思之情的悠长。

“日日思君不见君，共饮长江水。”两句，从前两句直接引出。江头江尾万里遥隔，引出了“日日思君不见君”这一全词的主干；而同住长江之滨，则引出了“共饮长江水”。

“此水几时休，此恨何时已。”仍紧扣长江水，承上“思君不见”进一步抒写别恨。长江之水，悠悠东流，不知道什么时候才能休止，自己的相思离别之恨也不知道什么时候才能停歇。用“几时休”“何时已”这样的口吻，一方面表明主观上祈望恨之能已，另一方面又暗透客观上恨之无已。江水永无不流之日，自己的相思隔离之恨也永无消歇之时。此词以祈望恨之能已反透恨之不能已，变民歌、民间词之直率热烈为深挚婉曲，变重言错举为简约含蓄。

“只愿君心似我心，定不负相思意。”恨之无已，正缘于爱之深挚。“我心”既是江水不竭，相思无已，自然也就希望“君心似我心”，我定不负相思之意。江头江尾的阻隔纵然不能飞越，而两相挚爱的心灵却相通。这样一来，单方面的相思便变为双方的期许，无已的别恨便化为永恒的相爱与期待。这样，被阻隔的双方心灵便得到了永久的滋润与慰藉。从“此恨何时已”翻出“定不负相思意”，江头江尾的遥隔在这里反而成为感情升华的条件了。这首词的结句写出了隔绝中的永恒之爱。

作者用江水之悠悠不断，喻相思之绵绵不已，最后以己之钟情期望对方，真挚恋情，倾口而出。全词以长江水为抒情线索，语言明白如话，句式复叠回环，感情深沉真挚，深得民歌的神情风味，又具有文人词构思新巧，体现出灵秀隽永、玲珑晶莹的风神。

鹊桥仙·纤云弄巧

【宋】秦观

纤云弄巧①，飞星②传恨，银汉③迢迢④暗度⑤。金风玉露一相逢，便胜却人间无数。

柔情似水，佳期如梦，忍顾鹊桥归路！两情若是久长时，又岂在朝朝暮暮。

注释

①纤云：轻盈的云彩。弄巧：指云彩在空中幻化成各种巧妙的花样。
②飞星：流星。一说指牵牛、织女二星。
③银汉：银河。
④迢迢：遥远的样子。
⑤暗度：悄悄渡过。

作者名片

秦观（1049—1100）字太虚，又字少游，别号邗沟居士，世称淮海先生。汉族，北宋高邮（今江苏）人，官至太学博士，国史馆编修。秦观一生坎坷，所写诗词，高古沉重，寄托身世，感人至深。秦观生前行踪所至之处，多有遗迹。如浙江杭州的秦少游祠，丽水的秦少游塑像、淮海先生祠、莺花亭；青田的秦学士祠；湖南郴州三绝碑；广西横县的海棠亭、醉乡亭、淮海堂、淮海书院等。秦观墓在无锡惠山之北粲山上，墓碑上书“秦龙图墓”几个大字。有秦家村、秦家大院以及省级文物保护单位古文游台。

译文

纤薄的云彩在天空中变幻多端，天上的流星传递着相思的愁怨，遥远无垠的银河我悄悄渡过。在秋风白露的七夕相会，就胜过尘世间那些长相厮守却貌合神离的夫妻。

缱绻的柔情像流水般绵绵不断，重逢的约会如梦影般缥缈虚幻，分别之时不忍去看那鹊桥路。只要两情至死不渝，又何必贪求卿卿我我的朝欢暮乐呢。

赏析

借牛郎织女的故事，以超人间的方式表现人间的悲欢离合，古已有之，如《古诗十九首·迢迢牵牛星》，曹丕的《燕歌行》，李商隐的《辛未七夕》等等。宋代的欧阳修、张先、柳永、苏轼等人也曾吟咏这一题材，虽然遣词造句各异，却都因袭了“欢娱苦短”的传统主题，格调哀婉、凄楚。相形之下，秦观此词堪称独出机杼，立意高远。

这是一首咏七夕的节序词，起句展示七夕独有的抒情氛围，“巧”与“恨”，则将七夕人间“乞巧”的主题及“牛郎、织女”故事的悲剧性特征点明，练达而凄美。借牛郎织女悲欢离合的故事，歌颂坚贞诚挚的爱情。

词一开始即写“纤云弄巧”，轻柔多姿的云彩，变化出许多优美巧妙的图案，显示出织女的手艺何其精巧绝伦。可是，这样美好的人却不能与自己心爱的人共同过美好的生活。“飞星传恨”，那些闪亮的星星仿佛都传递着他们的离愁别恨，正飞驰长空。

接下来词人宕开笔墨，以富有感情色彩的议论赞叹道：“金风玉露一相逢，便胜却人间无数！”一对久别的情侣于金风玉露之夜，碧落银河之畔相会了，这美好的一刻，抵得上人间千遍万遍的相会。词

人热情歌颂了一种理想的圣洁而永恒的爱情。“金风玉露”用李商隐《辛未七夕》诗：“恐是仙家好别离，故教迢递作佳期。由来碧落银河畔，可要金风玉露时。”用以描写七夕相会的时节、风光，同时还另有深意，词人把这次珍贵的相会，映衬于金风玉露、冰清玉洁的背景之下，显示出这种爱情的高尚纯洁和超凡脱俗。

“柔情似水”，那两情相会的情意啊，就像悠悠无声的流水，是那样的温柔缠绵。“柔情似水”，“似水”照应“银汉迢迢”，即景设喻，十分自然。七夕佳期竟然像梦幻一般倏然而逝，才相见又分离，怎不令人心碎！“佳期如梦”，除言相会时间之短，还写出爱侣相会时的复杂心情。“忍顾鹊桥归路”，转写分离，刚刚借以相会的鹊桥，转瞬间又成了和爱人分别的归路。不说不忍离去，却说怎忍看鹊桥归路，婉转语意中，含有无限惜别之情，含有无限辛酸的眼泪。回顾佳期幽会，疑真疑假，似梦似幻，及至鹊桥言别，恋恋之情，以至于极。词笔至此忽又空际转身，爆发出高亢的音响：“两情若是久长时，又岂在朝朝暮暮。”秦观这两句词揭示了爱情的真谛：爱情要经得起长久分离的考验，只要能彼此真诚相爱，即使终年天各一方，也比朝夕相伴的庸俗情趣可贵得多。这两句感情色彩很浓的议论，成为爱情颂歌当中的千古绝唱。它们与上片的议论遥相呼应，这样上、下结构一样，叙事和议论相间，从而形成全篇连绵起伏的情致。这种正确的恋爱观，这种高尚的精神境界，远远超过了古代同类作品，是十分难能可贵的。

这首词的议论，自由流畅，通俗易懂，却又显得婉约蕴藉，余味无穷。作者将画龙点睛的议论、散文句法、优美的形象、深沉的情感结合起来，起伏跌宕地讴歌了人间美好的爱情，取得了极好的艺术效果。

上　邪

【汉】佚名

上邪！①
我欲与君相知②，
长命③无绝衰。
山无陵④，
江水为竭，
冬雷震震⑤，
夏雨雪⑥，
天地合⑦，
乃敢⑧与君绝。

注释

①上邪（yé）：天啊！上，指天。邪，语气助词，表示感叹。
②相知：相爱。
③命：古与“令”字通，使。衰（shuāi）：衰减、断绝。
④陵（líng）：山峰、山头。
⑤震震：形容雷声。
⑥雨（yù）雪：降雪。雨，名词活用作动词。
⑦天地合：天与地合二为一。
⑧乃敢：才敢，“敢”字是委婉的用语。

译文

上天呀！我愿与你相爱，让我们的爱情永不衰绝。

除非高山变成平地，滔滔江水干涸断流，凛凛寒冬雷阵阵，炎炎酷暑白雪纷飞，天地相交聚合连接，我才敢将对你的情意抛弃。

赏析

“上邪！我欲与君相知，长命无绝衰。”

“上邪”犹言“天哪”，“相知”即相亲相爱。此句说：“天哪！我要和君相爱，让我们的感情永久不破裂，不衰减。”为了证实她矢志不渝，她接连举五种自然界的不可能出现的变异，“山无棱，江水为竭，冬雷震震，夏雨雪，天地合。”意思是：要想背叛我们的誓言，除非山平了，江水干了，冬日里雷雨阵阵，夏天里大雪纷纷，天与地合而为一。女主人公充分发挥她的想象力，一件比一件想得离奇，一桩比一桩令人难以思议。到“天地合”时，她的想象已经失去控制，漫无边际地想到人类赖以生存的一切环境都不复存在了。这种缺乏理智、夸张怪诞的奇想，是这位痴情女子表示爱情的特殊形式。而这些根本不可能实现的自然现象都被抒情女主人公当作“与君绝”的条件，无异于说“与君绝”是绝对不可能的。结果呢？只有自己和“君”永远地相爱下去。

全诗写情不加点缀铺排。“上邪”三句，笔势突兀，气势不凡，指天发誓，直吐真言，既见情之炽烈，又透出压抑已久的郁愤。“长命无绝衰”五字，铿锵有力，于坚定之中充满忠贞之意。一个“欲”字，把不堪礼教束缚，追求幸福生活的叛逆性格表现得淋漓尽致。此三句虽未进行形象刻画，但一个情真志坚、忠贞刚烈的女子形象已清晰地站在读者面前。

清代王先谦说：“五者皆必无之事，则我之不能绝君明矣。”这古今中外无与伦比的表达爱情的方式，可以说是绝唱之作。诗中女主人公以誓言的形式剖白内心，以不可能实现的自然现象反证自己对爱情的忠贞，确实具有一种强烈的主观色彩。诗短情长，撼人心魄。正如胡应麟所说：“上邪言情，短章中神品！”

清代张玉谷《古诗赏析》卷五评此诗说：“首三，正说，意言已尽，后五，反面竭力申说。如此，然后敢绝，是终不可绝也。迭用五事，两就地维说，两就天时说，直说到天地混合，一气赶落，不见堆垛，局奇笔横。”可谓句句在理。

从艺术上看，《上邪》的抒情极富浪漫主义色彩，其间的爱情欲火犹如岩浆喷发不可遏制，气势雄放，激情逼人。读《上邪》，仿佛可以透过明快的诗句，倾听到女子急促的呼吸声。《上邪》是一首用热血乃至生命铸就的爱情篇章，其句式短长错杂，随情而布。音节短促缓急，字句跌宕起伏。

《上邪》对后世的影响很大。敦煌曲子词中的《菩萨蛮》在思想内容和艺术表现手法上明显地受到它的启发："枕前发尽千般愿，要休且待青山烂。水面上秤锤浮，直待黄河彻底枯。白日参辰现，北斗回南面，休即未能休，且待三更见日头。"不仅对坚贞专一的爱情幸福的追求是如出一辙的，并且连续用多种不可能来说明一种不可能的艺术构思也是完全相同的。

折桂令·春情

【元】徐再思

平生不会相思，才会相思，便害相思。身似浮云①，心如飞絮，气若游丝。

空一缕余香②在此，盼千金游子何之③。证候④来时，正是何时？灯半昏时，月半明时。

注释

①身似浮云：形容身体虚弱，走路晕晕乎乎，摇摇晃晃，像飘浮的云一样。
②余香：指情人留下的定情物。
③盼千金游子何之：殷勤盼望的情侣到哪里去了。千金游子：远去的情人是富家子弟。千金：喻珍贵。何之：往哪里去了。
④证候：即症候，疾病，此处指相思的痛苦。

作者名片

徐再思（1285—1330），元代散曲作家。字德可，曾任嘉兴路吏。因喜食甘饴，故号甜斋。浙江嘉兴人。生卒年不详，与贯云石为同时代人，今存所作散曲小令约100首。作品与当时自号酸斋的贯云石齐名，称为"酸甜乐府"。后人任讷又将二

人散曲合为一编，世称《酸甜乐府》，收有他的小令103首。

译文

我从出生到现在都不知道什么是相思，才刚刚懂得什么是相思，却深受着相思的折磨。

身体像飘浮的云，心像纷飞的柳絮，气像一缕缕游丝。

白白在这里剩下一丝余香，殷勤盼望的情侣又到哪里去了呢？

相思的痛苦什么时候最猛烈呢？是灯光半昏半暗时，月亮半明半亮时。

赏析

这是一首闺妇思夫之作。题目为“春情”显然是写男女的爱慕之意，而全曲描写一位年轻女子的相思之情，读来恻恻动人。全曲分为四个层次：前三句说少女陷入了不能自拔的相思之病；次三句极表少女处于相思中的病态心理与神情举止；后二句则点出少女得相思病的原因；最后宕开一笔，以既形象又含蓄的笔墨揭露少女心中所思。全曲一气流走，平易简朴而不失风韵，自然天成而曲折尽致，极尽相思之状。

“平生不会相思”三句，说明这位少女尚是初恋。情窦初开，才解相思，正切合“春情”的题目。因为是初次尝到爱情的琼浆，所以一旦不见情人，那相思之情便无比深刻和真诚。有人说爱情是苦味的，“才会相思，便害相思”，已道出此中三味。这三句一气呵成，明白如话，然而其中感情的波澜已显然可见。于是下面三句便去形容这位患了相思病的少女的种种神情与心态。

“身似浮云”三句，是漂亮的鼎足对。“身似浮云”表现了少妇坐卧不宁的心态；“心如飞絮”表明少妇魂不守舍；“气若游丝”表现了少妇因思念之情而恹恹欲病的形态。作者通过对少妇身、心、气的描写，将少妇“相思”的情态表现得淋漓尽致。短短几句，就足见女主人公的相思之苦、恋情之深。

“空一缕余香在此”，乃是作者的比喻之词，形容少女孤凄的处境。着一“空”字，便曲尽她空房独守，寂寞冷落的情怀；“一缕余香”四字，若即若离，似实似虚，暗喻少女的情思飘忽不定而绵绵不绝。至“盼千金游子何之”一句才点破了她愁思的真正原因，原来她心之所系，魂牵梦萦的是一位出游在外的高贵男子，少女日夜思念着他。这句与上句对仗成文，不仅词句相偶，而且意思也对应，一说少女而一说游子，一在此而一在彼，然而由于对偶的工巧与意思的连贯，丝毫不觉得人工的雕凿之痕，足可见作者驾驭语言的娴熟。

最后四句是一问一答，作为全篇的一个补笔。“证候”是医家用语，犹言病状，因为上文言少女得了相思病，故此处以“证候”指她的多愁善感，入骨相思，也与上文“害”字与“气若游丝”诸句结合起来。作者设问：什么时候是少女相思最苦的时刻？便是夜阑灯昏，月色朦胧之时。这本是情侣们成双作对，欢爱情浓的时刻，然而对于孑然一身的她来说，忧愁与烦恼却爬上了眉尖心头。不可排遣的相思！

这首词语言上的一个特色便是首三句都押了同一个“思”字，末四句则同押了一个“时”字，不忌重复，信手写去，却有一种出自天籁的真味。这正是曲子不同于诗词的地方，曲不忌俗，也不忌犯，而贵在明白率真，得天然之趣，这就是曲家所谓的“本色”。

白头吟①

【汉】卓文君

皑②如山上雪，

皎③若云间月。

注释

①白头吟：乐府《楚调曲》调名。据《西京杂记》卷三载，蜀地巨商卓王孙的女儿卓文君，聪明美丽，有文采，通音乐。孀居在家时，与司马相如相爱，私奔相

闻君有两意④，
故来相决⑤绝。
今日斗⑥酒会，
明旦⑦沟水头。
躞蹀御沟⑧上，
沟水东西流⑨。
凄凄⑩复凄凄，
嫁娶不须啼。
愿得一心人，
白头不相离。
竹竿⑪何袅袅，
鱼尾何簁簁！
男儿重意气，
何用钱刀为！

如，因生计艰难，曾得到卓王孙的资助。司马相如得势后，准备娶茂陵的一个女子为妾，卓文君得知就写了一首《白头吟》给他，表达自己的哀怨之情，相如因此打消了娶妾的念头。后世多用此调写妇女被遗弃。

②皑：洁白的样子；皑白。

③皎：洁白明亮；皎白。

④两意：就是二心（和下文“一心”相对），指情变。

⑤决：别。

⑥斗：盛酒的器具。这两句是说今天置酒作最后的聚会，明早沟边分手。

⑦明旦：明日。

⑧躞（xiè）蹀（dié）：走貌。御沟：流经御苑或环绕宫墙的沟。

⑨东西流：即东流。“东西”是偏义复词。这里偏用东字的意义。以上二句是设想别后在沟边独行，过去的爱情生活将如沟水东流，一去不返。

⑩凄凄：悲伤状。

⑪竹竿：指钓竿。袅袅：动摇貌。一说柔弱貌。

作者名片

卓文君，汉代才女，西汉临邛（属今四川邛崃）人，与汉代著名文人司马相如的一段爱情佳话至今还被人津津乐道。她也有不少佳作流传后世，其中“愿得一心人，白头不相离”最为著名。

译文

爱情应该像山上的雪一般纯洁，像云间的月亮一样皎洁。

听说你怀有二心，所以来与你决裂。

今天置酒作最后的聚会，明日一早便在沟头分手。

我缓缓地移动脚步沿沟走去，过去的生活宛如沟水向东流去。

当初我毅然离家随君远去，就不像一般女孩凄凄啼哭。

希望能找到一个心心相印的人，相伴到老永不分离。

男女情投意合就像钓竿那样轻细柔长，鱼儿那样活泼可爱。

男子应当重情重义，失去了真诚的爱情是任何钱财珍宝都无法补偿的。

赏析

晋人葛洪《西京杂记》载："司马相如将聘茂陵人女为妾，卓文君作《白头吟》以自绝，相如乃止。"但《宋书·乐志》言《白头吟》等"并汉世街陌谣讴"，即民歌。《玉台新咏》载此诗，题作《皑如山上雪》，则连题目亦与卓氏无关了。《西京杂记》乃小说家言，且相如、文君关系亦未尝至此，故云文君作，显系附会。此诗当属民歌，以女子口吻写其因见弃于用情不专的丈夫而表示出的决绝之辞。

首二句是一篇起兴，言男女爱情应该是纯洁无瑕的，犹如高山上的白雪那样一尘不染；应该是光明永恒的，好似云间的月亮皎皎长在。这不仅是一般人情物理的美好象征，也是女主人公与其丈夫当初山盟海誓的见证吧。诚如清人王尧衢云："如雪之洁，如月之明，喻昔日信誓之明也。"但也有人解为"以'山上雪''云间月'之易消易蔽，比起有两意人。"意亦可通。细玩诗意，解为反面起兴，欲抑先扬，似更觉有味。

故"闻君"二句突转：既然你对我的爱情已掺上杂质，既然你已心怀二心而不专一持恒，所以我特来同你告别分手，永远断绝我们的关系。"有两意"，既与首二句"雪""月"相承，构成转折，又与下文"一心人"相反，形成对比，前后照应自然，而谴责之意亦彰，揭示出全诗的决绝之旨。

“今日斗酒会，明旦沟水头”意谓这是咱们最后一次相聚饮酒，散席后大家就各自分手，如流水东西永不汇合。“今日”“明旦”是为了追求诗歌表述生动才选用的措辞，如果把“明旦”句理解为“明天就可在沟边分手”，不免过于拘泥字句的意思，反而失去了诗人的真意。此句承上正面写决绝之辞：今天喝杯诀别酒，是我们最后一次聚会，明晨就将在御沟分手，就像御沟中的流水一样分道扬镳了。“东西流”以渠水分岔而流喻各奔东西；或解作偏义复词，形容爱情如沟水东流，一去不复返了，义亦可通。

“凄凄”四句忽一笔宕开，言一般女子出嫁，总是悲伤而又悲伤地啼哭，其实这是大可不必的；只要嫁得一个情意专一的男子，白头偕老，永不分离，就算很幸福了。

结尾四句，复用两喻，说明爱情应以双方意气相投为基础，若靠金钱关系，则终难持久，点破前文忽有“两意”的缘故。“竹竿”，指钓鱼竿；“袅袅”，形容柔长而轻轻摆动的样子；“簁簁”即“漇漇”的假借字，形容鱼尾像沾湿的羽毛；“钱刀”，即古代刀形钱币，此处泛指金钱。

这首诗塑造了一位个性鲜明的弃妇形象，不仅反映了封建社会妇女的婚姻悲剧，而且着力歌颂了女主人公对于爱情的高尚态度和她的美好情操。

全诗多用比兴和对偶，雪、月、沟水、竹竿、鱼尾等喻象鲜明生动而又耐人寻味。一、二、五、六、十三、十四等句皆工对而又自然。此外四句一解，每解换韵，而诗意亦随之顿挫，声情与辞情达到完美的统一。

无题二首

【唐】李商隐

其一

昨夜星辰昨夜风，
画楼西畔桂堂东①。
身无彩凤双飞翼，
心有灵犀②一点儿通。
隔座送钩③春酒暖，
分曹④射覆⑤蜡灯红。
嗟余听鼓应官⑥去，
走马兰台类转蓬。

其二

重帏深下莫愁堂，
卧后清宵细细长。
神女①生涯原是梦，
小姑居处本无郎②。
风波不信菱枝弱，
月露谁教桂叶香。
直道③相思了④无益，
未妨惆怅是清狂⑤。

注释

①画楼、桂堂：都是比喻富贵人家的屋舍。

②灵犀：旧说犀牛有神异，角中有白纹如线，直通两头。

③送钩：也称藏钩。古代腊日的一种游戏，分二曹以较胜负。把钩互相传送后，藏于一人手中，令人猜。

④分曹：分组。

⑤射覆：在覆器下放着东西令人猜。分曹、射覆未必是实指，只是借喻宴会时的热闹。

⑥应官：犹上班。

①神女：即宋玉《神女赋》中的巫山神女。

②小姑句：古乐府《青溪小姑曲》："小姑所居，独处无郎。"

③直道两句：指即使相思全无好处，这种惆怅之心也算是痴情了。直道：即使，就说。

④了：完全。

⑤清狂：旧注指不狂之狂，犹今指痴情。

译文

其一

昨夜星光灿烂，夜半却有习习凉风；我们酒筵设在画楼西畔、桂堂之东。

身上无彩凤的双翼，不能比翼齐飞；内心却像灵犀一样，感情息息相通。

互相猜钩嬉戏，隔座对饮春酒暖心；分组来行酒令，决一胜负，烛光泛红。

可叹呵，听到五更鼓应该上朝点卯；策马赶到兰台，像随风飘转的蓬蒿。

其二

幽寂的厅堂中层层帷幕深垂；独卧床上，追思前事，倍感静夜的漫长。

巫山神女艳遇楚王，原来只是一场梦；青溪小姑，本就独处无郎。

风波不信菱枝柔弱，偏要摧残；像那具有芬芳美质的桂叶，却无月露滋润使之飘香。

即使相思全无好处，这种惆怅之心也算是痴情了。

赏析

其一

首联以曲折的笔墨写昨夜的欢聚。“昨夜星辰昨夜风”是时间：夜幕低垂，星光闪烁，凉风习习。句中两个“昨夜”自对，回环往复，语气舒缓，有回肠荡气之概。“画楼西畔桂堂东”是地点：精美画楼的西畔，桂木厅堂的东边。诗人甚至没有写出明确的地点，仅以周围的环境来烘托。在这样美妙的时刻、旖旎的环境中发生了什么故事，诗人只是独自在心中回味，我们则不由自主被诗中展示的风情打动了。

颔联写今日的相思。诗人已与意中人分处两地，“身无彩凤双飞翼”写怀想之切、相思之苦：恨自己身上没有五彩凤凰一样的双翅，可以飞到爱人身边。“心有灵犀一点儿通”写相知之深：彼此的心意却像灵异的犀牛角一样，息息相通。“身无”与“心有”，一外一内，一悲一喜，矛盾而奇妙地统一在一体，痛苦中有甜蜜，寂寞中有期待，相思的苦恼与心心相印的欣慰融合在一起，将那种深深相爱而又不能长相厮守的恋人的复杂微妙的心态刻画得细致入微、惟妙惟肖。此联成为千古名句。

颈联“隔座送钩春酒暖，分曹射覆蜡灯红”是写宴会上的热闹。这应该是诗人与佳人都参加过的一个聚会。宴席上，人们玩着隔座送钩、分组射覆的游戏，觥筹交错，灯红酒暖，其乐融融。昨日的欢声笑语还在耳畔回响，今日的宴席或许还在继续，但已经没有了佳人的身影。宴席的热烈衬托出诗人的寂寥，颇有“热闹是他们的，我什么也没有”的凄凉。

尾联“嗟余听鼓应官去，走马兰台类转蓬”写人在江湖身不由己的无奈：可叹我听到更鼓报晓之声就要去当差，在秘书省进进出出，好像蓬草随风飘舞。这句话应是解释离开佳人的原因，同时流露出对所任差事的厌倦，暗含身世飘零的感慨。

全诗以心理活动为出发点，诗人的感受细腻而真切，将一段可意会不可言传的情感描绘得扑朔迷离而又入木三分。

其二

李商隐的七律无题，艺术上最成熟，最能代表其无题诗的独特艺术风貌。这首七律无题，内容是抒写青年女子爱情失意的幽怨，相思无望的苦闷，又采取女主人公深夜追思往事的方式，因此，女主人公的心理独白就构成了诗的主体。她的身世遭遇和爱情生活中某些具体情事就是通过追思回忆或隐或现地表现出来的。

这首诗侧重于抒写女主人公的身世遭遇之感。首联“重帏深下莫愁堂，卧后清宵细细长”写环境：层层叠叠的帷幔低垂的闺房，幽

邃宁静；夜深了，闺房的主人上床后却心事重重、辗转反侧，凄清的长夜何其漫漫。她为何迟迟不能入眠？她在想什么呢？诗中什么也没说，任读者去想象。

“神女生涯原是梦，小姑居处本无郎”是她长夜无眠的思绪吗？如巫山神女一样有浪漫的奇遇、过恩爱的生活，原来只是一场梦。

尾联“直道相思了无益，未妨惆怅是清狂”直抒胸臆：就算相思全无益处，仍不妨碍为相思而惆怅的情怀执着、狂放。明知相思无益而惆怅不已，实已是情至深处，铭心刻骨，欲罢不能了。

中唐以来，以爱情、艳情为题材的诗歌逐渐增多。这类作品的共同特点是叙事的成分比较多，情节性比较强，人物、场景的描绘相当细致。李商隐的爱情诗却以抒情为主体，着力抒写主人公的主观感觉、心理活动，表现她（他）们丰富复杂的内心世界。

无题诗究竟有没有寄托，是一个复杂的问题。离开诗歌艺术形象的整体，抓住其中的片言只语，附会现实生活的某些具体人事，进行索隐猜谜式的解释，是完全违反艺术创作规律的。不论这首无题诗有无寄托，它首先是成功的爱情诗。即使读者完全把它作为爱情诗来读，也并不影响其艺术价值。

凤求凰①

【汉】司马相如

其一

有一美人兮，
见之不忘。
一日不见兮，
思之如狂。
凤飞翱翔②兮，

注释

①凤求凰：传说是汉代的古琴曲，演绎了司马相如与卓文君的爱情故事。这两首诗以“凤求凰”为通体比兴。

②翱翔：鸟回旋飞翔。

四海求凰。
无奈佳人[3]兮，
不在东墙。
将琴代语兮，
聊写衷肠[4]。
何时见许兮，
慰我彷徨[5]。
愿言配德兮，
携手[6]相将。
不得於飞兮，
使我沦亡。

其二

凤兮凤兮归故乡，
遨游[7]四海求其凰。
时未遇兮无所将，
何悟今兮升斯堂。
有艳淑女[8]在闺房[9]，
室迩人遐[10]毒我肠。
何缘交颈为鸳鸯，
胡颉颃[11]兮共翱翔。
凰兮凰兮从我栖，

③佳人：美人。
④衷肠：出于内心的话。
⑤彷徨：走来走去，犹疑不决，不知往哪个方向去。
⑥携手：手拉着手，比喻共同做某事。
⑦遨游：漫游；游历。
⑧淑女：美好的女子。
⑨闺房：旧称女子居住的内室。
⑩室迩人遐：房屋就在近处，可是房屋的主人却离得远了。室，房屋。迩，近。
⑪颉颃（xié háng）：亦作“颉亢”。鸟上下飞翔。

得托孳尾[12]永为妃。
交情通意心和谐，
中夜[13]相从知者谁？
双翼俱起翻高飞，
无感我思使余悲。

⑫孳（zī）尾：动物交配繁殖。后多指交尾。
⑬中夜：半夜。

作者名片

司马相如（约前179—前118），字长卿，汉族，巴郡安汉县（今四川省南充市蓬安县）人，一说蜀郡（今四川成都）人。西汉大辞赋家。司马相如是中国文化史、文学史上杰出的代表，是西汉盛世汉武帝时期伟大的文学家、杰出的政治家。景帝时为武骑常侍，因病免。工辞赋，其代表作品为《子虚赋》。作品辞藻富丽，结构宏大，使他成为汉赋的代表作家，后人称之为赋圣和“辞宗”。他与卓文君的爱情故事也广为流传。鲁迅的《汉文学史纲要》中还把二人放在一个专节里加以评述，指出：“武帝时文人，赋莫若司马相如，文莫若司马迁。”

译文

其一

有位俊秀美丽的女子啊，我见了她的容貌就难以忘怀。
一日不见她，心中想念得像是要发狂一般。
我就像那在空中回旋高飞的凤鸟，在天下各处寻觅着凰鸟。
可惜那心中的佳人啊，未曾住在我家东墙邻近的地方。
我以琴声替代心中的情语，姑且描写我内心的情意。
何时能允诺婚事，慰藉不知如何是好的我。
希望我的德行可以与你相配，与你携手同在而成百年好合。

无法与你比翼偕飞、百年好合，这样的伤情结果令我沦陷于情愁而欲丧亡。

其二

凤鸟啊凤鸟，回到了家乡，行踪无定，游览天下只为寻求心中的凰鸟。

未遇凰鸟时啊，不知所往，怎能有今日登门后的感受？

有位美丽而娴雅贞静的女子在她的居室，居处虽近，这美丽女子却离我很远，思念之情，正残虐着我的心肠。

如何能够得此良缘，结为夫妇，做那恩爱的交颈鸳鸯，但愿我这凤鸟，能与你这凰鸟一同双飞，遨游天际。

凰鸟啊凰鸟，愿你与我起居相依，形影不离，生儿育女，永远做我的配偶。

情投意合，和睦谐顺。半夜里与我互相追随，又有谁会知晓？

想和你展开双翼一起远走高飞，你却不知道我的想法，这使我感到悲痛。

赏析

这首《凤求凰》表达了司马相如对卓文君的无限倾慕和热烈追求。相如自喻为凤，比文君为皇（凰），在本诗的特定背景中具有特殊的含义。全诗言浅意深，音节流畅明亮，感情热烈奔放而又深挚缠绵，融楚辞骚体的旖旎绵邈和汉代民歌的清新明快于一炉，为后人所不能逾越。后来的人根据二人的爱情故事，谱成了经久不衰的琴谱“凤求凰”，千年以来吟唱不已。

第一首表达相如对文君的无限倾慕和热烈追求。相如自喻为凤，比文君为皇（凰），在本诗的特定背景中有多重含义。其一凤凰是传说中的神鸟，雄曰凤，雌曰凰。古人称麟、凤、龟、龙为天地间“四灵”，凤凰则为鸟中之王。《大戴礼·易本名》云：“有羽之

虫三百六十而凤凰为之长。”长卿自幼慕蔺相如之为人才改名“相如”，又在当时文坛上已负盛名；文君亦才貌超绝非等闲女流。故此处比为凤凰，正有浩气凌云、自命非凡之意。

“遨游四海”更加强了一层寓意，既紧扣凤凰“出于东方君子之国，翱翔四海之外，过昆仑，饮砥柱，羽弱水，莫（暮）宿风穴”的神话传说，又隐喻相如的宦游经历：此前他曾游京师，被景帝任为武骑常侍，因景帝不好辞赋，相如志不获展，因借病辞官客游天梁。梁孝王广纳文士，相如在其门下“与诸生游士居数岁”。后因梁王卒，这才反“归故乡”。足见其“良禽择木而栖。”

其二，古人常以“凤凰于飞”“鸾凤和鸣”喻夫妻和谐美好。如《左传·庄公廿二年》：“初，懿氏卜妻敬仲。其妻占之曰：吉，是谓凤凰于飞，和鸣铿锵。”此处则以凤求凰喻相如向文君求爱，而“遨游四海”，则意味着佳偶之难得。

第二首写得更为大胆炽烈，暗约文君半夜幽会，并一起私奔。

“孳尾”，指鸟兽雌雄交媾。《尚书·尧典》：“厥民析，鸟兽孳尾。”《传》云：“乳化曰孳，交接曰尾。”“妃”，配偶。《说文》：“妃，匹也。”“交情通意”，交流沟通情意，即情投意合。“中夜”，即半夜。前两句呼唤文君前来幽媾结合，三四句暗示彼此情投意合连夜私奔，不会有人知道；五六句表明远走高飞，叮咛对方不要使我失望，徒然为你感念相思而悲伤。盖相如既已事前买通文君婢女暗通殷勤，对文君寡居心理状态和爱情理想亦早有了解，而今复以琴心挑之，故敢大胆无忌如此。

这两首琴歌之所以令后人津津乐道，首先在于“凤求凰”表现了强烈的反封建思想。相如、文君大胆冲破了封建礼教的罗网和封建家长制的樊篱，什么“不待父母之命，媒妁之言，钻穴隙相窥，逾墙相从，则父母国人皆贱之”，什么“妇人有三从之义，无专用之道”，什么“夫有再娶之义，妇无二适之文”，什么“男女……无币不相

见”，什么“门当户对”，等等神圣礼法，统统被相如、文君的大胆私奔行动踩在脚下，成为后代男女青年争取婚姻自主、恋爱自由的一面旗帜。试看榜样的力量在后代文学中的影响，如《西厢记》中张生亦隔墙弹唱《凤求凰》，说：“昔日司马相如得此曲成事，我虽不及相如，愿小姐有文君之意。”《墙头马上》中李千金在公公面前更以文君私奔相如为自己私奔辩护；《玉簪记》中潘必正亦以琴心挑动陈妙常私下结合；《琴心记》更是直接把相如、文君的故事搬上舞台……足见《凤求凰》反封建之影响深远。

其次，在艺术上，这两首琴歌，以“凤求凰”为通体比兴，不仅包含了热烈的求偶，而且也象征着男女主人公理想的非凡，旨趣的高尚，知音的默契等丰富的意蕴。全诗言浅意深，音节流亮，感情热烈奔放而又深挚缠绵，融楚辞骚体的旖旎绵邈和汉代民歌的清新明快于一炉。即使是后人伪托之作，亦并不因此而减弱其艺术价值。

绮怀十六首·其十五

【清】黄景仁

几回花下坐吹箫，
银汉①红墙②入望遥。
似此星辰③非昨夜，
为谁风露④立中宵。
缠绵思⑤尽抽残茧，
宛转心伤剥后蕉⑥。
三五年时三五月，
可怜杯酒不曾消。

注释

①银汉：银河。
②红墙：女子的闺房。
③星辰：星的总称。李商隐《无题》“昨夜星辰昨夜风，画楼西畔桂堂东。”
④风露：风和露。高启《芦雁图》“沙阔水寒鱼不见，满身风露立多时。”
⑤思：丝。心：芯。皆双关语。李商隐《无题》“春蚕到死丝方尽，蜡炬成灰泪始干。”
⑥蕉：芭蕉。

作者名片

黄景仁（1749—1783），清代诗人。字汉镛，一字仲则，号鹿菲子，阳湖（今江苏省常州市）人。四岁而孤，家境清贫，少年时即负诗名，为谋生计，曾四方奔波。一生怀才不遇，穷困潦倒，后授县丞，未及补官即在贫病交加中客死他乡，年仅35岁。诗负盛名，为“毗陵七子”之一。诗学李白，所作多抒发穷愁不遇、寂寞凄怆之情怀，也有愤世嫉俗的篇章。七言诗极有特色。亦能词。著有《两当轩全集》。

译文

我多少次坐在花下吹箫，伊人所在的红墙虽然近在咫尺，却如天上的银河一般遥不可及。

眼前的星辰已不是昨夜的星辰，我为了谁在风露中伫立了整整一夜呢？

缠绵的情思已尽如抽丝的蚕茧，宛转的心已经像被剥的芭蕉。

回想起她十五岁时在那月圆之夜的情景，可叹我手中的这杯酒竟已无法消除心中的忧愁。

赏析

“绮”本意为“有花纹的丝织品”，后来引申为“美丽”，“绮怀”自是一种美丽的情怀，对清代诗人黄景仁来说，这种美丽来自一种爱情失落无处寻觅的绝望，因而更加凄婉动人。

黄景仁年轻时曾同自己的表妹两情相悦，但故事却仅有一个温馨的开始和无言的结局。正因如此，在《绮怀》之中，笼罩着隐隐约约的感伤。这种感伤，被那种无法排解的甜蜜回忆和苦涩的现实纠缠着，使得诗人一步步地陷入绝望中。

首联“几回花下坐吹箫，银汉红墙入望遥”。明月相伴，花下吹箫，美好的相遇。但是这只是一个开始。伊人所在的红墙虽然近在咫尺，却如天上的银汉一般遥不可及。

第二联“似此星辰非昨夜，为谁风露立中宵”。这是最让人称道的一联，是的，今夜已非昨夜，昨夜的星辰，是记录着花下吹箫的浪漫故事，而今夜的星辰，却只有陪伴自己这个伤心之人。诗人是清醒的，他知道往事不可能重现，而正是因为这种清醒，才使他陷入了更深的绝望。

在黄景仁的诗中，所有虚幻的安慰全消失了，只有一个孤独的人依旧保持着一种望月的姿势，思念的姿势。试想，诗人独立中庭，久久望月，一任夜晚的冷露打湿了自己的衣裳，打湿了自己的心灵。而这种等待的尽头却只能是一片虚无，这种思念的幻灭以及明明知道思念幻灭却仍然不能不思念的心态，正是最为绝望的一种心态。

第三联“缠绵思尽抽残茧，宛转心伤剥后蕉”。这句可以和李商隐的《无题》诗中的“春蚕到死丝方尽，蜡炬成灰泪始干”相媲美。春蚕吐丝，将自己重重包裹，正如诗人自己用重重思念将自己重重包围。春蚕吐丝尽头是茧，是死，红烛流泪的尽头是灰，是死。而死，自然是人世间最为绝望的结局了。“芭蕉”也是幽怨的意象，李商隐《代赠》诗中有“芭蕉不展丁香结，同向春风各自愁”。

尾联“三五年时三五月，可怜杯酒不曾消”。尾联同首联呼应，三五年时三五之月，自然是“几回花下坐吹箫”的往昔，而那时的美酒在今夜早已被酿成苦涩的酒。而这种苦涩是永远也无法消除的。因为，诗人无法不想念，也就无法从往昔和现实的夹缝之中突围出来。法国著名诗人缪塞说：“最美丽的诗歌也是最绝望的诗歌，有些不朽的篇章是纯粹的眼泪。”黄景仁的七言律诗《绮怀十六首之十五》，也正是因为这种绝望而更有魅力。

八六子[1]·倚危亭

【宋】秦观

倚危亭。恨如芳草[2]，萋萋刬[3]尽还生。念柳外青骢[4]别后，水边红袂分时，怆然暗惊。

无端天与娉婷。夜月一帘幽梦，春风十里柔情。怎奈向、欢娱渐随流水，素弦声断，翠绡香减，那堪片片飞花弄晚，蒙蒙残雨笼晴。正销凝。黄鹂又啼数声。

注释

①八六子：杜牧始创此调，又名《感黄鹂》。
②恨如芳草：李煜《清平乐》“离恨恰如芳草，更行更远还生。”
③刬（chǎn）：同“铲”。
④青骢（cōng）：毛色青白相间的马。

译文

我独自依靠在高高的亭子上，那怨情就像春草，刚刚被清理，不知不觉又长出来。一想到在柳树外骑马分别的场景，一想到在水边与那位红袖佳人分别的情形，我就伤感不已。

佳人，上天为何让你如此美丽？让我深深投入无力自拔？当年在月夜里，我们共同醉入一帘幽梦，温柔的春风吹拂着你我。真是无可奈何，往日的欢乐都伴随着流水远去，绿纱巾上的香味渐渐淡去，再也听不到你那悦耳的琴声。如今已到了暮春时节，片片残红在夜色中飞扬，点点细雨下着下着天又晴了，雾气迷迷蒙蒙的，像一片轻纱。我的愁思正浓，黄鹂突然啼叫了几声，令我更加伤感。

赏析

这是秦观写于元丰三年（1080）的一首怀人之作，当时秦观三十二岁，孔子有云："三十而立。"而他此时还未能登得进士第，更未能谋得一官半职。在这种处境下，忆想起以往与佳人欢娱的美好时光，展望着今后的路程，使他不能不感怀身世而有所慨叹。从艺术上看，整首词缠绵悱恻，柔婉含蓄，融情于景，抒发了对某位佳人的深深追念，鲜明地体现了秦观婉约词情韵兼胜的风格特征。

此词写作者与他曾经爱恋的一位歌女之间的离别相思之情。全词由情切入，突兀而起，其间绘景叙事，或回溯别前之欢，或追忆离后之苦，或感叹现实之悲，委婉曲折，道尽心中一个"恨"字。

秦观词中最大的特色是"专主情致"。抒情性原本就是词长于诗的特点，秦观则将词的这一特长发扬光大，在这首词中体现得十分明显。词的上片临亭远眺，回忆与佳人分手，以情直入，点出词眼在于一个"恨"字。以"芳草"隐喻离恨，又是眼前的景物。忆及"柳外""水边"分手之时词人以"怆然暗惊"抒发感受，落到现实，无限凄楚。而词的下片则设情境写"恨"。用"怎奈""那堪""黄鹂又啼数声"等词句进一步把与佳人分手之后的离愁别绪与仕途不顺，有才得不到施展的身世之"恨"，融于一处，并使之具体化、形象化，达到融情于景、情景交融的境界。

下片"无端"三句，再进一步追忆当时欢聚之乐。"无端"是不知何故之意，言老天好没来由，赐予她一份娉婷之姿，致使作者为之神魂颠倒。"夜月"二句叙写欢聚情况，借用杜牧诗句"娉娉袅袅十三余，豆蔻梢头二月初。春风十里扬州路，卷上珠帘总不知。"《赠别》含蓄出之无浅露之病。"怎奈向"三句（"怎奈向"义同"奈何"）叹惋好景不长，倏又离散。"素弦声断，翠绡香减"，仍是用形象写别离，有幽美凄清之致。"那堪"二句，忽又写眼前景物，以景融情。

“片片飞花弄晚，蒙蒙残雨笼晴”，是凄迷之景，怀人的深切愁闷中，观此景更增惆怅，故用“那堪”二字领起。结尾“正销凝，黄鹂又啼数声”，又是融情入景，有悠然不尽之意。洪迈《容斋随笔》卷十三云：“秦少游《八六子》词云：‘片片飞花弄晚，蒙蒙残雨笼晴。正销凝，黄鹂又啼数声。’语句清峭，为名流推激。予家旧有建本《兰畹曲集》，载杜牧之一词，但记其末句云：‘正销魂，梧桐又移翠阴。’秦公盖效之，似差不及也。”洪迈指出此二句是从杜牧词中脱化出来。

最后，这首词的语言清新自然，情辞相称，精工而无斧凿之痕。前人曾这样评论：“子瞻辞胜乎情，耆卿情胜乎辞，辞情相称者，惟少游而已。”

“多情自古伤离别”，接天的芳草是铲不完、除不尽的离恨，恨的是那一帘幽梦早已随风飘散，那一段柔情早已化成东流逝水，写词的人也早已远离我们，但是，他那柔婉含蓄、情韵兼胜的词风以及以此写成的名篇佳句则长留人间，永远使我们回味。

卜算子①·答施②

【宋】乐婉

相思似海深，旧事③如④天远。泪滴⑤千千万万行，更使人、愁肠断。

要见无因见，拼了终难拼。若是前生未有缘，待重结、来生愿。

注释

①卜算子：词牌名，又名《百尺楼》《眉峰碧》《楚天遥》等。

②答施：指答复姓施的情人。
③旧事：往事。
④如：如同。
⑤泪滴：流眼泪。

作者名片

乐婉，生卒年不详。宋代杭州妓女，为施酒监所悦。施曾有词相赠别，乐乃和之，即今传世的《卜算子·答施》，收录于《花草粹编》卷二自《古今词话》。

译文

离别后的相思似沧海般幽深、无际，美好的往事就像天边一样遥不可及。流下千千万万行的眼泪，也留不住远行的恋人，让人愁肠寸断。

想要相见却又无法相见，想要割舍这段爱情却终究舍弃不了。你我如果是前生没有缘分，那么就等待来生，再结为夫妻。

赏析

这是一首赠词。该词表达了诗人与恋人分别时的痛苦之情，同时也体现出诗人与恋人之间一种至死不渝的精神。该词直抒胸臆，明白如话。

上片中，“相思似海深，旧事如天远。”临别之前，却从别后的情况说起，起句便奇。“泪滴千千万万行，更使人、愁肠断。”上一句势若江河，一泻而下，下一句一断一续，正如哽咽。诀别的时刻最终还是来临了。女诗人既道尽别后的痛苦，又诉尽临别的伤心，似乎已无可再言。

而下片更是奇外出奇，奇之又奇。“要见无因见，拚了终难拚。”表现出诗人内心那种要重见却无法重见，要死心却又死不了心

的纠结心理。而“若是前生未有缘，待重结、来生愿。”表现的是诗人在绝望之中，发一愿，又生出一线希望。而此一线希望，到底是希望还是绝望，令人难以分辨。唯此一大愿，意长留天地。

全词篇幅虽短，但是，一位感情真挚、思想果断的女性形象跃然纸上。以泪滴千千万万行之人，以绝不可能断了之情，直道出作者的真挚情感，为之一拼，转念便直说出终是难舍，如此种种念头，皆在情理之中。但换作别人则未必能够直接道出自己的感情，而她却能直言不讳，这正是由作者的豪爽性格决定的。至于思旧事如天远，要重见而无因见，待重结、来生愿，若不是感情真挚的人，那是说不出的。

上下片两结句（赠词下结除外），较通常句式增加了一个字，化五言为六言句，于第三字顿，遂使这个词调一气流转的声情，增添了顿宕波峭之致。全词犹如长江之水，一流而去永不回头，但其意蕴仍觉有余。以一位风尘女子，而能够得到此段奇情异彩，历来受到人们的喜爱，其奥秘正在于词中道出了古往今来的爱情真谛：生死不渝。这是词中的最高境界。

中国古代的仁人志士，小而对于个人爱情，大而对于民族传统，皆抱有一种忠实的态度，即使当其不幸而处于绝望关头，生死难关之时，也能体现出一种生死不渝的精神。唯其此种精神，小而至于个人爱情，才能够心心相印，肝胆相照；大而至于民族文化，才能够绵延不绝，生生不已。两者表面上有大小之别，实际上则具共通之义。乐婉此词虽为言情小令，但其比喻的宗旨则并非一首言情小令所能代替的。

临江仙[①]·梦后楼台高锁

【宋】晏几道

梦后楼台高锁，酒醒帘幕低垂[②]。去年春恨却来[③]时。落花人独立，微雨燕双飞。

记得小蘋④初见，两重心字罗衣。琵琶弦上说相思。当时明月在，曾照彩云归。

注释

①临江仙：双调小令，唐教坊曲名，后用为词牌。《乐章集》入“仙吕调”，《张子野词》入“高平调”。五十八字，上下片各三平韵。约有三格，第三格增二字。柳永演为慢曲，九十三字，前片五平韵，后片六平韵。

②“梦后”两句：眼前实景，“梦后”“酒醒”互文，犹晏殊《踏莎行·小径红稀》所云“一场秋梦酒醒时”；“楼台高锁”从外面看，“帘幕低垂”就里面说。

③却来：又来，再来。

④小蘋：当时歌女名。

作者名片

晏几道（1038—1110），北宋著名词人。字叔原，号小山，抚州临川文港沙河（今江西省南昌市进贤县）人。晏殊第七子。历任颍昌府许田镇监、乾宁军通判、开封府判官等。性孤傲，中年家境中落。与其父晏殊合称“二晏”。词风似父而造诣过之。工于言情，其小令语言清丽，感情深挚，尤负盛名。表达情感直率。多写爱情生活，是婉约派的重要作家。有《小山词》留世。

译文

深夜梦回楼台，朱门紧锁，酒意消退但见帘幕重重低垂。去年的春恨涌上心头时，人在纷扬落花中幽幽独立，燕子在微风细雨中双双翱飞。

记得与小蘋初次相见时，身着绣有两重心字香熏过的罗衣。轻弹琵琶诉说相思滋味。当时的明月如今犹在，曾照着她彩云般的身影回归。

赏析

这首词抒发作者对歌女小蘋的怀念之情。比较起来，这首《临江仙·梦后楼台高锁》在作者众多怀念歌女的词中更有其独到之处。全词共四层：

第一层“梦后楼台高锁，酒醒帘幕低垂”，这两句首先给人一种梦幻般的感觉。

第二层“去年春恨却来时。落花人独立，微雨燕双飞。”这三句是说，去年的春恨涌上心头时，人在落花纷扬中幽幽独立，燕子在微风细雨中双双翱飞。“去年春恨却来时”，一句承上启下，转入追忆。“春恨”，因春天的逝去而产生一种莫名的怅惘。点出“去年”二字，说明这春恨由来非一朝一夕了。

第三层“记得小蘋初见，两重心字罗衣，琵琶弦上说相思。”欧阳修《好女儿令·眼细眉长》：“一身绣出，两重心字，浅浅金黄。”词人有意借用小蘋穿的“心字罗衣”来渲染他和小蘋之间倾心相爱的情谊，已够使人心醉了。他又信手拈来，写出“琵琶弦上说相思”，使人很自然地联想起白居易《琵琶行》“低眉信手续续弹，说尽心中无限事”的诗句来，给词的意境增添了不少光彩。

第四层“当时明月在，曾照彩云归”。末两句是说，当时明月如今又在，曾照着她彩云般的身影回归。一切见诸于形象的描述都是多余的了。不再写两人的相会、幽欢，不再写别后的思忆。词人只选择了这一特写的镜头：在皎洁的月光下，小蘋像一朵冉冉的彩云飘然归去。彩云，词中指美丽而薄命的女子。结尾两句因明月兴感，与首句“梦后”相应。如今之明月，犹当时之明月，可是如今的人事情怀，已大异于当时了。梦后酒醒，明月依然，彩云安在？在空寂之中仍旧是苦恋，执着到了一种“痴”的境地，这正是小晏词艺术的深度和广度远胜于“花间”之处。

这首《临江仙》含蓄真挚，字字关情。词的上阕“去年春恨却来时”可以说是词中的一枚时针，它表达了词人处于痛苦和迷惘之中，其原因是他和小蘋有过一段甜蜜幸福的爱情。时间是这首词的主要线索。其余四句好像是四个相对独立的镜头（梦后、酒醒、人独立、燕双飞），每个镜头都渲染着词人内心的痛苦，句句景中有情。下阕写词人的回忆。词人想到是两重心字的罗衣和曾照彩云归的地方，还有那倾诉相思之情的琵琶声。小蘋的形象不仅在词人的心目中再现。字字情中有景，整篇结构严谨，情景交融，不失为我国古典诗词中的珍品。

节妇吟·寄东平李司空师道①

【唐】张籍

君知妾②有夫，
赠妾双明珠。
感君缠绵③意，
系在红罗襦④。
妾家高楼连苑起⑤，
良人执戟明光⑥里。
知君用心如日月⑦，
事夫誓拟⑧同生死。
还君明珠双泪垂，
恨不⑨相逢未嫁时。

注释

①节妇：能守住节操的妇女，特别是对丈夫忠贞的妻子。吟：一种诗体的名称。
②妾：古代妇女对自己的谦称，这里是诗人的自喻。
③缠绵：情意深厚。
④罗：一类丝织品，质薄、手感滑爽而透气。襦：短衣、短袄。
⑤高楼连苑起：耸立的高楼连接着园林。苑：帝王及贵族游玩和打猎的风景园林。起：矗立着。
⑥良人：旧时女人对丈夫的称呼。执戟：指守卫宫殿的门户。戟：一种古代的兵器。明光：本汉代宫殿名，这里指皇帝的宫殿。
⑦用心：动机目的。如日月：光明磊落的意思。
⑧事：服侍、侍奉。拟：打算。
⑨恨不：一作“何不”。

作者名片

张籍（约767—约830），唐代诗人。字文昌，汉族，和州乌江（今安徽和县）人，郡望苏州吴（今江苏苏州）。先世移居和州，遂为和州乌江（今安徽和县乌江镇）人。世称“张水部”“张司业”。张籍的乐府诗与王建齐名，并称“张王乐府”。著名诗篇有《塞下曲》《征妇怨》《采莲曲》《江南曲》。《张籍籍贯考辨》认为，韩愈所说的“吴郡张籍”乃谓其郡望，并引《新唐书·张籍传》《唐诗纪事》《舆地纪胜》等史传材料，驳苏州之说而定张籍为乌江人。

译文

你明知我已经有了丈夫，还偏要送给我一对明珠。

我心中感激你情意缠绵，把明珠系在我的红罗短衫上。

我家的高楼就连着皇家的花园，我丈夫拿着长戟在皇宫里值班。

虽然知道你真心朗朗无遮掩，但我已发誓与丈夫生死共患难。

归还你的双明珠时我两眼泪涟涟，遗憾没有在我未嫁之前遇到你。

赏析

此诗通篇运用比兴手法，委婉地表明自己的态度。单看表面完全是一首抒发男女情事之言情诗，骨子里却是一首政治抒情诗，题为《节妇吟》，即用以明志。

此诗似从汉乐府《陌上桑》《羽林郎》脱胎而来，但较之前者更委婉含蓄。

首二句说：这位既明知我是有夫之妇，还要对我用情，此君非守礼法之士甚明，语气中带微词，含有谴责之意。这里的“君”，喻指藩镇李师道，“妾”是自比，十字突然而来，直接指出师道别有用心。

接下去诗句一转，说道：我虽知君不守礼法，然而又为你的情意所感，忍不住亲自把君所赠之明珠系在红罗襦上。表面看，是感师道的知己；如果深一层看，话中有文章。

继而又一转，说自己家的富贵气象，良人是执戟明光殿的卫士，身属中央。古典诗词，传统的以夫妇比喻君臣，这两句意谓自己夫君是唐王朝的士大夫。

紧接着的两句作波澜开合，感情上很矛盾，思想斗争激烈：前一句感谢对方，安慰对方；后一句斩钉截铁地申明己志，“我与丈夫誓同生死”。

最后以深情语作结，一边流泪，一边还珠，言辞委婉，而意志坚决。

诗中所说“双明珠”是李师道用来拉拢、引诱作者为其助势的代价，也就是常人求之不得的声名地位、富贵荣华一类的东西。作者慎重考虑后委婉地拒绝了对方的要求，做到了“富贵不能淫”，像一个节妇守住了贞操一样守住了自己的严正立场。但当时李师道是个炙手可热的藩镇高官，作者并不想得罪他、让他难堪，因此写了这首非常巧妙的双层面的诗去回拒他。

长相思①·折花枝

【明】俞彦

折花枝，恨花枝，准拟②花开人共卮③，开时人去时。

怕相思，已相思，轮到相思没处辞④，眉间露一丝⑤。

注释

①长相思：词牌名。原为唐教坊曲。后用为词调之称。又名《忆多娇》《双红豆》《相思令》《长相思令》《长思仙》《山渐青》《吴山青》《青山相送迎》

《越山青》等。仄韵调名为《叶落秋窗》。双调，每段四句，押四平韵，三十六字。

②准拟：打算，约定。

③人共卮（zhi）：指饮酒订婚。卮，古代盛酒器。

④辞：躲避。

⑤丝：丝与“思”谐音，以双关语既形眉态，又表心绪。

作者名片

俞彦，字仲茅，上元人。生卒年均不详，约明神宗万历四十三年前后在世。万历二十九年（1601年）进士。历官光禄寺少卿。彦长于词，尤工小令，以淡雅见称。词集今失传，仅见于各种选本中。

译文

折下美丽的花枝，不觉又怨恨起花枝，原来打算花开时我们一起赏花共饮，谁知花开后情人一去不返不见踪影。

害怕相思折磨自己，相思之情却早已令我哀愁，没办法摆脱它，心中稍稍平静后眉间又露出一丝哀愁。

赏析

这首词笔法简洁细腻，以女子的口吻，写主人公与情人分别后的相思之情，情极深挚，非至情者莫能道出。写法上，运用复杂而微妙的感情交织，在对花的爱与恨以及对于相思的怕而又不得不相思的矛盾交织中，体现其对爱情的忠贞和对幸福的向往。该词化用了范仲淹《御街行》的“都来此事，眉间心上，无计相回避”及李清照《一剪梅》的“才下眉头，却上心头”。

上片从“花”字生发，鲜花象征着美好的事物，代表着纯真的爱情，并常常被用来比喻美丽的女子。“折花枝”尽管只是写了女主人公的一个动作，但也自然会使人联想到青春少女美丽的面庞及折花枝时的优美姿态，联想起“人面桃花相映红”（唐崔护《题都城南庄》）的艺术境界。“恨花枝”三字接得突兀，词人着一“恨”字，准确地刻画了折花人心灵深处的悲苦，这首词即以盈盈春色反衬人的失意。“准拟花开人共卮，开时人去时”，令人仿佛看到折花人流下相思泪，含情凝睇着伊人离去。女主人公本来打算同恋人在花开时节共同饮酒赏花，可是花开之日却是人去之时，离愁既生，迁恨于花枝也是必然的。其实“花枝”并没有什么过错，“恨花枝”，说到底就是恨自己的恋人，本来说好的事情，为何能轻易违约匆匆离去。不过，这“恨”中也包含着爱的成分。

下片紧承上片意脉，娓娓道来，生动地写出自己的刻骨相思。这“相思”二字所包容的巨大能量，曾使古今中外的多少有情男女愁苦不已，损心伤神。回想昔日花好月圆共饮时，湖边柳下细和语，卿卿我我蜜意时，女子惧怕孤独、不甘寂寞，“怕相思，已相思”将女主人公怨恨、思念、爱怜的感情细腻、逼真地表达出来，直抒胸臆。但“怕”又有何用，谁能摆脱这“剪不断，理还乱”的忧愁。但当心里有了“相思”的想法时，就已经在相思了。“怕”和“恨”连起来，正是白居易所描绘的“思悠悠，恨悠悠，恨到归时方始休”的同义语。对一位感情丰富，情窦已开的女子来说，“恨”是“爱”的折光，“怕”是“恋”的延伸，相思之苦，难以排遣。“轮到”，表明主人公过去还未曾品尝过相思之苦，正因为是初尝，才更能体会到相思是那样的折磨人，纠缠人，让人没法回避，无法推辞。心中所思，形诸面容，“眉间”自然会“露一丝”，这“一丝”凝聚着主人公对恋人的无限深情与怀念，其中有恨，有爱，有失望，有希望，有痛苦，有幸福，各种滋味难以表达。以“丝”谐“思”，采用民歌抒情时惯用的手法，清新含蓄，娇态可怜。

该词上片写实记事，下片抒情展怀。上下片虚实结合，相映相衬，情味浓郁，完美地塑造了一位多情女子的形象。上下片打头的两个三字句，有很别致的形式：第二、三字相互重复，句首第一字相互对照。例如白居易的“汴水流，泗水流——思悠悠，恨悠悠”，林逋的“吴山青，越山青——君泪盈，妾泪盈”，俞彦这首词颇具匠心地借助了这种形式上的奇突。“折花枝，恨花枝”和“怕相思，已相

思”，前者是心理与行为，后者是心理与情势的比照和冲突，两者都不着痕迹地投射出词的主旋律——情绪上的双重体验（眷恋与痛苦），由此超越了语言结构的外壳，成为构成作品内在精神的有机因素。

玉楼春①·春恨

【宋】晏殊

绿杨芳草长亭路②，年少抛人③容易去。楼头残梦④五更钟，花底离愁三月雨。

无情不似多情苦，一寸还成千万缕。天涯地角有穷时，只有相思无尽处。

注释

①玉楼春：词牌名。又名“木兰花”。
②长亭路：送别的路。长亭：古代驿路上建有供行人休息的亭子。
③年少抛人：人被年少所抛弃，言人由年少变为年老。
④残梦：未做完的梦。

译文

在杨柳依依、芳草萋萋的长亭古道上，年少的人总是能轻易地抛弃送别之人登程远去。楼头传来五更的钟声惊醒了离人的残梦，花底飘洒的三月春雨增添了心中的愁思。

无情人哪里懂得多情人的苦恼，一寸相思愁绪竟化作万缕千丝。天涯地角再远也有穷尽终了那一天，只有那相思没有尽头，永不停止。

赏析

此词抒写人生离别相思之苦，寄托了作者从有感于人生短促、聚散无常以及盛筵之后的落寞等心情生发出来的感慨。整首词感情真挚，情调凄切，抒情析理，绰约多姿，有着迷人的艺术魅力。作者抒发人生感慨时成功地使用了夸张手法，更增添了词的艺术感染力。

上片首句写景，时间是绿柳依依的春天，地点古道长亭，这是旅客小休之所，也是两人分别之处。

“绿杨芳草长亭路”，上片起句写春景、别亭和去路，用以衬托人的感情。因为就是在这芳草连天、绿杨茂密的长亭外、古道边，那年少的游子与自己的心上人告别了。无边的“绿杨芳草”所描绘出的一派春光春景，为离别愁怨的抒发创造了广阔的空间。“年少”句叙述临行之际，闺女空自泪眼相看，无语凝咽，而“年少”的他却轻易地弃之而去。年少，是指思妇的“所欢”，也即“恋人”，据赵与时《宾退录》记载，“晏叔原见蒲传正曰：‘先君平日小词虽多，未尝作妇人语也。’传正曰：‘绿杨芳草长亭路，年少抛人容易去，岂非妇人语乎？’叔原曰：‘公谓年少为所欢乎，因公言，遂解得乐天诗两句：欲留所欢待富贵，富贵不来所欢去。’传正笔而悟。余按全篇云云，盖真谓所欢者，与乐天‘欲留年少待富贵，富贵不来年少去’之句不同，叔原之言失之。”这是晏几道为其父此词“年少”语所作的无谓辩解。实际上，此词写思妇闺怨，用的的确是“妇人语”。

“楼头残梦五更钟，花底离愁三月雨”二句，极写相思之苦，哀怨之切。残梦依稀，钟鼓伤情；细雨迷蒙，离情更苦，这正是那被抛弃的真情的悲哀。这两句不仅有着音节对仗工整之妙，更表现了幽咽婉转的意境之美。缠绵含蓄的轻歌低叹，真切浑成的着意抒发，把暮春三月的细雨，五更的残梦，楼头离人花下的寂寞，连同所有的相思都勾连成一片，缥缈轻飏，茫茫无际。

下片用反语，先以无情与多情作对比，继而以具体比喻从反面来说明。“无情”两句，用反语加强语意。先说无情则无烦恼，因此多

情还不如无情，从而反托出“多情自古伤离别”的衷情：“一寸”指心，柳丝缕缕，拂水飘绵，最识离怀别苦。两句意思是说，无情怎似多情之苦，那一寸芳心，化成了千丝万缕，蕴含着千愁万恨。词意来自李煜“一片芳心千万绪，人间没个安排处”（《蝶恋花》）。

末尾两句含意深婉。天涯地角，是天地之尽头，故云“有穷时”。然而，别离之后的相思之情，却是无穷无尽的，正所谓“只有相思无尽处”。这里通过比较来体现出因“多情”而受到的精神折磨，感情真切而含蓄，对于那个薄幸年少，却毫无埋怨之语。此词写闺怨，颇具婉转流利之致，词中不事藻饰，没有典故，除首两句为叙述，其余几句不论是用比喻，还是用反语，用夸张，都是通过白描手段反映思妇的心理活动，亦即难以言宣的相思之情，收到了很好的艺术效果。

蝶恋花·庭院深深深几许

【宋】欧阳修

庭院深深深几许①，杨柳堆烟②，帘幕无重数。玉勒③雕鞍④游冶处⑤，楼高不见章台路。

雨横风狂三月暮，门掩黄昏，无计留春住。泪眼问花花不语，乱红飞过秋千去。

注释

①几许：多少。许，估计数量之词。
②堆烟：形容杨柳浓密。
③玉勒：玉制的马衔。
④雕鞍：精雕的马鞍。
⑤游冶处：指歌楼妓院。

作者名片

欧阳修（1007—1072），字永叔，号醉翁，晚号“六一居士”。汉族，吉州永丰（今江西省永丰县）人，因吉州原属庐陵郡，以“庐陵欧阳修”自居。谥号文忠，世称欧阳文忠公。北宋政治家、文学家、史学家，与韩愈、柳宗元、王安石、苏洵、苏轼、苏辙、曾巩合称“唐宋八大家”。后人又将其与韩愈、柳宗元和苏轼合称“千古文章四大家”。

译文

庭院深深，不知有多深？杨柳依依，飞扬起片片烟雾，一重重帘幕不知有多少层。豪华的车马停在贵族公子寻欢作乐的地方，登上高楼也望不见通向章台的大路。

风狂雨骤的暮春三月里，重门将黄昏景色掩闭，也无法留住春意。泪眼汪汪地问落花可否知道我的心意，落花默默不语，乱纷纷地飞到秋千外。

赏析

此词词风深稳妙雅。所谓深者，就是含蓄蕴藉，婉曲幽深，耐人寻味。此词首句“深深深”三字，前人尝叹其用叠字之工；兹特拈出，用以说明全词特色之所在。不妨说这首词的景写得深，情写得深，意境也写得深。

词上阕以“庭院深深深几许”起句，点明女主人所处环境“庭院”，而三个“深”字的叠字运用更形象地描绘出女主人所处环境之“深幽”。这三个字不仅写出“庭院”之幽深更写出了女主人内心的幽深孤寂。

下阕则是女主人内心世界引发的感伤。“雨横风狂三月暮”，其中“横”和“狂”直接点破女主人那异常不平的内心世界。三月的春风细雨原本极其温柔，然而这里雨不是“斜雨”而是“横雨”，风不是“煦

风”而是“狂风”，原本美丽的“三月”却饱含着一份无情。“暮”字足见女主人等待之久，或许一天，或许一年，或许一辈子。多情的等待换来的却是无情的深深庭院里的不尽的黑夜。“夕阳无限好”，女主人已无意近黄昏，一个“掩”诉尽她内心的凄凉。“无计留春住”看似“无计留春”实则是感叹女子容易容颜易逝。“士为知己者死，女为悦己者容”，青春未逝尚且如此，青春流逝那还有什么盼头呢？

词中写了景，写了情，而景与情又是那样的融合无间，浑然天成，构成了一个完整的意境。尤其是结句，更臻于妙境：“一若关情，一若不关情，而情思举荡漾无边。”王国维认为这是一种“有我之境”。所谓“有我之境”，便是“以我观物，故物皆著我之色彩”（《人间词话》）。也就是说，花儿含悲不语，反映了词中女子难言的苦痛；乱红飞过秋千，烘托了女子终鲜同情之侣、怅然若失的神态。而情思之绵邈，意境之深远，尤令人神往。

诉衷情①·永夜②抛人何处去

【五代】顾敻

永夜抛人何处去？绝来音。香阁掩，眉敛③，月将沉。

争忍④不相寻？怨孤衾⑤。换我心，为你心，始知相忆深。

注释

①诉衷情：唐教坊曲名。因毛文锡词句有“桃花流水漾纵横”，又名《桃花水》；因顾敻本词，又名《怨孤衾》。

②永夜：长夜。

③眉敛：指皱眉愁苦之状。

④争忍：怎忍。

⑤孤衾：喻独宿。

作者名片

顾敻，五代词人。生卒年、籍贯及字号均不详。前蜀王建通正（916）时，以小臣给事内廷，见秃鹫翔摩诃池上，作诗刺之，几遭不测之祸。后擢茂州刺史。入后蜀，累官至太尉。顾敻能诗善词。《花间集》收其词55首，全部写男女之情。

译文

漫漫长夜你撇下我去了哪里啊？没有一点儿音讯。香阁门紧紧关上，眉儿紧紧皱起，月亮就要西沉。

怎么忍心不苦苦追寻你啊？怨恨这孤眠独寝。只有把我的心变作你的心，你才会知道这相思有多么深。

赏析

这首词通过女主人公口语式的内心独白，揭示了作为一个闺中弱女子被负心人所折磨而带来的心灵创伤，表现了旧社会情爱悲剧的一个方面。主人公怨中有爱，爱怨兼发，心情复杂。作品在艺术构思与表现手法上甚见匠心，深得后代词评家的赞赏。

“永夜抛人何处去？绝来音。”“永夜”，即漫漫长夜；一个“抛”字暗示出女子对自己命运的担心。起句劈面一问，不仅揭示了女子愁怨的根由，还写出了她因久盼不归而产生的焦灼、苦闷、不安和疑虑。下接“绝来音”，表明所爱深夜不归，并不是不得已的行为，而是故意给她的冷遇，一则写夜阑人静、悄无声息，烘托出女子孤寂无伴；同时透露出在漫漫长夜、寂寂空闺中她一直在侧耳凝神聆听户外声息的不安心情，门外的每一点儿哪怕是极轻微的声音都会唤起她的希望，使她激动和喜悦。

“香阁掩，眉敛，月将沉。”当希望之火一次次在心头燃起旋又熄灭以后，她终于明白今宵是无望了，“香阁掩”三字表明了她内心的绝望。一个“掩”字，显示了她的情感所系，她并不想把那个无情的人拒于门外，依然为他留着门，闷坐空闺，独对孤灯，痴痴等待着他。“眉敛”，正是她内心深处的怨情情不自禁的流露。然而直到月将西沉时分，他也没有给她消息，或者回来陪伴她。“月将沉”一句不仅点明天将破晓，它既暗示了清幽的月光没有给人以任何安慰，陡然增加了女子的愁思，也透露出女子为怨思所苦而一夜无眠，在辗转反侧之际，往日恩爱厮守、形影相随的情景尽在眼前，在独卧孤寝的凄清中更添加了几分寂寞和冷清。

“争忍不相寻？怨孤衾。”她的语气里有埋怨，有委屈，“争忍”二字反问，表明她怨中有爱，情丝难解，既有不忍苛责之意，也有不免怨怪之情，仔细体味，竟似有要对方发慈悲的意思。忍或不忍，不是因为情感的自然生发，不是因为情不自禁，而是来自慈悲的意念。然而稍加推究，闺门紧闭，室内一目了然，并无可寻。“寻”这一动作，正好显示她已陷于迷离恍惚的精神状态。等到她头脑稍为清醒，又得面对令人心碎的现实——孤衾独处。“怨孤衾”一句，短而有力，长夜难眠的孤独，自身情感依依而不获对应的痛苦，终于直接以一个“怨”字透出。“怨”，是因爱所生的恨，是不敢决裂而去的恨。

“换我心，为你心，始知相忆深。”情之所钟，忽发痴语，这是女子发自内心深处的表白和对负心人的恳切呼唤。换心者，移心之谓也，主人公希望把自己的一颗心移置在对方的心腔里，以取得对方对自己思念之深的理解。如果对方已经彻底绝情，任是怎样他也不会回心转意了。虽是如此，但词这样写，却愈见感情激愤而又无可奈何，沉哀深痛，入木三分。这里既有对男子的嗔怨，更透出女子的一片深情，令人低徊不尽。

词写痴情女子对负心情郎的期待、爱恋与幽怨。心不可换，情痴故欲换之，换之而不可得，益增其怨忧。写闺怨情至于此，形象鲜明生动，无以复加。

留别妻

【汉】苏武

结发[1]为夫妻，
恩爱两不疑。
欢娱在今夕，
嬿婉[2]及[3]良时。
征夫怀往路[4]，
起视夜何其[5]？
参辰[6]皆已没，
去去从此辞[7]。
行役[8]在战场，
相见未有期。
握手一长叹，
泪为生别[9]滋[10]。
努力爱[11]春华[12]，
莫忘欢乐时。
生当复来归[13]，
死当长相思。

注释

①结发：指男女成年时。古代男子20岁束发加冠，女子15岁束发加笄，表结发。
②嬿（yàn）婉：两情欢合。
③及：趁着。
④怀往路：想着出行的事。“往路”一作“远路”。
⑤夜何其：语出《诗经·庭燎》中“夜如何其”。是说“夜晚何时”。其（jì）：语尾助词。
⑥参辰：宿。参（shēn）：星名，每天傍晚出现于西方。辰：星名，每天黎明前出现于东方。
⑦辞：辞别，分手。
⑧行役：即役行，指奉命远行。
⑨生别：即生离。
⑩滋：益，多。
⑪爱：珍重。
⑫春华：青春。比喻少壮时期。
⑬来归：即归来。

作者名片

苏武（前140—前60），字子卿，汉族，杜陵（今陕西西安东南）人，西汉大臣。武帝时为郎。天汉元年（前100年）奉命以中郎将持节出使匈奴，被扣留。匈奴贵族多次威胁利诱，欲使其投降；后将他迁到北海（今贝加尔湖）边牧羊，扬言要公羊生子方可释放他回国。苏武历尽艰辛，留居匈奴十九年持节不屈。至始元六年（前81年），方获释回汉。苏武去世后，汉宣帝将其列为麒麟阁十一功臣之一，彰显其节操。

译文

你我结发成为夫妻，相亲相爱两不相疑。

欢乐只在今天晚上，两情欢好要借助这美好的时刻。

远征人心里老惦记出行的事，深夜常起身看看到何时了？

天上的星星全都不见了，我不得不与你分别了。

奉命远行上战场，不知何时才能相见。

紧握双手长叹，生离泪更多啊。

努力珍惜青春，不要忘记欢乐的时候。

如果有幸活下来，一定会回到你身边。如果不幸死了，也会永远想你。

赏析

《留别妻》此诗是一首抒情诗，前四句说夫妻恩爱，五句至八句写深夜话别，九句至十二句写黎明分手，最后四句写互勉立誓。全诗以时间为序，围绕夫妻恩爱，突出话别、分手和互勉。语言质朴明白，生动流畅。

开头四句从夫妻平时恩爱叙起，说明自结为夫妻之后，两相恩爱，从无猜疑，这样就为离别与相思做了铺垫。三四两句，虽未明言离别，但从欢娱嬿婉，仅有今夕的描写中，已透出夫妻即将分别的信息。既然夫妻在一起的时间不多了，良辰在于今夕，这短暂的时光就特别可贵，从惜时写惜别，虽未明言离别而离思已满。开头四句，委婉含蓄地写出了夫妻离别的凄苦。

“征夫怀往路”以下四句，叙述将要分别的景物。“征夫”是作者自指。此时作者王命在身，奉命使北，不得不割舍夫妻之情。也可能是王命急宣的缘故，诗人需要夙夜起身，故起观夜色，唯恐误了行程。仰观天际，看到参星与辰星皆已陨落，天色将曙，此时应踏上征途，别妻远行了。

“行役在战场”以下四句，正面摧写夫妻离别。首句点明去路，“战场”指匈奴统治之地，自秦至汉，匈奴成了北地主要的边患，可以说是个古战场，所以李白《战城南》云：“秦家筑城备胡处，汉家还有烽火燃。”不过这次苏武出使匈奴，并不是到这个古战场上去与匈奴打仗，而是因“送匈奴使留在汉者”，既然去路是如此遥远，不管行役作战也好，出使也好，夫妻再相见是没有定期的，想到这里，夫妻之间唯有握手长叹，泪满衣襟，有不胜临别之痛。

末四句写新婚夫妇临别时相互郑重叮咛。其中“努力”二句是妻子对丈夫的嘱托，她要丈夫在行役中爱惜自己的青春年华，注意保重身体，同时牢记夫妻间的恩爱与欢乐，体现了一个妻子的关心和担心；“生当”二句是丈夫对妻子的回答：“若能生还，一定与你白头偕老；若死在战场上，也将一直怀念你。”表现了丈夫对爱情的忠贞不渝。这段对话，不仅展示了人物朴实、美好的内心，而且更充实了诗首二句中“两不疑”的内容，使全诗增添了一种悲剧气氛。前贤曾谓悲剧就是将美好的东西毁灭给人看，此诗正符合这样一种说法。男女相爱结为夫妻，原是人生中最美好的事，可是在残酷的兵役制逼迫下，它只能像一朵刚绽放即被摧残的花，转瞬即逝，无法追回。

历史上有许多写离状别的佳作，此诗当能在其中占一席之地。它的选材、表达、风格等，都对世人有广泛的影响。唐代大诗人杜甫的名作《新婚别》可以说是这方面的代表。

国风·郑风·子衿[1]

【先秦】佚名

青青子衿，
悠悠[2]我心。
纵我不往，
子宁[3]不嗣音[4]？
青青子佩[5]，
悠悠我思。
纵我不往，
子宁不来？
挑兮达兮[6]，
在城阙[7]兮。
一日不见，
如三月兮！

注释

①子衿：周代读书人的服装。子，男子的美称，这里即指“你”。衿，即襟，衣服的胸前部分。
②悠悠：忧思不断的样子。
③宁（nìng）：岂，难道。
④嗣（sì）音：保持音信。嗣：接续，继续。
⑤佩：这里指佩玉的绶带。
⑥挑（tiāo，一说读tāo）兮达（tà）兮：独自走来走去的样子。挑，也作“佻”。
⑦城阙：城门两边的观楼。

译文

青青的是你的衣领，悠悠的是我的心境。纵然我不曾去看你，你难道就不给我寄传音讯？

青青的是你的佩带，悠悠的是我的情怀。纵然我不曾去看你，难道你就不能到我这儿来吗？

走来走去张眼望啊，在这高高的观楼上。一天不见你的面啊，好像已经有三个月那样长！

赏析

《国风·郑风·子衿》是中国古代第一部诗歌总集《诗经》中的一首诗。全诗三章，每章四句。此诗写单相思，描写一个女子思念她的心上人。每当看到颜色青青的东西，女子就会想起心上人青青的衣领和青青的佩玉。于是她登上城门楼，就是想看见心上人的踪影。如果有一天看不见，她便觉得如隔三月。全诗采用倒叙的手法，充分描写了女子单相思的心理活动，惟妙惟肖，而且意境很美，是一首难得的优美的情歌，成为中国文学史上描写相思之情的经典作品。

全诗三节，采用倒叙手法。

前两节以“我”的口气自述怀人。“青青子衿”“青青子佩”，是以恋人的衣饰借代恋人。对方的衣饰给她留下这么深刻的印象，使她念念不忘，可想见其相思萦怀之情。如今因受阻不能前去赴约，只好等恋人过来相会，可望穿秋水，不见影儿，浓浓的爱意不由转化为惆怅与幽怨：“纵然我没有去找你，你为何就不能捎个音信？纵然我没有去找你，你为何就不能主动前来？”

第三节点明地点，写她在城楼上因久候恋人不至而心烦意乱，来来回回地走个不停，觉得虽然只有一天不见面，却好像分别了三个月那么漫长。

全诗五十字不到，但女主人公等待恋人时的焦灼万分的情状宛然如在目前。这种艺术效果的获得，在于诗人在创作中运用了大量的心理描写。诗中表现这个女子的动作行为仅用“挑”“达”二字，主要笔墨都用在刻画她的心理活动上，如前两节对恋人既全无音讯、又不见影儿的埋怨，末节“一日不见，如三月兮”的独白。两段埋怨之词，以“纵我”与“子宁”对举，急盼之情中不无矜持之态，令人生出无限想象，可谓字少而意多。末尾的内心独自，则通过夸张的修辞手法，造成主观时间与客观时间的反差，从而将其强烈的情绪形象地表现出来，可谓因夸以成状，沿饰而得奇。心理描写手法，在后世文坛已发展得淋漓尽致，而上溯其源，此诗已开其先。

这首诗是《诗经》众多情爱诗歌作品中较有代表性的一篇，它鲜明地体现了那个时代的女性所具有的独立、自主、平等的思想观念和精神实质，女主人公在诗中大胆表达自己的情感，即对情人的思念。这在《诗经》以后的历代文学作品中是少见的。

雨霖铃·寒蝉凄切

【宋】柳永

寒蝉凄切，对长亭晚，骤雨①初歇。都门帐饮②无绪，留恋处，兰舟催发。执手相看泪眼，竟无语凝噎。念去去③，千里烟波，暮霭沉沉楚天④阔。

多情自古伤离别，更那堪，冷落清秋节！今宵⑤酒醒何处？杨柳岸，晓风残月。此去经年⑥，应是良辰好景虚设。便纵有千种风情⑦，更与何人说？

注释

①凄切：凄凉急促。骤雨：急猛的阵雨 。

②都门：国都之门。这里代指北宋的首都汴京（今河南开封）。帐饮：在郊外设帐饯行。

③凝噎：喉咙哽塞，欲语不出的样子。去去：重复“去”字，表示行程遥远。

④暮霭：傍晚的云雾。沉沉：深厚的样子。楚天：指南方的天空。

⑤今宵：今夜。

⑥经年：年复一年。

⑦纵：即使。风情：情意，男女相爱之情。

作者名片

柳永，（约987—约1053）北宋著名词人，婉约派代表人物。汉族，崇安（今福建武夷山）人，原名三变，字景庄，后改名永，字耆卿，排行第七，又称柳七。宋仁宗朝进士，官至屯田员外郎，故世称柳屯田。他自称“奉旨填词柳三变”，以毕生精力作词，并以“白衣卿相”自诩。其词多描绘城市风光和歌妓生活，尤长于抒写羁旅行役之情，创作慢词独多。铺叙刻画，情景交融，语言通俗，音律谐婉，在当时流传极其广泛，人称“凡有井水饮处，皆能歌柳词”，婉约派最具代表性的人物之一，对宋词的发展有重大影响，代表作《雨霖铃》《八声甘州》。

译文

秋蝉的叫声凄凉而急促，傍晚时分，面对着长亭，骤雨刚停。在京都郊外设帐饯行，却没有畅饮的心绪，正在依依不舍的时候，船上的人已催着出发。握着对方的手含着泪对视，哽咽得说不出话来。想到这一去路途遥远，千里烟波渺茫，傍晚的云雾笼罩着蓝天，深厚广阔，不知尽头 。

自古以来，多情的人总是为离别而伤感，更何况是在这冷清、凄凉的秋天！谁知我今夜酒醒时身在何处？怕是只有杨柳岸边了，面对凄厉的晨风和黎明的残月。这一去长年相别，我料想即使遇到好天气、好风景，也如同虚设。即使有满腹的情意，又能同谁诉说呢？

赏析

《雨霖铃》是柳永著名的代表作。这首词是词人在仕途失意，不得不离开京都（汴京，今河南开封）时写的，是表现江湖流落的感受中很有代表性的一篇。这首词写离情别绪，达到了情景交融的艺术境界。词的主要内容是以冷落凄凉的秋景作为衬托来表达和情人难以割舍的离情。宦途的失意和与恋人的离别，两种痛苦交织在一起，使词人更加感到前途的暗淡和渺茫。

全词分上下两阕。上阕主要写一对恋人饯行时难分难舍的别情。

首句“寒蝉凄切。对长亭晚，骤雨初歇”写环境，点出别时的季节是萧瑟凄冷的秋天，地点是汴京城外的长亭，具体时间是雨后阴冷的黄昏。然而词人并没有客观地铺叙自然景物，而是通过景物的描写，氛围的渲染，融情入景，暗寓别意。

后两句中“都门帐饮”是写离别的情形。在京城门外设帐宴饮，暗寓仕途失意，且又跟恋人分手。“无绪”，指理不出头绪，有“剪不断，理还乱”的意思，写出了不忍别离而又不能不别的思绪。

“执手相看泪眼，竟无语凝噎”是不得不别的情景。一对情人，紧紧握着手，泪眼相对，谁也说不出一句话来。这两句把彼此悲痛、眷恋而又无可奈何的心情，写得淋漓尽致。一对情人伤心失魄之状，跃然纸上。这是白描手法，所谓“语不求奇，而意致绵密”。

“念去去、千里烟波，暮霭沉沉楚天阔。”写别后思念的预想。词中主人公的黯淡心情给天容水色涂上了阴影。一个“念”字，告诉读者下面写的景物是想象的。“去去”是越去越远的意思。这二字用得极好，不愿去而又不得不去，包含了离人的无限凄楚。只要兰舟启碇开行，就会越去越远，而且一路上暮霭深沉、烟波千里，最后漂泊到广阔无边的南方。离愁之深，别恨之苦，溢于言表。从词的结构看，这两句由上阕实写转向下阕虚写，具有承上启下的作用。

下阕着重写想象中别后的凄楚情景。

下阕则宕开一笔，先作泛论，从个别说到一般，得出一条人生哲理：“多情自古伤离别”。意谓伤离惜别，并不自我始，自古皆然。“自古”两字，从个别特殊的现象出发，提升为普遍、广泛的现象，扩大了词的意义。但接着“更那堪冷落清秋节”一句，则强调自己比常人、古人承受的痛苦更多、更甚。江淹在《别赋》中说：“黯然销魂者唯别而已矣！”作者把古人这种感受融化在自己的词中，而且层层加码，创造出新意。

“今宵酒醒何处？杨柳岸晓风残月。”这是写酒醒后的心境，也是他漂泊江湖的感受。这两句妙就妙在用景写情，真正做到“景语即情语”。“柳”“留”谐音，写难留的离情；晓风凄冷，写别后的寒心；残月破碎，写此后难圆之意。这几句景语，将离人凄楚惆怅、孤独忧伤的感情，表现得十分充分、真切，创造出一种特有的意境。难怪它为人称道，成为名句。

《雨霖铃》全词围绕“伤离别”而构思，先写离别之前，重在勾勒环境；次写离别时刻，重在描写情态；再写别后想象，重在刻画心理。不论勾勒环境，还是描写情态，想象未来，词人都注意到了前后照应，虚实相生，做到层层深入，尽情描绘，情景交融，读起来如行云流水，起伏跌宕中不见痕迹。这首词的情调因写真情实感而显得太伤感、太低沉，但却将词人抑郁的心情和失去爱情的痛苦刻画得极为生动。古往今来有离别之苦的人们在读到这首《雨霖铃》时，都会产生强烈的共鸣。

玉楼春·尊前拟把归期说

【宋】欧阳修

尊前①拟把归期说，欲语春容②先惨咽。人生自是有情痴，此恨不关风与月。

离歌③且莫翻新阕④，一曲能教肠寸结。直须看尽洛城花⑤，始共⑥春风容易别。

注释

①尊前：即樽前，饯行的酒席前。
②春容：如春风妩媚的颜容。此指别离的佳人。

③离歌：指饯别宴前唱的流行的送别曲。
④翻新阕：按旧曲填新词。白居易《杨柳枝》："古歌旧曲君莫听，听取新翻杨柳枝。"
⑤洛城花：洛阳盛产的牡丹，欧阳修有《洛阳牡丹记》。
⑥始：始而，表示某一情况或动作开始(后面多接用"继而"、"终于"等副词)。共：和，与。

译文

饯行的酒席前就想先把归期说定，一杯心切情切，欲说时佳人无语滴泪，如春风妩媚的娇容，先自凄哀低咽。人的多愁善感是与生俱来的，这种情结和风花雪月无关。

饯别的酒宴前，不要再按旧曲填新词，清歌一曲就已让人愁肠寸寸郁结。一定要将这洛阳城中的牡丹看尽，继而才能与春风轻松地告别。

赏析

此词咏叹离别，于伤别中蕴含平易而深刻的人生体验。

"尊前拟把归期说，欲语春容先惨咽。"这首词开头两句是说，尊前拟把归期说定，一杯心切情切，欲说佳人无语泪滴，如春风妩媚的娇容，先自凄哀低咽，表面看来固然仅仅是对眼前情事的直接叙写，但在遣词造句的选择和结构之间，欧阳修却于无意之中显示出他自己的一种独特的意境。

"人生自是有情痴，此恨不关风与月。"上片的后两句是说，人生自是有情，情到深处痴绝，这凄凄别恨不关涉——楼头的清风，中天的明月。这两句则似乎是由前两句所写的眼前情事，转入了一种理念上的反省和思考，而如此也就把对于眼前一件事情的感受，推广到了对于整个人世的认知。事实上天边的明月与楼外的东风，原属无情之物，和人事没有什么关系。只不过就有情之人看来，则明月东风遂皆成为引人伤心断肠之媒介了。所以说这两句虽是理念上的思索和反省，但事实上却是透过理念才更见出深情之难解。而此种情痴又正与首两句所写的“尊前”“欲语”的使人悲惨呜咽之离情暗相呼应。

“离歌且莫翻新阕，一曲能教肠寸结。”下片前两句是说，饯别的酒宴前，不要再唱新的一曲，清歌一曲，已让人愁肠寸寸郁积。这两句再由理念中的情痴重新返回到上半阕的樽前话别的情事。“离歌”自当指樽前所演唱的离别的歌曲，所谓“翻新阕”就是“因翻旧阕之词，写以心声之调”。《阳关》旧曲，已不堪听，离歌新阕，亦“一曲能教肠寸结”。前句“且莫”二字的劝阻之词写得如此叮咛恳切，正以反衬后句“肠寸结”的哀痛伤心。写情至此，本来已经对离别无常之悲慨陷入极深，而欧阳修却于末两句突然扬起豪兴。

“直须看尽洛城花，始共春风容易别。”末两句是说，啊，此时只需要把满城牡丹看尽，你与我同游相携，这样才会少些滞重的伤感，淡然无憾的与归去的春风辞别。

这种豪兴正是欧阳修词风格中的一个最大的特色，也是欧阳修性格中的一个最大的特色。欧阳修这一首《玉楼春》词，明明蕴含有很深重的哀伤与春归的惆怅，然而他却偏偏在结尾中写出了豪宕的句子。在这两句中，不仅其要把“洛城花”完全“看尽”，表现了一种遣玩的意兴，而且他所用的“直须”和“始共”等口吻也极为豪宕有力。然而“洛城花”却毕竟有“尽”，“春风”也毕竟要“别”，因此在豪宕之中又实在隐含了沉重的悲慨。所以王国维在《人间词话》中论及欧词此数句时，乃谓其“于豪放之中有沉着之致，所以尤高”。

迢迢[①]牵牛星

【汉】佚名

迢迢牵牛星，
皎皎[②]河汉女[③]。

注释

①迢（tiáo）迢：遥远的样子。牵牛星：河鼓三星之一，隔银河和织女星相对，俗称“牛郎星”，是天鹰星座的主星，在银河东。
②皎皎：明亮的样子。

纤纤[④]擢[⑤]素手，
札札[⑥]弄机杼。
终日不成章，
泣涕零[⑦]如雨。
河汉清且浅[⑧]，
相去复几许[⑨]。
盈盈[⑩]一水间，
脉脉[⑪]不得语。

③河汉女：指织女星，是天琴星座的主星，在银河西，与牵牛星隔河相对。河汉，即银河。
④纤纤：纤细柔长的样子。
⑤擢（zhuó）：引，抽，接近伸出的意思。素：洁白。
⑥札（zhá）札：象声词，机织声。
⑦涕：眼泪。零：落下。
⑧清且浅：清又浅。
⑨相去：相离，相隔。去，离。复几许：又能有多远。
⑩盈盈：水清澈、晶莹的样子。
⑪脉（mò）脉：含情相视的样子。

译文

在银河东南牵牛星遥遥可见，在银河之西织女星明亮皎洁。
织女正摆动柔长洁白的双手，织布机札札地响个不停。
一整天也没织成一段布，眼泪如同雨点儿般零落。
这银河看起来又清又浅，两岸相隔又有多远呢？
虽然只隔了一条银河，但也只能脉脉含情，相视无语。

赏析

这首诗借神话传说中牛郎、织女被银河相隔而不得相见的故事，抒发了因爱情遭受挫折而痛苦忧伤的心情。

诗一开篇，先写织女隔银河怅望对岸的牛郎。“迢迢”是织女心里的感觉，情人眼里的咫尺天涯。牵牛郎，既是“河汉女”眼中的牛郎，也是“河汉女”心中的牛郎。这第一句是立足织女的感觉来写，第二句才正面写织女。这一二句诗就为后文的种种场面描写、情思描写而张了本。“皎皎河汉女”是写景也是写人。“皎皎”不仅写出了银河的清亮，也是为后文的“清且浅”做铺垫，同时也写出了织女整体形象的娇美姿态。

接下来，“纤纤擢素手，札札弄机杼”描写织女手的特征、劳动的情景及其勤劳的形象。“纤纤擢素手”写得如见其形，“札札弄机杼”写得更如闻其声。这两句诗不仅写出了织女的姿态美，也意在写出织女的勤劳形象，更意在写出织女因牛郎不在身边而孤寂苦闷的心情。

“终日不成章，泣涕零如雨”写织女织布的结果和织布时的情态。诗明写织女，却暗联牛郎，意在点出织女的心理活动，说明织女无果的原因。这两句诗，也意在写出织女因爱情思念而受到的折磨和痛苦。

最后四句是诗人的慨叹：“河汉清且浅，相去复几许？盈盈一水间，脉脉不得语。”那阻隔了牵牛和织女的银河既清且浅，牵牛与织女相去也并不远，虽只一水之隔却相视而不得语也。“盈盈”或解释为形容水之清浅，或者不是形容水，和下句的“脉脉”都是形容织女。

这首诗感情浓郁，真切动人。全诗以物喻人，构思精巧。诗主要写织女，写牵牛只用了一句，且从织女角度写，十分巧妙。从织女织布“不成章”，到“泪如雨”，再到“不得语”，充分表现了分离的悲苦。诗对织女的描写很细腻，抓住了细节，如“纤纤擢素手”“泣涕零如雨”。同时，“札札弄机杼”又是动态的描写。这样，人物就在这样的描写中跃然而出。

这首诗一共十句，其中六句都用了叠音词，即“迢迢”“皎皎”“纤纤”“札札”“盈盈”“脉脉”。这些叠音词使这首诗音节和谐，质朴清丽，情趣盎然，自然而贴切地表达了物性与情思。特别是后两句，一个饱含离愁的少妇形象若现于纸上，意蕴深沉，风格浑成，是极难得的佳句。

千秋岁[①]·数声鶗鴂[②]

【宋】张先

数声鶗鴂，又报芳菲[③]歇。惜春更把残红折。雨轻风色暴，梅子青时节。永丰柳[④]，无人尽日飞花雪[⑤]。

莫把[⑥]幺弦拨，怨极弦能说。天不老，情难绝。心似双丝网，中有千千结。夜过也，东窗未白凝残月。

注释

①千秋岁：词牌名。
②鶗鴂（tí jué）：即子规、杜鹃。《离骚》：“恐鶗鴂之未先鸣兮，使夫百草为之不芳。”
③芳菲：花草，亦指春光。
④永丰柳：唐时洛阳永丰坊西南角荒园中有垂柳一株被冷落，白居易赋《杨柳枝词》“永丰东角荒园里，尽日无人属阿谁。”以喻家妓小蛮。后传入乐府，因以“永丰柳”泛指园柳，喻孤寂无靠的女子。
⑤飞花雪：指柳絮。
⑥把：持，握。

作者名片

张先（990—1078），字子野，乌程（今浙江湖州吴兴）人。北宋时期著名的词人，曾任安陆县的知县，因此人称“张安陆”。天圣八年进士，官至尚书都官郎中。晚年退居湖杭之间。曾与梅尧臣、欧阳修、苏轼等游。善作慢词，与柳永齐名，造语工巧，曾因三处善用“影”字，世称张三影。

译文

杜鹃啼叫几声，又来向人们报道春光即将逝去。惜春人更是想将那残花折下，挽留点点春意。不料梅子青时，便被无情的风暴突袭。看那庭中的柳树，在无人的园中整日随风飞絮如飘雪。

切莫把琵琶的细弦拨动，心中极致的哀怨细弦也难倾泻。天不会老去，爱情也永远不会断绝。多情的心就像那张丝网，中间有千千万万个结。中夜已经过去了，东方未白，尚留一弯残月。

赏析

这首《千秋岁》写的是悲欢离合之情，声调激越，极尽曲折幽怨之能事。

上片完全运用景物描写来烘托、暗示美好爱情横遭阻抑的沉痛之情。起句把鸣声悲切的鶗鴂提出来，诏告美好的春光又过去了。源出《离骚》“恐鶗鴂之先鸣兮，使夫百草为之不芳。”从“又”字看，他们相爱已经不止一年了，可是由于遭到阻力，这伤情却和春天一样，来也匆匆，去也匆匆。惜春之情油然而生，故有“惜春更把残红折”之举动。所谓“残红”，象征着被破坏而犹坚贞的爱情。一个“折”字更能表达出对于经过风雨摧残的爱情的无比珍惜。紧接着“雨轻风色暴，梅子青时节”是上片最为重要的两句：表面上是写时令，写景物，但用的是语意双关，说的是爱情遭受破坏。“梅子黄时雨”（贺铸《青玉案》）是正常的，而梅子青时，便被无情的风暴突袭，便是灾难了。青春初恋遭此打击，情何以堪！经过这场灾难，美好的春光便又在鶗鴂声中归去。被冷落的受害者这时也和柳树一样，一任爱情如柳絮一般逝去了。

换头“莫把幺弦拨，怨极弦能说”两句来得很突然。幺弦，琵琶第四弦。弦幺怨极，就必然发出倾诉不平的最强音。这种极怨的气势下，受害者接着表示其反抗的决心“天不老，情难绝”。这两句化用李贺“天若有情天亦老”诗句而含意却不完全一样，此处强调

的是天不会老，爱情也永无断绝的时候。“心似双丝网，中有千千结。”“丝”“思”，谐音双关。这个情网里，他们是通过千万个结，把彼此牢牢实实地系住，谁想破坏它都是徒劳的。这是全词“警策”之语。情思未了，不觉春宵已经过去，这时东窗未白，残月犹明。如此作结，言尽而味永。

这首词韵高而情深，含蓄又发越，可以说，兼有婉约与豪放两派之妙处。

国风·周南·关雎

【先秦】佚名

关关①雎鸠②，
在河之洲③。
窈窕④淑女，
君子好逑⑤。
参差⑥荇菜⑦，
左右流之⑧。
窈窕淑女，
寤寐⑨求之。
求之不得，
寤寐思服⑩。
悠哉⑪悠哉，
辗转反侧⑫。
参差荇菜，

注释

①关关：象声词，雎雄二鸟相互应和的叫声。
②雎鸠（jū jiū）：一种水鸟，一般认为就是鱼鹰，传说它们雌雄形影不离。
③洲：水中的陆地。
④窈窕（yǎo tiǎo）淑女：贤良美好的女子。窈窕，身材体态美好的样子。窈，深邃，喻女子心灵美；窕，幽美，喻女子仪表美。淑，好，善良。
⑤好逑（hǎo qiú）：好的配偶。逑，“仇”的假借字，匹配。
⑥参差：长短不齐的样子。
⑦荇（xìng）菜：一种可食的水草。
⑧左右流之：时而向左、时而向右地择取荇菜。这里是指勉力求取荇菜，隐喻“君子”努力追求“淑女”。流，求取。之：指荇菜。
⑨寤寐（wù mèi）：醒和睡。指日夜。寤，醒觉。寐，入睡。
⑩思服：思念。服，想。
⑪悠哉：犹言“想念呀，想念呀”。

左右采之。
窈窕淑女，
琴瑟友之[13]。
参差荇菜，
左右芼[14]之。
窈窕淑女，
钟鼓乐之[15]。

⑫辗转反侧：翻覆不能入眠。
⑬琴瑟友之：弹琴鼓瑟来亲近她。琴、瑟，皆弦乐器。琴五或七弦，瑟二十五或五十弦。友：用作动词，此处有亲近之意。这句指用琴瑟来亲近“淑女”。
⑭芼（mào）：挑选。
⑮钟鼓乐之：用钟奏乐来使她快乐。乐，使动用法，使……快乐。

译文

关关和鸣的雎鸠，相伴栖息在河中的小洲上。贤良美好的女子，是君子好的配偶。

参差不齐的荇菜，在船的左右两边摘取。贤良美好的女子，日日夜夜都想追求她。

追求却没法得到，日日夜夜总思念她。绵绵不断的思念，叫人翻来覆去难入睡。

参差不齐的荇菜，在船的左右两边摘取。贤良美好的女子，弹琴鼓瑟来亲近她。

参差不齐的荇菜，在船的左右两边去挑选它。贤良美好的女子，敲起钟鼓来取悦她。

赏析

《国风·周南·关雎》在中国文学史上占据着特殊的位置。它是《诗经》的第一篇，而《诗经》是中国文学最古老的典籍。虽然从性质上判断，一些神话故事产生的年代应该还要早些，但作为书面记

载，却是较迟的事情。所以差不多可以说，一翻开中国文学的历史，首先遇到的就是《关雎》。

通常认为这是一首描写男女恋爱的情歌。此诗在艺术上巧妙地采用了“兴”的表现手法。首章以雎鸟相向合鸣，相依相恋，兴起淑女陪君子的联想。以下各章，又以采荇菜这一行为兴起主人公对女子疯狂的相思与追求。全诗语言优美，善于运用双声、叠韵和重叠词，增强了诗歌的音韵美和写人状物、拟声传情的生动性。

《关雎》的内容其实很单纯，是写一个“君子”对“淑女”的追求，写他得不到“淑女”时心里苦恼，翻来覆去睡不着觉；得到了“淑女”就很开心，叫人奏起音乐来庆贺，并以此让“淑女”快乐。作品中人物的身份十分清楚：“君子”在《诗经》的时代是对贵族的泛称，而且这位“君子”家备琴瑟钟鼓之乐，那是要有相当的地位的。以前常把这诗解释为“民间情歌”，恐怕不对头，它所描绘的应该是贵族阶层的生活。另外，说它是情爱诗当然不错，但恐怕也不是一般的爱情诗。这原来是一首婚礼上的歌曲，是男方家庭赞美新娘、祝颂婚姻美好的。《诗经·国风》中的很多歌谣，都是既具有一般的抒情意味、娱乐功能，又兼有礼仪上的实用性，只是有些诗原来派什么用处后人不清楚了，就仅当作普通的歌曲来看待。把《关雎》当作婚礼上的歌来看，从“窈窕淑女，君子好逑”，唱到“琴瑟友之”“钟鼓乐之”，也是喜气洋洋的。

当然这首诗本身，还是以男子追求女子的情歌的形态出现的。之所以如此，大抵与在一般婚姻关系中男方是主动的一方有关。就是在现代，一个姑娘看上个小伙，也总要等他先开口，古人更是如此。娶个新娘回来，夸她是个美丽又贤淑的好姑娘，是君子的好配偶，说自己曾经想她想的得了相思病，必定很讨新娘的欢喜。然后在一片琴瑟钟鼓之乐中，彼此的感情相互靠近，美满的婚姻就从这里开了头。即使单从诗的情绪结构来说，从见关雎而思淑女，到结成琴瑟之好，中间有一番周折也是必要的：得来不易的东西，才特别可贵，特别让人高兴。

由于《关雎》既承认男女之爱是自然而正常的感情，又要求对这种感情加以克制，使其符合社会的美德，后世之人往往各取所需的一端，加以引申发挥，而反抗封建礼教的非人性压迫的人们，也常打着《关雎》的权威旗帜，来伸张满足个人情感的权利。所谓“诗无达诂”，于《关雎》则可见一斑。

马　嵬[①]

【清】袁枚

莫唱当年长恨歌[②]，
人间亦自有银河[③]。
石壕村里夫妻别，
泪比长生殿上多。

注释

①马嵬：即马嵬坡，在陕西省兴平市西。安史之乱时，唐玄宗逃到这里，在随军将士的胁迫下，勒死杨贵妃。

②长恨歌：唐代诗人白居易所作之诗，写的是唐玄宗宠幸杨贵妃而造成的政治悲剧与爱情悲剧。

③银河：天河。神话传说中，牛郎织女被银河隔开，无法相聚。

作者名片

袁枚（1716—1797），清代诗人、散文家。字子才，号简斋，晚年自号仓山居士、随园主人、随园老人。汉族，钱塘（今浙江杭州）人。乾隆四年进士，历任溧水、江宁等县知县，有政绩，四十岁即告归。在江宁小仓山下筑随园，吟咏其中。广收诗弟子，女弟子尤众。袁枚是乾嘉时期代表诗人之一，与赵翼、蒋士铨合称“乾隆三大家”。

译文

不用去歌唱当年皇帝妃子的悲欢离合；在人间也有银河，使得千千万万人家夫妻离散。

像石壕村那样的夫妻诀别数也数不清，老百姓的泪水比长生殿上洒的那点泪水多得多。

赏析

唐玄宗李隆基与贵妃杨玉环之间悲欢离合的故事，引发了很多文人墨客的诗情文思。白居易的《长恨歌》，在揭示唐玄宗宠幸杨贵妃而造成政治悲剧的同时，也表达了对二人爱情悲剧的同情。袁枚此诗却能不落俗套，另翻新意，将李、杨爱情悲剧放在民间百姓悲惨遭遇的背景下加以审视，强调广大民众的苦难远非帝妃可比。《长恨歌》和《石壕吏》是有名的诗篇，其创作背景均为安史之乱。一首以帝王生活为题材，另一首以百姓遭遇为主旨，恰好构成鲜明的对照。

这首诗借吟咏马嵬抒情，提倡诗歌要多反映人民苦难生活的主张，表现了作者进步的文学创作观点。此诗虽为抒情之作，实际是议论之诗。前两句借马嵬为题提出论点，后面两句借用典故论证上述观点。论点和论据的材料本来都是旧的，但作者化陈腐为新奇，使其为自己提出的新观点服务，旧的也变为新的，颇有点石成金之妙。全诗正如作者自己所云："借古人往事，抒自己之怀抱"。（《随园诗话》）

这首诗最大的艺术特色是比照。全诗两组比照：一组是《长恨歌》与牛郎织女故事的比照。这一比照，不仅批判了白居易的《长恨歌》，而且突出了人间的牛郎织女才值得同情。值得注意的是作者运用"银河"，对唐玄宗与杨贵妃讥笑牛郎织女进行了讥笑，很有情趣。第二组是石壕村与长生殿比照。石壕村是人民群众的村落，长生殿是皇帝皇后的夜殿，这一比照，暗示出村里泪是殿上人造成的，马嵬事变，恶果自食，不值得同情，值得同情的倒是劳动人民。这两组比照又有不同，前者深沉，后者浅近，前者重在映照，后者重在对比。两相配合，共同表达了作者民为贵、君为轻的民本思想。

眼儿媚[1]·杨柳丝丝弄轻柔[2]

【宋】王雱

杨柳丝丝弄轻柔，烟缕织成愁。海棠未雨，梨花先雪，一半春休[3]。

而今往事难重省[4]，归梦绕秦楼。相思只在，丁香枝上，豆蔻梢头。

注释

①眼儿媚：词牌名，又名《秋波媚》。双调四十八字，前片三平韵，后片两平韵。
②弄轻柔：摆弄着柔软的柳丝。
③海棠三句：指春分时节。海棠常经雨开花，梨花开时似雪，故云。
④难重省：难以回忆。

作者名片

王雱（1044—1076），字元泽，北宋临川人（今江西省东乡县上池村人），文学家，道学、佛学学者。北宋著名政治家、思想家、文学家王安石之子。世称王安礼、王安国、王雱为“临川三王”。

译文

杨柳在风中摆动着柔软的柳丝，烟缕迷漾织进万千春愁。海棠的花瓣还未像雨点般坠落，梨花的白色花瓣已经如雪花般纷纷飘落。由此知道，原来春天已经过去一半了。

而今往事实在难以重忆，梦魂归绕你住过的闺楼。刻骨的相思如今只在那芬芳的丁香枝上，那美丽的豆蔻梢头。

赏析

这首词触眼前之景，怀旧日之情，为王雱怀念妻子所作，表现了伤离的痛苦和不尽的深思。

“杨柳丝丝弄轻柔，烟缕织成愁。”上片第一句“杨柳丝丝弄

轻柔”，柳条细而长，可见季节是在仲春。“弄轻柔”写杨柳在春风中轻摇的柔美，分外点出垂柳初萌时的细软轻盈、盎然春意。以“烟缕”来形容轻柔的杨柳，大概是由于四月的时候，垂柳的顶端远远望去，宛如一抹浅绿的烟云。杨柳如烟这个比喻并不新鲜，但“烟缕织成愁”，则出语新奇，耐人寻味。如烟的垂柳和心中的愁思并没有直接的关系，却用一个“织”字将二者绾合，仿佛杨柳能通晓人性。“愁”字的出现。为整首词披上淡淡哀愁的羽衣。然而这忧伤从何而来，词人并未解释。只是在写完垂柳之后，将笔触转向春日的另两种花朵：海棠与梨花。

“海棠未雨，梨花先雪，一半春休。”“雨”“雪”都是名词活用作动词，这句的意思是说，海棠的花瓣还未像雨点般坠落，梨花的白色花瓣已经如雪花般纷纷飘落。由此知道，原来春天已经过去一半了。在韶华易逝的感喟中，词人不禁触目生愁。

“而今往事难重省，归梦绕秦楼。”原来有一段值得留恋、值得追怀的往事。但是时光不能倒流，历史无法重演，旧地又不能再到，则只有凭借回归的魂梦，围绕于女子所居的值得怀念的地方了。

“相思只在，丁香枝上，豆蔻梢头。”词人的相思之情，只有借丁香和豆蔻才能充分表达。这分明就是在感叹自己心底的深情正像丁香一般忧郁而未吐，但又是非常希望能和自己心爱的人像豆蔻一般共结连理。整个下片的意思是说，尽管一切的梦幻都已失落，然而自己内心缠绵不断的情意依然专注在那个可人身上，真是到了“春蚕到死丝方尽”的境界。

西洲曲①

【南北朝】佚名

忆梅下西洲，
折梅寄江北②。

注释

①《西洲曲》：选自《乐府诗集·杂曲歌辞》。这首诗是南朝民歌。西洲曲，乐府曲调名。

②忆梅下西洲，折梅寄江北：意思是说，女子见到梅花又开了，回

单衫杏子红，
双鬓鸦雏色[3]。
西洲在何处？
两桨桥头渡[4]。
日暮伯劳[5]飞，
风吹乌臼[6]树。
树下即门前，
门中露翠钿[7]。
开门郎不至，
出门采红莲。
采莲南塘秋，
莲花过人头。
低头弄莲子[8]，
莲子清如水[9]。
置莲怀袖中，
莲心[10]彻底红。
忆郎郎不至，
仰首望飞鸿[11]。
鸿飞满西洲，
望郎上青楼[12]。
楼高望不见，

忆起以前曾和情人在梅下相会的情景，因而想到西洲去折一枝梅花寄给在江北的情人。下，往。西洲，当是在女子住处附近。江北，当指男子所在的地方。

③鸦雏色：像小乌鸦一样的颜色。形容女子的头发乌黑发亮。

④两桨桥头渡：从桥头划船过去，划两桨就到了。

⑤伯劳：鸟名，仲夏始鸣，喜欢单栖。这里一方面用来表示季节，一方面暗喻女子孤单的处境。

⑥乌臼：现在写作“乌桕”。

⑦翠钿：用翠玉做成或镶嵌的首饰。

⑧莲子：和“怜子”谐音双关。

⑨清如水：隐喻爱情的纯洁。

⑩莲心：和“怜心”谐音，即爱情之心。

⑪望飞鸿：这里暗含有望书信的意思。因为古代有鸿雁传书的传说。

⑫青楼：油漆成青色的楼。唐朝以前的诗中一般用来指女子的住处。

尽日[13]栏杆头。
栏杆十二曲，
垂手明如玉。
卷帘天自高，
海水摇空绿[14]。
海水梦悠悠[15]，
君愁我亦愁。
南风知我意，
吹梦到西洲。

⑬尽日：整天。

⑭卷帘天自高，海水摇空绿：卷帘眺望，只看见高高的天空和不断荡漾着碧波的江水。海水，这里指浩荡的江水。

⑮海水梦悠悠：梦境像海水一样悠长。

译文

思念梅花，很想去西洲，去折下梅花寄到长江北岸。

（她那）单薄的衣衫像杏子那样红，头发如小乌鸦那样黑。

西洲到底在哪里？摇着小船的两支桨就可到西洲桥头的渡口。

天色晚了，伯劳鸟飞走了，晚风吹拂着乌柏树。

树下就是她的家，门里露出她翠绿的钗钿。

她打开家门没有看到心上人，便出门去采红莲。

秋天的南塘里，她摘着莲子，莲花长得高过了人头。

低下头拨弄着水中的莲子，爱你的感情就如流水一般缠绵悱恻，纯净悠长。

把莲子藏在袖子里，那莲心红得通透。

思念的郎君却还没来，她抬头仰望天上的鸿雁。

西洲的天上飞满了雁儿，她走上高高的楼台遥望郎君。

楼台虽高却看望不到郎君，她整天倚在栏杆上。

栏杆曲曲折折，她垂下的双手明润如玉。

卷起的帘子外天是那样高，如海水般荡漾着一片空空泛泛的深绿。

海水像梦一般悠悠然然，你忧愁我也忧愁啊。

南风若知道我的情意，请把我的梦吹到西洲（与她相聚）。

赏析

《西洲曲》，五言三十二句，是南朝乐府民歌中少见的长篇。全文感情十分细腻，充满了曼丽宛曲的情调，清辞俊语，联翩不绝，令人“情灵摇荡”。《西洲曲》可谓这一时期的民歌中最成熟最精致的代表作之一。

首句由“梅”而唤起女子对昔日与情人在西洲游乐的美好回忆以及对情人的思念。自此，纵然时空流转，然而思念却从未停歇。接下来是几幅场景的描写：西洲游乐，女子杏红的衣衫与乌黑的鬓发相映生辉、光彩照人；开门迎郎，满怀希望继而失望，心情跌宕；出门采莲，借采莲来表达对情人的爱慕与思念；登楼望郎，凭栏苦候，寄情南风与幽梦，盼望与情人相聚。这其中时空变化，心情也多变，时而焦虑，时而温情，时而甜蜜，时而惆怅，全篇无论是文字还是情感都流动缠绵。

《西洲曲》在艺术上有以下三点值得学习。

第一是善于在动态中表达人物的思想感情。比如“门中露翠钿”一句，生动形象地通过动作表达出了人物的心情，而“采莲南塘秋”六句，是全篇的精华所在，它集中笔墨描写主人公的含情姿态，借物抒情，通过“采莲”“弄莲”“置莲”三个动作，极有层次地写出人物感情的变化，动作心理描写细致入微，真挚感人。

第二是叠字和顶真的运用。“开门迎郎”场景中，四个“门”字的叠用，强化了女子急切盼望心上人的到来，而不时从门缝向外张望的焦虑心情。“出门采莲”场景中，又连用七个“莲”字，着意渲染女子缠绵的情思。而顶真的运用使得句子灵活生动，朗朗上口。

第三是双关隐语的运用。双关隐语，是南朝乐府民歌中一个显明的特征，它在诗经时代的民歌和汉魏乐府民歌中很少见。一说“莲”与“怜”字谐音双关，而“怜”又是“爱”的意思，隐语极言女子对情人的爱恋。同时，“莲子清如水”暗示感情的纯洁，而“莲心彻底红”是说感情的浓烈。这些双关隐语的运用使诗歌显得含蓄多情。

另外值得一提的是，此诗以“难解”著称，有研究者将其称之为南朝文学研究的“哥德巴赫猜想”。比如关于此诗的叙述视角就有不同解读，多数人从女子的视角来理解，也有人从男子的视角入手，认为“忆梅下西洲”中的“梅”指代男主角所寄情的心上人。常言道，诗无达诂，我们在解读的时候也可以尝试多种新的视角，从而使诗歌的意蕴更加丰富。

七哀①诗

【汉】曹植

明月照高楼，

流光②正徘徊。

上有愁思妇，

悲叹有余哀③。

借问叹者谁？

言是宕子④妻。

君行逾⑤十年，

孤妾常独栖⑥。

君若清⑦路尘，

妾若浊⑧水泥。

注释

①七哀：该篇是闺怨诗，也可能借此“讽君”。七哀作为一种乐府新题，起于汉末。

②流光：洒下的月光。

③余哀：不尽的忧伤。

④宕（dàng）子：荡子。指离乡外游，久而不归之人。

⑤逾：超过。

⑥独栖（qī）：一个人居住。

⑦清：形容路上的尘土。

⑧浊（zhuó）：形容水中的泥。

浮沉[⑨]各异势，
会合何时谐？
愿为西南风，
长逝[⑩]入君怀。
君怀良[⑪]不开，
贱妾当何依？

⑨浮：就清了。沉：就浊了。比喻夫妇（或兄弟骨肉）本是一体，如今地位（势）不同了。
⑩逝：往。
⑪君怀：指宕子的心。良：很久，早已。

作者名片

曹植（192—232），字子建，沛国谯县（今安徽亳州）人，是曹操与武宣卞皇后所生第三子，生前曾为陈王，去世后谥号“思”，因此又称陈思王。

译文

明月照在高高的阁楼上，清澄的月光如徘徊不止的流水轻轻晃动着。

伫立在高楼上登高望远的思妇，在月光中感叹自己有无限的哀愁。

请问那不住哀叹的是什么人呢？说是离乡外游，久久不归之人的妻子。

夫君外行已经超过十年了，为妻的常常形只影单地一人独处。

夫君就像那路上飘忽不定的轻尘，妻子就像是污浊的水中的淤泥。

夫妇本是一体，如今地位不同了，什么时候才能和好？

可以的话，我愿意化作一阵西南风，随风投入夫君的怀抱中！

夫君的怀抱若是不向我开放，那么做妻子的又要依靠谁呢？

赏析

这首《七哀诗》是诗人表现自己因失意而哀怨的内心的诗歌。《文选》将其归入哀伤一类。元末明初的刘履在《选诗补叙》（卷二）中说："子建与文帝同母骨肉，今乃浮沉异势，不相亲与，故特以孤妾自喻，而切切哀虑也。"子建即曹植，文帝指曹丕。此话概括了这首诗基本的思想内容。曹植很有才华，也有政治野心，起初被其父曹操预定为接班人，但曹操死后，曹丕继位，将其外放，并严密监视。诗人郁郁不得志，于是写作此诗以自鸣其怨。确切地讲，这并非一首完全意义的咏月诗。但是在我国传统诗歌里，月亮通常是一个引发相思、触动情感的典型意象，诗人们常常借助这个意象来表情达意，创立意境。此诗正是借月起兴，以一个怨妇的口吻，委婉曲折地表现自己遭受打击的悲凉境遇和抒发内心难以排遣的怨愤。

诗分上下两部分。前四联为上部分，主要写景叙事；后四联为下部分，重在抒情泄怨。

"明月照高楼，流光正徘徊。"既写实景，又渲染出凄清冷寂的气氛，笼罩全诗。"明月照高楼，流光正徘徊"运用了"兴"的手法带出女主角的背景：明月高照，思妇独倚高楼，对影自怜，思念远方的夫君。月照高楼之时，正是相思最切之际，那徘徊徜徉的月光勾起思妇的缕缕哀思——曹植所创造的"明月""高楼""思妇"这一组意象，被后代诗人反复运用来表达闺怨。明月在中国诗歌传统里，起着触发怀想相思的作用，比如李白的"举头望明月，低头思故乡"。月光月夜，会撩起诗人绵绵不尽的思绪，勾起他们对亲人、对往事的怀念之情。

"上有愁思妇，悲叹有余哀"运用了"赋"的表达方法，承接上两句直接点出该诗的主角——思妇的情怀——悲叹和哀伤。当皎洁的明月照着高楼，清澄的月光如徘徊不止的流水轻轻晃动着，伫立在高楼上登高望远的思妇，在月光下伤叹着无尽哀愁。因为思念良人而不得见，甚至音讯亦不能通。这是典型的白描手法，即"赋"的表达方法。

"借问叹者谁，言是宕子妻"也是以"赋"的方法来表达的，

“君怀良不开，贱妾当何依”运用了“赋”的方法表达思妇被冷待的遭遇和情怀，思妇的思念就像那缕飘逝的轻风，结尾的这缕轻风与开首的那道月光共同构成了一种幽寂清冷的境界。思妇很了解夫君的性情，超过十年了，音讯全无，“夫君的胸怀早已不向我开放了，我还有什么可依靠的呢？”哀怨之情，直透长空。这两句的表达非常直接，正是“赋”的典型手法。曹丕曹睿始终怀疑防备曹植，曹植“戮力上国，流惠下民，建永世之业，流金石之功”的抱负就不能实现。

该诗表面上描写思妇诉说被夫君遗弃的哀怨情怀，实际上暗喻自己被长兄疏远排斥的苦闷和抑郁，这是在另一种意义上运用了“比”的表达方法，这是诗人更深层的自况自喻。“愿为西南风，长逝入君怀”是三国魏曹植《七哀诗》里的名句，这是坚决而执着的持守誓言。独守十年，没有沉沦和颓废，思妇依旧祈愿自己化作长风，随风而去，与君相依，这是思妇此生唯一的期待。子建也是如此。他在认清无常荒诞的命运之后，并没有放弃初衷，而是“长怀永慕，忧心如酲”（《应诏》）。

全诗处处从思妇的哀怨着笔，句句暗寓诗人自己的遭遇，诗情与寓意浑然相融，意旨含蓄，音韵和谐晓畅，情感哀伤凄婉。此诗确实是一首充分体现了“建安绝唱”特色的上乘作品。

赠去婢

【唐】崔郊

公子王孙①逐后尘②，
绿珠③垂泪滴罗巾④。
侯门⑤一入深如海，
从此萧郎是路人。

注释

①公子王孙：旧时贵族、官僚，王公贵族的子弟。

②后尘：后面扬起来的尘土。指公子王孙争相追求的情景。

③绿珠：西晋富豪石崇的宠妾，非常漂亮，这里喻指被人夺走的婢女。

④罗巾：丝制手巾。

⑤侯门：指权豪势要之家。

作者名片

崔郊，唐朝元和间秀才，《全唐诗》中收录了他的一首诗。《云溪友议》中记载了这样一个故事：元和年间秀才崔郊的姑母有一婢女，生得姿容秀丽，与崔郊互相爱恋，后却被卖给显贵于頔。崔郊念念不忘，思慕不已。一次寒食，婢女偶尔外出与崔郊邂逅，崔郊百感交集，写下了这首《赠婢》。后来于頔读到此诗，便让崔郊把婢女领去，传为诗坛佳话。

译文

公子王孙在后面竞相追逐，貌美的女子泪水湿透了罗巾。

一旦进入深幽如海的侯门，心中爱恋之人便成了陌路之人。

赏析

此诗首句通过对“公子王孙”争相追求的描写突出女子的美貌，次句以“垂泪滴罗巾”的细节表现出女子深沉的痛苦，三、四两句说女子一进权势之门便视自己为陌路之人。全诗高度概括地写出诗人所爱者被劫夺的悲哀，反映了封建社会因门第悬殊而造成的爱情悲剧，寓意颇深，表现手法含而不露，怨而不怒，委婉曲折。

“公子王孙逐后尘，绿珠垂泪滴罗巾”，上句用侧面烘托的手法，即通过对“公子王孙”争相追求的描写突出女子的美貌；下句以“垂泪滴罗巾”的细节表现出女子深沉的痛苦。公子王孙的行为正是造成女子不幸的根源，然而这一点儿诗人却没有明白地说出来，只是通过“绿珠”一典的运用曲折表达的。用绿珠坠楼的典故一方面形容女子具有绿珠那样美丽的容貌，另一方面以绿珠的悲惨遭遇暗示出女子被劫夺的不幸命运。其看似平淡客观的叙述中巧妙地透露出诗人对公子王孙的不满，对弱女子的爱怜、同情，写得含蓄委婉，不露痕迹。

“侯门一入深如海，从此萧郎是路人。”这两句没有将矛头明显指向造成他们分离隔绝的“侯门”，倒好像是说女子一进侯门便视自己为陌路之人了。但有了上联的铺垫，作者真正的讽意已经非常明显。之所以要这样写，一则切合“赠婢”的口吻，便于表达诗人哀怨痛苦的心情，更可以使全诗风格保持和谐一致，突出它含蓄蕴藉的特点。

诗人从侯门“深如海”的形象比喻，从“一入”“从此”两个关联词语所表达的语气中透露出来的深沉的绝望，比那种直露的抒情更哀感动人。据说后来于頔读到此诗，便让崔郊把婢女领去，传为诗坛佳话。

从语言上看，这首诗用词很准确。在封建社会里，造成这类人间悲剧的，上自皇帝，下至权豪势要，用“侯门”概括他们，再恰当不过，比喻生动形象。诗人以此诗赠给心上人，既写女子的不幸，也描述了自己所爱被劫夺的哀痛，而造成这种痛苦的，正是那些只顾个人喜恶的侯门贵族、公子王孙。作者并没有直接指斥，但诗中流露出的弱者的哀怨、深沉的绝望，却比直露的指斥更厚重，也更能激起读者的同情。诗中的情感实际上也超越了一己的悲欢而具有普遍的社会意义。

长相思[①]·长相思

【宋】晏几道

长相思，长相思。若问相思甚了期[②]，除非相见时。

长相思，长相思。欲把相思说似[③]谁，浅情人[④]不知。

①长相思：词牌名，唐教坊曲名。

②甚（shèn）了期：何时才是了结的时候。
③似（sì）：给予。
④浅情人：薄情人。

译文

长久的相思啊，长久的相思。若问这相思何时是尽头，那肯定是相见之时。

长久的相思啊，长久的相思。这相思之情说给谁听呢，薄情寡义的人是不能体会的。

赏析

此词纯用民歌形式，上下片均以“长相思”迭起，上片言只有相见才得终了相思之情；下片言由于不得相见，相思之情无处诉说，以浅情人不能理解自己的心情反衬自己一往而情深。词的上片，一气流出，情溢乎辞，不加修饰。“若问”两句，自问自答，痴人痴语。要说“相见”是解决“相思”的唯一办法，这纯是痴语、痴心。

结句非同凡响，抒写了比相思不得相见更大的悲哀。“说似谁”，犹言说与谁、向谁说。纵使把相思之情说了出来，那浅情的人儿终是不能体会。浅情是深情的对面，多情的人却总是碰到那样的人，可是，当那人交暂情浅，别后又杳无音信，辜负了自己的刻骨相思时，词人依然是一往情深，不疑不恨，只是独自伤心而已。下片四句，以“浅情人”反衬小晏相思苦恋之情，让人感到无奈和遗憾。

此词为作者词中别调，语极浅近，情极深挚，在朴直中自饶婉曲之至，缠绵往复，姿态多变，回肠荡气，音节尤美，用对比的手法突出用情之深。

寄 人

【唐】张泌

别梦依依到谢家[①]，

小廊回合曲阑斜[②]。

多情只有春庭月[③]，

犹为离人[④]照落花。

注释

①谢家：泛指闺中女子。晋谢奕之女谢道韫、唐李德裕之妾谢秋娘等皆有盛名，故后人多以“谢家”代闺中女子。

②“小廊”句：指梦中所见景物。回合：回环、回绕。阑：栏杆。

③“多情”句：指梦后所见。

④离人：这里指寻梦人。

作者名片

张泌（bì）（生卒年不详），《全唐诗》作曰字子澄，安徽淮南人。五代后蜀词人。是花间派的代表人物之一。其词用字工练，章法巧妙，描绘细腻，用语流便。

译文

别后思念之情很深，经常梦到你家。院中风景依旧，小廊曲栏仍在。

只有天上春月如此多情，还为离人照着庭院中的落花。

赏析

以诗代柬来表达自己心里要说的话，这是古代常有的事。这首题为《寄人》的诗，就是用来代替一封信的。

诗是从叙述一个梦境开始的。“谢家”，代指女子的家，盖以东晋才女谢道韫借称其人。大概诗人曾经在女子家里待过，或者在她

家里和她见过面。曲径回廊，本来都是当年旧游或定情的地方。因此，诗人在进入梦境以后，就觉得自己飘飘荡荡地进到了她的家里。这里的环境是这样熟悉：院子里四面走廊，那是两人曾经谈过心的地方；曲折的栏杆，也像往常一样，似乎还留着自己抚摸过的手迹，可是，眼前廊栏依旧，独不见所思之人。他的梦魂绕遍回廊，倚尽栏杆，他失望地徘徊着，追忆着，直到连自己也不知道怎样脱出这种难堪的梦境。崔护《题都城南庄》诗："人面不知何处去，桃花依旧笑春风。"周邦彦《玉楼春》词："当时相候赤阑桥，今日独寻黄叶路。"一种物是人非的依恋心情，写得同样动人。然而，"别梦"两句却以梦境出之，则前此旧游，往日欢情，别后相思，都在不言之中，而在梦里也难寻觅所爱之人，那惆怅的情怀就加倍使人难堪了。

"别梦依依到谢家"写诗人与情人梦中重聚，难舍难离；"小廊回合曲阑斜"写依旧是当年环境，往日欢情，表明自己思念之深。第三句写明月有情；第四句写落花有恨。寄希望于对方，含蓄深厚，曲折委婉，情真意真。前两句写入梦的原因与梦中所见的景物，是向对方表明自己思忆之深；后两句写出多情的明月依旧照人，那就更是对这位女子的埋怨之情了。

人是再也找不到了，作者问：那么，还剩下些什么呢？这时候，一轮皎月，正好把它幽冷的清光洒在园子里，地上的片片落花，反射出惨淡的颜色。花是落了，然而曾经映照过枝上芳菲的明月，依然如此多情地照着，似乎还没有忘记一对爱侣在这里结下的一段恋情呢。这后两句诗就是诗人要告诉她的话。

正因为这首诗是"寄人"的。前两句写入梦之由与梦中所见之景，是向对方表明自己思忆之深；后两句写出多情的明月依旧照人，那就是在表明对这位女子鱼沉雁杳有点不满了。"花"固然已经落了，然而，春庭的明月还是多情的，诗人言外之意，还是希望彼此一通音讯的。

蝶恋花[1]·槛[2]菊愁烟兰泣露

【宋】晏殊

槛菊愁烟兰泣露，罗幕[3]轻寒，燕子双飞去。明月不谙离恨苦，斜光到晓穿朱户[4]。

昨夜西风凋碧树[5]，独上高楼，望尽天涯路。欲寄彩笺兼尺素[6]，山长水阔知何处？

注释

①蝶恋花：又名“凤栖梧”“鹊踏枝”等。唐教坊曲，后用为词牌。
②槛（jiàn）：古建筑常于轩斋四面房基之上围以木栏，上承屋角，下临阶砌，谓之槛。至于楼台水榭，亦多是槛栏修建之所。
③罗幕：丝罗的帷幕，富贵人家所用。
④朱户：犹言朱门，指大户人家。
⑤凋：衰落。碧树：绿树。
⑥彩笺：彩色的信笺。尺素：书信的代称。

译文

栏外的菊花笼罩着一层愁惨的烟雾，兰花沾露好似默默饮泣。罗幕闲垂，空气微寒，一对燕子飞去。明月不明白离别之苦，斜斜的银辉直到破晓还穿入朱户。

昨天夜里秋风劲吹，凋零了绿树。我独自登上高楼，望尽那消失在天涯的道路，想给我的心上人寄一封信。但是高山连绵，碧水无尽，又不知道我思念的人究竟在何处？

赏析

许多婉约派词人爱作伤离怀远之作，这是一首颇负盛名的词。它不仅具有情致深婉的共同特点，而且具有一般婉约词少见的寥廓高远的特色。它不离婉约词，却又在某些方面超越了婉约词。

起句“槛菊愁烟兰泣露”，写秋晓庭圃中的景物。菊花笼罩着一层轻烟薄雾，看上去似乎脉脉含愁；兰花上沾有露珠，看起来又像默默饮泣。兰和菊本就含有某种象喻色彩（象喻品格的幽洁），这里用“愁烟”“泣露”将它们人格化，将主观感情移于客观景物，透露女主人公自己的哀愁。“愁”“泣”二字，刻画痕迹较显，与大晏词珠圆玉润的语言风格有所不同，但在借外物抒写心情、渲染气氛、塑造主人公形象方面自有其作用。

次句“罗幕轻寒，燕子双飞去”，这两种现象之间本不一定存在联系，但在充满哀愁、在对节候特别敏感的主人公眼中，那燕子似乎因不耐罗幕轻寒而飞去。这里与其说是燕子的感觉，不如说是写帘幕中人的感觉——不只是在生理上感到初秋的轻寒，而且在心理上也荡漾着因孤孑凄清而引起的寒意。燕的双飞，更反托出人的孤独。这两句只写客观物象，不着有明显感情色彩的词语，表示的感情非常委婉含蓄。

“明月不谙离恨苦，斜光到晓穿朱户。”上片后两句是说，明月不明白离别的痛苦，斜斜的银辉直到破晓还穿入朱户。

从今晨回溯昨夜，明点“离恨”，情感也从隐微转为强烈。明月本是无知的自然物，它不了解离恨之苦，而只顾光照住户，原很自然；既如此，似乎不应怨恨它。但却偏要怨。这种仿佛是无理的埋怨，却正有力地表现了女主人公在离恨的煎熬中对月彻夜无眠的情景和外界事物对她的触动。

“昨夜西风凋碧树，独上高楼，望尽天涯路。”下片承上“到晓”，折回写今晨登高望远。“独上”应上“离恨”，反照“双飞”，而“望尽天涯”正从一夜无眠生出，脉理细密。“西风凋碧树”，不仅是登楼即目所见，而且包含有昨夜通宵不寐卧听西风落叶的回忆。碧树因一夜西风而尽凋，足见西风之劲厉肃杀，“凋”字正传出这一自然界的显著变化给予主人公的强烈感受。景既萧索，人又孤独，几乎言尽的情况下，作者又出人意料地展现出一片无限广远寥廓的境界：“独上高楼，望尽天涯路。”这里固然有凭高望远的苍茫之感，也有不见所思的空虚怅惘，但这所向空阔、毫无窒碍的境界却又给主人公一种精神上的满足，使其从狭小的帘幕庭院的忧伤愁闷转向对广远境界的骋望，这是从“望尽”一词中可以体味出来的。这三句尽管包含望而不见的伤离意绪，但感情是悲壮的，没有纤柔颓靡的气息；语言也洗净铅华，纯用白描。这三句是此词中流传千古的佳句。

高楼骋望，不见所思，因而想到音书寄远：“欲寄彩笺兼尺素，山长水阔知何处？”彩笺，这里指题诗的诗笺；尺素，指书信。两句一纵一收，将主人公音书寄远的强烈愿望与音书无寄的可悲现实对照起来写，更加突出了“满目山河空念远”的悲慨，词也就在这渺茫无着落的怅惘中结束。“山长水阔”和“望尽天涯”相应，再一次展示了令人神往的境界，而“知何处”的慨叹则更增加摇曳不尽的情致。

这首词上下片之间，在境界、风格上是有区别的。上片取景较狭，风格偏于柔婉；下片境界开阔，风格近于悲壮。但上片深婉中见含蓄，下片于广远中有蕴涵。王国维借用词中“昨夜”三句来描述古今成大事业、大学问的第一种境界，虽与词作原意了不相涉，却和这三句意象特别虚涵，便于借题发挥分不开。

柳枝词

【唐】刘禹锡

清江一曲[①]柳千条，
二十年前旧板桥。
曾与美人桥上别，
恨[②]无消息到今朝[③]。

注释

①曲：水流弯曲的地方。
②恨：可惜。
③今朝：今日。

译文

一湾清澈的江水，岸边碧柳千条，回想起二十年前在这旧板桥上的事。

曾经与佳人在此告别，只可惜到如今依然没有她的消息，再无联系。

赏析

这首《柳枝词》，明代杨慎、胡应麟誉之为神品。它有三妙。

一、故地重游，怀念故人之意欲说还休，尽于言外传之，是此诗的含蓄之妙。首句描绘一曲清江、千条碧柳的清丽景象。“清”一作“春”，两字音韵相近，而杨柳依依之景自含“春”意，“清”字更能写出水色澄碧，故作“清”字较好。“一曲”犹一湾。江流曲折，两岸杨柳沿江迤逦展开，着一“曲”字则画面生动有致。旧诗写杨柳多暗关别离，而清江又是水路，因而首句已展现一个典型的离别环境。次句撇景入事，点明过去的某个时间（二十年前）和地点（旧板桥），暗示出曾经发生过的一桩旧事。“旧”字不但见年深岁久，而且兼有“故”字意味，略寓风景不殊人事已非的感慨。前两句从眼前景进入回忆，引导读者在遥远的时间上展开联想。第三句只浅浅道出事实，但由于读者事先已有所猜测，有所期待，因而能用积极的想象丰富诗句的内涵，似乎看到这样一幅生动画面：杨柳岸边兰舟催发，送者与行者相随步过板桥，执手无语，充满依依惜别之情。末句“恨”字略见用意，“到今朝”三字倒装句末，意味深长。与“二十年前”照应，可见断绝消息之久，当然抱恨了。只说“恨”对方杳无音信，却流露出望穿秋水的无限情思。此诗首句写景，二句点时地，三、四句道事实，而怀思故人之情欲说还休，“悲莫悲兮生别离”的深沉幽怨，尽于言外传之，真挚感人。可谓“用意十分，下语三分”，极尽含蓄之妙。

二、运用倒叙手法，首尾相衔，开阖尽变，是此诗的章法之妙。

它与《题都城南庄》（崔护）主题相近，都用倒叙手法。崔诗从“今日此门中”忆“去年”情事，此诗则由清江碧柳忆“二十年前”之事，这样开篇就能引人入胜。不过，崔诗以上下联划分自然段落，安排“昔——今”两个场面，好比两幕剧。而此诗首尾写今，中二句写昔，章法为“今——昔——今”，婉曲回环，与崔诗异趣。此诗篇法圆紧，可谓曲尽其妙。

三、白居易有《板桥路》云：“梁苑城西二十里，一渠春水柳千条。若为此路今重过，十五年前旧板桥。曾共玉颜桥上别，恨无消息到今朝。”唐代歌曲常有节取长篇古诗入乐的情况，此《杨柳曲》可能系刘禹锡改友人之作付乐妓演唱。然此诗就《板桥路》删削二句，便觉精彩动人，颇见剪裁之妙。诗歌对精炼有特殊要求，往往“长篇约为短章，含蓄有味；短章化为大篇，敷衍露骨”（明谢榛《四溟诗话》）。《板桥路》前四句写故地重游，语多累赘。“梁苑”句指实地名，然而诗不同于游记，其中的指称、地名不必坐实。篇中既有“旧板桥”，又有“曾共玉颜桥上别”，则“此路今重过”的意思已显见，所以“若为”句就显重复。删此两句构成入手即倒叙的章法，改以写景起句，不但构思精巧而且用语精炼。《柳枝词》词约义丰，结构严谨，比起《板桥路》可谓青出于蓝而胜于蓝。刘禹锡的绝句素有“小诗之圣证”（王夫之）之誉，《柳枝词》虽据白居易原作改编，也表现出他的艺术匠心。

鹧鸪天[①]·晚日寒鸦一片愁

【宋】辛弃疾

晚日[②]寒鸦一片愁。柳塘新绿[③]却温柔。若教眼底[④]无离恨，不信人间有白头。

肠已断，泪难收。相思重上小红楼。情知已被山遮断，频倚阑干⑤不自由。

注释

①鹧鸪天：小令词调，双片五十五字，上片四句三平韵，下片五句三平韵。唐人郑嵎诗“春游鸡鹿塞，家在鹧鸪天”，调名取于此。又名“思佳客”“思越人”“剪朝霞”“骊歌一叠”。
②晚日：夕阳。
③新绿：初春草木显现的嫩绿色。
④教：使，令。眼底：眼中，眼睛跟前。
⑤情知：深知；明知。阑干：栏杆。阑，同“栏”。

作者名片

辛弃疾（1140—1207），南宋词人。原字坦夫，改字幼安，别号稼轩，汉族，历城（今山东济南）人。出生时，中原已为金兵所占。21岁参加抗金义军，不久归南宋。历任湖北、江西、湖南、福建、浙东安抚使等职。一生力主抗金。曾上《美芹十论》与《九议》，条陈战守之策。其词抒写力图恢复国家统一的爱国热情，倾诉壮志难酬的悲愤，对当时执政者的屈辱求和颇多谴责；也有不少吟咏祖国河山的作品。题材广阔又善化用前人典故入词，风格沉雄豪迈又不乏细腻柔媚之处。由于辛弃疾的抗金主张与当政的主和派政见不合，后被弹劾落职，退隐江西带湖。

译文

落日里寒鸦归巢，一片伤心景色。只有池塘中的柳树发出嫩绿的新芽显出温柔情景。如果不是眼下亲自感受这离愁别恨的苦楚，根本不会相信这世上真会有人伤心得白了头。

离肠寸断，泪流难收。怀着相思之情，又一次登上了小红楼。明明知道你我已被山峦所阻隔，可还是不由自主地靠在栏杆上，一直凝望而不能罢休。

赏析

“晚日寒鸦”，这是送人归来后的眼中景。“晚日”的余晖染红天际，也染红长亭古道和目之所及的一切，这是空间。夕阳愈来愈淡，夜幕即将降落，这是时间。而她送走的那位意中人，就在这空间、这时间中愈走愈远了。

“柳塘”之后缀以“新绿”，便立刻为我们唤来了春天：塘周柳丝摇金，塘中春波涨绿，已够赏心悦目了；哪料到在此基础上，又加上“温柔”一词。相对于严冬而言，初春的水显得“温”，所谓“春江水暖鸭先知”。但说它“温柔”，这就不仅表现了抒情主人公的感觉，而且表现了她的感情。这感情异常微妙，耐人寻味。凭借我们的经验：那一塘春水，既倒映着天光云影和四周的垂柳，又浮游着对对鸳鸯或其他水禽。抒情主人公看到这一切，就自然感到“温柔”，从而也联想到她与意中人欢聚之时是何等的“温柔”了。

“柳塘新绿”，春光明丽，倘能与意中人像鸳鸯那样双双戏水，永不分离，便青春永驻，不会白头。

“若教眼底无离恨，不信人间有白头。”心绪何等低回婉转，笔致何等摇曳生姿！“无离恨”是假设，“不白头”是假设变成事实之后希望出现的结果。可如今呢？假设未能成立，“白头”已是必然，于是下片紧承“离恨”“白头”，以“肠已断，泪难收”开头，尽情吐露，略无含蓄。当感情如洪水暴发，冲决一切堤防的时候，是不可能含蓄，因为也用不着含蓄的。

“相思重上小红楼”一句，妙在一个“重”字。女主人公送走意中人之后，一次又一次地爬上小楼遥望。开始是望得见的，后来就只见“晚日寒鸦”，望不见人影了。由于十分相思的缘故，望不见人影，还要望，因而“重上小红楼”。晚日寒鸦一片愁，柳塘新绿却温柔。若教眼底无离恨，不信人间有白头。

山花子·风絮飘残已化萍

【清】纳兰性德

风絮飘残已化萍，泥莲刚倩藕丝萦①。珍重别拈香一瓣②，记前生。

人到情多情转薄，而今真个不多情。又到断肠回首处，泪偷零。

注释

①泥莲句：泥莲，指荷塘中的莲花。倩，请、恳请。此处谓莲花被藕丝缠绕。
②别拈香一瓣：谓分别之时手中握着一瓣芳香的花。

译文

风中的柳絮残飞到水面化作浮萍，河泥中的莲花虽然刚劲果断，但是它的茎却依然会被藕丝萦绕。别离时拈一个花瓣赠予对方，纪念以前的事情。

人们常说人多情了他的感情就不会很深，现在真的后悔以前多情。回到以前伤心离别的地方，泪水禁不住悄悄流下来。

赏析

《山花子》这首词从“记前生”句可以看出，是写怀念亡妻的。这是残荷引发的怀人之作。

上片前两句是荷塘败落的实写，以“飘残”而感知了季节之悲，同时也是人生之秋的写照。而泥莲被藕丝萦绕，既是实景，又是不绝的情思。后两句“珍重别拈香一瓣，记前生”，追忆当初，因景诱情，前生珍重，后世亦珍情。情重更见心苦。

下片承上抒情，前两句化用杜牧诗句《赠别》“多情却似总无情”句意。作者后悔妻子在世的时候，没有对她深情相待，自觉对她薄情。因作者与妻卢氏结婚时，他心中还惦念着姓谢的表妹。自己因为对表妹谢氏的多情，而对卢氏薄情。如今想来人在的时候没有好好珍惜，而今人不在了，只有偷偷流泪的份了。后两句是真情的率性表露，“断肠”和“泪”恰是因多情而伤痛彻骨，凄苦惆怅。

忆少年[①] · 飞花时节

【清】朱彝尊

飞花时节，垂杨巷陌，东风庭院。重帘尚如昔，但窥帘人远[②]。

叶底歌莺梁上燕，一声声伴人幽怨。相思了无益，悔当初相见。

注释

①忆少年：词牌名，又名“十二时”“桃花曲”“陇首山”，双调四十六字，五仄韵。

②窥帘人远：谓情人不在眼前。窥，窥探。

作者名片

朱彝尊（1629—1709），清代诗人、词人、学者、藏书家。字锡鬯，号竹垞，又号醧（yù）舫，晚号小长芦钓鱼师，又号金风亭长。汉族，秀水

（今浙江嘉兴市）人。康熙十八年（1679）举博学鸿词科，除检讨。二十二年（1683）入直南书房。曾参加纂修《明史》。博通经史，诗与王士祯称南北两大宗。作词风格清丽，为浙西词派的创始者，与陈维崧并称朱陈。精于金石文史，购藏古籍图书不遗余力，为清初著名藏书家之一。

译文

又到了落花纷飞的时节，就在垂杨掩映的街巷，东风吹拂着庭院。重重的帘幕一如往昔，但帘中窥望的人离我已远。

浓叶间仍有黄莺婉转歌唱，梁上燕语呢喃，一声声都有我的幽怨。相思全都徒然无益，后悔当初与之相见。

赏析

此词上片以三个四字句领起，利用时地景物的有机统一，简洁地点出庭院深深、春意盎然，为寻访恋人做了铺垫，以无声出意境。而重在写景叙事，可以分为前三句、后二句两个层次。“飞花时节，垂杨巷陌，东风庭院”三句交代自己重访旧地的时间、地点及道路情况。时间是在暮春时分，其时春风吹拂，柳絮飞舞。词人走过一条两旁种有垂柳的小路，来到了心上人居住过的庭院。后两句“重帘尚如昔，但窥帘人远”为另一层次。词人站在庭院里，只见一层层窗帘还像过去那样悬垂着，可是再也见不到那窥帘的女子了。上句用一“尚”字，笔意由轻快而凝滞；下句着一“但”字，作大幅度转折，加强了渴望与无望的反衬效果，浓化了词人的孤独感和失落感，不着“情”字，而哀怨之意毕出。

下片紧承“窥帘人远”的事实及由此引发的感慨着笔，进一步抒写自己失落的情怀，以有声见心绪。也分前后两个层次，先是借景抒情，然后是直接抒情。“叶底歌莺梁上燕，一声声伴人幽怨”，以欢乐的莺声、燕语反衬自己的“幽怨”之情。正当词人站在庭院中，因“窥帘人远”而惘然若失时，忽然听到了林间传来的黄莺鸣叫声，见到了正在梁间呢喃的燕子。莺声燕语本是美好春色的组成部分，足可供人赏心悦目，但在感伤的词人听来，莺燕的啼鸣愈欢快，自己感受到的“幽怨”也就更为强烈、明显。“伴”字是句中之眼，是由景及情的一个关键字。说莺燕与人为伴，说莺燕的鸣叫似在宣告人的欢快，都可以领会，但若要说莺燕声“伴人幽怨”，就会感到难以索解了。这里的“伴”字是一种“陌生化”的用法，如果对“幽怨”之情没有特别强烈的切身体验，是不可能体会到此“伴”字的应用之妙的。下片的另一层次是作为结句的最后两句——“相思了无益，悔当初相见”，直接抒情，收结全篇。与此前寓情于景的写法不同，这两句采用明白的语言，直接吐露自己的心声，与“当初不合种相思”不谋而合。真是人同此心，心同此情，虽历千百年而不易。一结虽作后悔语，却非浅薄语。词人之所以言“悔”，根本原因在于其爱之过深、思之太苦。“悔”是在其受尽感情煎熬之后的一种自我解脱的方法，骨子里正反映了他的沉痛。

全词感情诚挚，从景物的描绘到出自肺腑的呼唤，情感渐渐升华，至最终达到高潮，细味可以看到其中发展的脉络。

浪淘沙①·借问江潮与海水

【唐】白居易

借问江潮与海水，
何似君情与妾②心？
相恨③不如潮有信，
相思始觉海非深。

注释

①浪淘沙：原为唐教坊曲名，后用为词牌名。词牌，也称为词格，是填词用的曲调名。
②妾：古时女子的谦称。
③恨：埋怨，不满的情绪。

译文

我问这江潮和海水，哪里像郎君的深情和女子的心意。

男女互相埋怨的时候认为对方不如潮水守时守信，互相思念的时候才发觉海并不算深。

赏析

在这首原调《浪淘沙》小词中，作者通过对一位思妇复杂微妙的内心矛盾的描绘，真实地表现了妇女对爱情的忠贞和悲惨的境遇。

发端二句，劈空发问："借问江潮与海水，何似君情与妾心？"以水寓情，此为古诗所常见。在人们看来，汹涌澎湃而来去倏忽的潮水，与负心汉那狂热似火却须臾即逝的短暂之情多么相似；而那浩瀚永恒的大海，则正如痴情女那缠绵忠贞的爱的胸怀。可是，诗人笔下这位女子对此却不以为然，予以否定。在她眼中，江潮海水哪能与郎情己意相比呢？此言与众不同，一反常理，而反问句式更强调其意。一下紧扣人心，感到新颖奇特，不知何故：是水长情短，还是情深于水？急于得知答案。这样就为下文的申说发挥作好有力的铺垫。

紧承此意，转句即申说其由。"相恨不如潮有信"，以君、潮相比。潮水已是变化不定的了，但潮涨潮落，毕竟还有其定时，而君之离去，渺无归期，可见君不如潮，对比之下，更衬出君之薄情，令人相恨。

既然君不如潮，则水就不似君情。意思本已很明白，似可就此住笔。然诗人意犹未尽，却翻空出奇，推出"相思始觉海非深"的妙句作结。短短七字，寓意深长，耐人寻味。首先，它在上句君情潮水相比君不如潮的基础之上，再分别从情与水两方面加以延伸，将妾心与海水相比，谓妾心深于海。同与水比，或不及，或过之，已自见出高下。而这两组对比又通过潮不如海这客观差异而相联系，使君情与妾心之间形成更鲜明突出的反差。可谓匠心独运，出人意料，极为夸张而形象地渲染出君之负心与妾之痴情，起到了进一步深化主题的艺术效果。这样，便充分地传达出无比深切的酸楚，凄婉动人。

由此可见，白居易诗并非只是如前人所批评的那样直露无隐。这首小词既借鉴民歌常见表现手法，质朴明快，天然无饰，而又言简意赅，细腻而生动地表现出一位与琵琶女身世相同的思妇复杂矛盾的心理。含蓄深婉，怨而不怒，堪称民间词与文人词结合的典范。

近试上张水部[①]

【唐】朱庆馀

洞房昨夜停红烛[②]，
待晓堂前拜舅姑[③]。
妆罢低声问夫婿，
画眉深浅[④]入时无[⑤]。

注释

①张水部：即张籍，曾任水部员外郎。
②洞房：新婚卧室。停红烛：让红烛通宵点着。停：留置。
③舅姑：公婆。
④深浅：浓淡。
⑤入时无：是否时髦。这里借喻文章是否合适。

作者名片

朱庆馀，生卒年不详，名可久，以字行。越州（今浙江绍兴）人，宝历二年（826）进士，官至秘书省校书郎，见《唐诗纪事》卷四六、《唐才子传》卷六，《全唐诗》存其诗两卷。曾作《闺意献张水部》作为参加进士考试的“通榜”，增加中进士的机会。据说张籍读后大为赞赏，写诗回答他说：“越女新装出镜心，自知明艳更沉吟。齐纨未足时人贵，一曲菱歌值万金。”于是朱庆馀声名大震。

译文

新婚卧室昨夜彻夜通明，等待拂晓去堂前拜见公婆。

装扮好后轻声询问夫君，我的眉浓淡可合时兴？

赏析

这是一首在应进士科举前所作的呈现给张籍的行卷诗。前两句渲染典型新婚洞房环境并写新娘一丝不苟地梳妆打扮。后两句写新娘不知自己的打扮能否讨得公婆的欢心，担心地问丈夫她所画的眉毛是否合宜。此诗以新妇自比，以新郎比张籍，以公婆比主考官，借以征求张籍的意见。全诗选材新颖，视角独特，以“入时无”三字为灵魂，将自己能否踏上仕途与新妇紧张不安的心绪作比，寓意自明，令人惊叹。

以夫妻或男女爱情关系比拟君臣以及朋友、师生等其他社会关系，乃是中国古典诗歌中从《楚辞》就开始出现并在其后得到发展的一种传统表现手法。此诗也是用这种手法写的。

古代风俗，头一天晚上结婚，第二天清早新妇才拜见公婆。此诗描写的重点，是她去拜见公婆之前的心理状态。首句写成婚。洞房，这里指新房。停，安置。停红烛，即让红烛点着，通夜不灭。次句写拜见。由于拜见是一件大事，所以她一早就起了床，在红烛光照中妆扮，等待天亮，好去堂前行礼。这时，她心里不免有点不安，自己的打扮是不是很时髦呢？也就是，能不能讨公婆的喜欢呢？因此，后边便接写她基于这种心情而产生的言行。在用心梳好妆，画好眉之后，还是觉得没有把握，只好问一问身边丈夫的意见了。由于是新娘子，当然带点羞涩，而且，这种想法也不好大声说出，让旁人听到，于是这低声一问，便成为极其合情合理的了。这种写法真是精雕细琢，刻画入微。

仅仅作为“闺意”，这首诗已经是非常完整、优美动人的了，然而作者的本意，在于表达自己作为一名应试举子，在面临关系到自己政治前途的一场考试时所特有的不安和期待。应进士科举，对于当时的知识分子来说，是和女孩儿出嫁一样的终身大事。如果考取了，就有非常广阔的前途，反之，就可能蹭蹬一辈子。这也正如一个女子嫁到人家，如果得到丈夫和公婆的喜爱，她的地位就稳定了，处境就安稳了，否则，日子就很不好过。诗人的比拟来源于现实的社会生活，在当时的历史条件之下，很有典型性。即使如今看来，读者也不能不对他这种一箭双雕的技巧感到惊叹。

蝶恋花·辛苦最怜天上月

【清】纳兰性德

辛苦最怜天上月，一昔如环，昔昔都成玦①。若似月轮终皎洁，不辞冰雪为卿热②。

无那③尘缘容易绝，燕子依然，软踏帘钩说④。唱罢秋坟愁未歇，春丛认取双栖蝶。

注释

①“一昔”句：昔，同“夕”，见《左传·哀公四年》中“为一昔之期。”玦（jué），玉玦，半环形之玉，借喻不满的月亮。这句是说，一月之中，天上的月亮只有一夜是圆满的，其他的夜晚就都是有亏缺的。

②“不辞”句：引用一则典故。荀粲之妻冬天高烧病重，全身发热难受。荀粲为了给妻子降温，脱光衣服站在大雪中，等身体冰冷时回屋给妻子降温。卿，你的爱称。《世说新语·惑溺》谓：“荀奉倩（粲）与妇至笃，冬月妇病热，乃出中庭，自取冷还，以身熨之。”

③无那：无奈，无可奈何。

④软踏句：燕子依然轻轻地踏在帘钩上，呢喃絮语。

译文

最怜爱那天空中辛苦的明月，一月之中只有一夜有像玉环一样的满月，其它时候都像是不完整的玉玦。如果能够像天上的圆月，长盈不亏，那么我作为冰雪，将不惜为你融化。

无奈尘世的情缘最易断绝，而不懂忧愁的燕子依然轻轻地踏在帘钩上，呢喃絮语。我在秋日，面对你的坟茔，高歌一曲，然而愁绪丝毫没有削减。我是多么希望能和你像春天里双飞双宿的蝴蝶那样在草丛里嬉戏啊。

赏析

这是一首悼亡词。作者在《沁园春》一词的小序中曾写道："丁巳重阳前三日，梦亡妇淡妆素服，执手哽咽，语多不复能记，但临别有云：'衔恨愿为天上月，年年犹得向郎圆。'此词即先从"天上月"写起。

"辛苦最怜天上月，一昔如环，昔昔都成玦"，开篇三句凄美而清灵，说的是自己最怜爱那天空中的月亮，一月之中，只有一夜是如玉环般的圆满，其它的夜晚则都如玉玦般残缺。在这里，"辛苦最怜天上月"为倒装句。中国古典诗词中常以月的圆缺来象征人的悲欢离合，作者在这里说月，实际上是在说人，说以前自己或是入职宫禁，或是伴驾出巡，与卢氏聚少离多，没有好好陪伴她；说卢氏过早地逝去，给自己留下终生的痛苦。

"若似月轮终皎洁，不辞冰雪为卿热"是纳兰对梦中亡妻所吟断句的直接回答，纳兰想象着那一轮明月仿佛化为自己日夜思念的亡妻，如果梦想真的能够实现，自己一定不怕月中的寒冷，为妻子夜夜送去温暖，从而弥补心中的遗憾。

然而梦想终究难以实现，当一切幻想破灭后，纳兰的思绪回到了现实。"无那尘缘容易绝，燕子依然，软踏帘钩说"，无奈尘世的情缘最易断绝，而不懂忧愁的燕子依然轻轻地踏在帘钩上，呢喃叙语。此时的纳兰睹物思人，由燕子的呢喃叙语想到自己与妻子昔日那段甜蜜而温馨的快乐时光，于是，他的思绪又开始飘散起来。

尾句"唱罢秋坟愁未歇，春丛认取双栖蝶"是纳兰对亡妻的倾诉，表达了自己的一片痴心：在你的坟前我悲歌当哭，纵使唱罢了挽歌，内心的愁情也丝毫不能消解，我甚至想要与你的亡魂双双化作蝴蝶，在灿烂的花丛中双栖双飞，永不分离。

全词上片开篇三句凄美而清灵，说的是自己最怜爱那天空中辛苦的月亮；后二句是纳兰对梦中亡妻所吟断句的直接回答。下片前三句睹物思人，由燕子的呢喃叙语想到与妻子昔日那段甜蜜而温馨的快乐时光；后二句是作者对亡妻的倾诉，表达了自己的一片痴心。这首词悼念亡妻，凄美之中透着轻灵，通过对明月圆缺的观察，燕子呢喃的对语，蝴蝶双飞的描写，反映出了对亡妻刻骨铭心的哀念。

闺　怨[1]

【唐】王昌龄

闺中少妇不知愁，
春日凝妆[2]上翠楼。
忽见陌头[3]杨柳色，
悔教[4]夫婿觅封侯[5]。

注释

①闺怨：少妇的幽怨。闺，女子卧室，借指女子。
②凝妆：盛妆。
③陌头：路边。
④悔教：后悔让。
⑤觅封侯：为求得封侯而从军。觅，寻求。

作者名片

王昌龄（698—756），字少伯，河东晋阳（今山西太原）人。盛唐著名边塞诗人，后人誉为“七绝圣手”。早年贫贱，困于农耕，年近不惑，始中进士。初任秘书省校书郎，又中博学宏辞，授汜水尉，因事贬岭南。与李白、高适、王维、王之涣、岑参等交厚。开元末返长安，改授江宁丞。被谤谪龙标尉。安史乱起，为刺史闾丘所杀。其诗以七绝见长，尤以登第之前赴西北边塞所作边塞诗最著，有“诗家夫子王江宁”之誉（亦有“诗家天子王江宁”的说法）。

译文

闺中少妇未曾有过相思离别之愁，在明媚的春日，她精心装扮

之后兴高采烈地登上翠楼。

忽见野外杨柳青青春意浓，真后悔让丈夫从军边塞，建功封侯。

赏析

《闺怨》是唐代诗人王昌龄描写上流贵妇赏春时心理变化的一首闺怨诗。唐代前期，国力强盛。从军远征，立功边塞，成为人们“觅封侯”的重要途径。诗中的“闺中少妇”和她的丈夫对这一道路也同样充满了幻想。

题称“闺怨”，一开头却说“闺中少妇不知愁”，似乎故意违反题面。其实，作者这样写，正是为了表现这位闺中少妇从“未曾愁”到“悔”的心理变化过程。丈夫从军远征，离别经年，照说应该有愁。之所以“不知愁”，除了这位女主人公正当青春年少，还没有经历多少生活波折，和家境比较优裕（从下句“凝妆上翠楼”可以看出）之外，根本原因还在于那个时代的风气。在当时“觅封侯”这种时代风尚影响下，“觅封侯”者和他的“闺中少妇”对这条生活道路是充满了浪漫主义幻想的。从末句“悔教”二字看，这位少妇当初甚至还可能对她的夫婿“觅封侯”的行动起过一点儿推波助澜的作用。一个对生活、对前途充满乐观展望的少妇，在一段时间“不知愁”是完全合乎情理的。

第一句点出“不知愁”，第二句紧接着用春日登楼赏景的行动具体展示她的“不知愁”。一个春天的早晨，她经过一番精心的打扮、着意的妆饰，登上了自家的高楼。春日而凝妆登楼，当然不是为了排遣愁闷（遣愁何必凝妆），而是为了观赏春色以自娱。这一句写少妇青春的欢乐，正是为下段青春的虚度、青春的怨旷蓄势。

第三句是全诗的关键，称为“诗眼”。这位少妇所见，不过寻常之杨柳，作者何以称之为“忽见”？其实，诗句的关键是见到杨柳后忽然触发的联想和心理变化。

本来要凝妆登楼，观赏春色，结果反而惹起一腔幽怨，这变化发生得如此迅速而突然，仿佛难以理解。诗的好处正在这里：它生动地显示了少妇心理的迅速变化，却不说出变化的具体原因与具体过程，留下充分的想象余地让读者去仔细寻味。

短篇小说往往截取生活中的一个横断面，加以集中表现，使读者从这个横断面中窥见全貌。绝句在这一点儿上有些类似于短篇小说。这首诗正是抓住闺中少妇心理发生微妙变化的瞬间，作了集中的描写，从而从一刹那窥见全过程。

钗头凤·红酥手

【宋】陆游

红酥手，黄縢[①]酒，满城春色宫墙[②]柳。东风恶，欢情薄。一怀愁绪，几年离索[③]。错、错、错。

春如旧，人空瘦，泪痕红浥鲛绡[④]透。桃花落，闲池阁[⑤]。山盟[⑥]虽在，锦书[⑦]难托。莫、莫、莫！

注释

①黄縢（téng）：酒名。或作“黄藤”。
②宫墙：南宋以绍兴为陪都，因此有宫墙。
③离索：离群索居的简括。
④浥（yì）：湿润。鲛绡（jiāo xiāo）：神话传说鲛人所织的绡，极薄，后用以泛指薄纱，这里指手帕。绡，生丝，生丝织物。
⑤池阁：池上的楼阁。
⑥山盟：旧时常用山盟海誓，指对山立盟，对海起誓。
⑦锦书：写在锦上的书信。

作者名片

陆游，字务观，号放翁，越州山阴（今浙江绍兴）人。南宋著名诗人。陆游出身于一个由“贫居苦学”而仕进的官宦家庭，陆游的高祖是宋仁宗时太傅陆轸，祖父陆佃，父亲陆宰，他诞生于宋金

战争的烽火之中，从小饱尝了颠沛流离之苦，同时也受到了父亲陆宰等士大夫爱国思想的熏陶，形成了忧国忧民的思想。他十余岁就熟读了陶潜、王维、岑参和李白的诗篇，有“我生学语即耽书，万卷纵横眼欲枯”的好学精神，12岁便能诗文，有“小李白”之称。

译文

你红润酥腻的手里，捧着盛上黄縢酒的杯子。满城荡漾着春天的景色，你却早已像宫墙中的绿柳那般遥不可及。春风多么可恶，欢情被吹得那样稀薄。满杯酒像是一杯忧愁的情绪，离别几年来的生活十分萧索。遥想当初，只能感叹：错，错，错！

美丽的春景依然如旧，只是人却白白地因相思而消瘦。泪水洗尽脸上的胭脂红，又把薄绸的手帕全都湿透。满春的桃花凋落在寂静空旷的池塘楼阁上。永远相爱的誓言还在，可是锦文书信再也难以交付。遥想当初，只能感叹：莫，莫，莫！

赏析

这首词写的是陆游自己的爱情悲剧。词的上片通过追忆往昔美满的爱情生活，感叹被迫离异的痛苦，分两层意思。

开头三句为上片的第一层，回忆往昔与唐氏偕游沈园时的美好情景：“红酥手，黄縢酒。满城春色宫墙柳。“红酥手”，不仅写出了唐氏为词人殷勤把盏时的美丽姿态，同时还有概括唐氏全人之美（包括她的内心美）的作用。而唐氏手臂的红润，酒的黄封以及柳色的碧绿，又使这幅图画有了明丽而又和谐的色彩感。“东风恶”数句为第二层，写词人被迫与唐氏离异后的痛苦心情。“东风恶”三字，一语双关，含蕴很丰富，是全词的关键所在，也是造成词人爱情悲剧的症结所在。它主要是一种象喻，象喻造成词人爱情悲剧的“恶”势力。下面一连三句，“欢情薄。一怀愁绪，几年离索。”美满姻缘被迫折散，恩爱夫妻被迫分离，使他们两人在感情上遭受巨大的折磨和痛苦，几年来的离别生活带给他们的只是满怀愁怨。接下来，“错，错，错”，一连三个“错”字，连迸而出，是错误，是错落，更是错责，感情极为沉痛。这一层虽直抒胸臆，激愤的感情如江河奔泻，一气呵成。

词的下片，由感慨往事回到现实，进一步抒写妻被迫离异的巨大哀痛，也分为两层。前三句为第一层，写沈园重逢时唐氏的表现。“春如旧”承上片“满城春色”句而来，这又是此时相逢的背景。“桃花落”两句与上片的“东风恶”句前后照应，又突出写景虽是写景，但同时也隐含出人事。桃花凋谢，园林冷落，这只是物事的变化，而人事的变化却更甚于物事的变化。词人自己的心境，也像“闲池阁”一样凄寂冷落了。“山盟虽在，锦书难托。”这两句虽只寥寥八字，却很能表现出词人自己内心的痛苦之情。一种难以名状的悲哀，再一次冲胸破喉而出：“莫，莫，莫！”意谓：罢了，罢了，罢了！明明言犹未尽，意犹未了，情犹未终，却偏偏这么不了了之，而在极其沉痛的喟叹声中全词也就由此结束了。

总而言之，这首词达到了内容和形式的完美统一，是一首别开生面、催人泪下的作品。

画堂春·一生一代一双人

【清】纳兰性德

一生一代一双人，争教①两处销魂。相思相望不相亲，天为谁春？

浆向蓝桥②易乞，药成碧海难奔③。若容相访饮牛津，相对忘贫。

注释

①争教：怎教。销魂，形容极度悲伤、愁苦或极度欢乐。

②蓝桥：地名。在陕西蓝田县东南蓝溪上，传说此处有仙窟，为裴航遇仙女云英处。此处用这一典故是表明自己的“蓝桥之遇”曾经有过，且不为难得。

③药成碧海难奔：李商隐《嫦娥》：“嫦娥应悔偷灵药，碧海青天夜夜心。”这里借用此典说，纵有不死之灵药，但却难像嫦娥那样飞入月宫，意思是纵有深情也难以相见。

译文

明明能一生一世长相守，此乃天作之合，却偏偏不能在一起，两地分隔。经常想念你，盼望见到你，却不能在一起。看着这一年一年的春色，真不知她为谁而来？

蓝桥相遇并不是难事，难的是即使有不死的灵药，也不能像嫦娥那样飞入月宫与她相会。如果能够像牛郎织女一样，渡过天河团聚，即使抛却荣华富贵也甘心。

赏析

这首描写爱情的《画堂春》与纳兰容若以往大多数描写爱情的词不同，以往容若的爱情词总是缠绵悱恻，动情之深处也仅仅是带着委屈、遗憾和感伤，是一种呢喃自语的絮语，是内心卑微低沉的声音。而这一首词仿佛换了一个人，急促的爱情表白，显得苍白之余，还有些呼天抢地的悲怆。

上片“一生一代一双人，争教两处销魂”，明白如话，更无丝毫的装点；素面朝天，为有天姿的底蕴。这样的句子，并不曾经过眉间心上的构思、语为惊人的推敲、诗囊行吟的揣摩，不过是脱口而出，再无其他道理。明明天造地设一双人，偏要分离两处，各自销魂神伤、相思相望。他们在常人的一日里度过百年，他们在常人的十分钟里年华老去。纵使冀北莺飞、江南草长、蓬山陆沉、瀚海扬波，都只是平白变故着的世界，而不是真实发生过的人生。万千锦绣，无非身外物外，关乎万千世人，唯独非关你我。

下片转折，接连用典。小令一般以频繁用典为大忌，此为通例，而才子手笔所向，再多的禁忌也要退避三舍。这，就是容若。“浆向蓝桥易乞”，这是裴航的一段故事：裴航在回京途中与樊夫人同舟，赠诗以致情意，樊夫人却答以一首离奇的小诗："一饮琼浆百感生，玄霜捣尽见云英。蓝桥便是神仙窟，何必崎岖上玉清。"航见了此诗，不知何意，后来行到蓝桥驿，因口渴求水，偶遇一位名叫云英的女子，一见倾心。此时此刻，裴航念及樊夫人的小诗，恍惚之间若有所悟，便以重金向云英的母亲求聘云英。云英的母亲给裴航出了一个难题："想娶我的女儿也可以，但你得给我找来一件叫作玉杵臼的宝贝。我这里有一些神仙灵药，非要玉杵臼才能捣得。"裴航得言而去，终于找来了玉杵臼，又以玉杵臼捣药百日，这才得到云英母亲的应允。——这不仅仅是一个爱情故事，在裴航娶得云英之后还有一个情节：裴航与云英双双仙去，非复人间平凡夫妻。

全词直抒胸臆，落落大方，将一段苦恋无果乃至悲痛终生的感情完美呈现，丝毫没有其他爱情词中小女人式的委婉，表达了词人纵然无法相守也保留着一线美好的愿望。

采桑子①·恨君不似江楼月

【宋】吕本中

恨君②不似江楼③月，南北东西，南北东西，只有相随无别离。

恨君却似江楼月，暂满还亏④，暂满还亏，待得团圆是几时？

注释

①采桑子：词牌名。又名"丑奴儿令""罗敷艳歌""罗敷媚"。
②君：这里指词人的妻子。一说此词为妻子思念丈夫。
③江楼：靠在江边的楼阁。
④暂满还亏：指月亮短暂的圆满之后又会有缺失。满，此指月圆；亏，此指月缺。

作者名片

吕本中（1084—1145），字居仁，世称东莱先生，寿州人，诗人，词人，道学家。诗属江西派，著有《春秋集解》《紫微诗话》《东莱先生诗集》等。词不传，今人赵万里《校辑宋金元人词》辑有《紫微词》，《全宋词》据之录词二十七首。吕本中诗数量较大，约一千二百七十首。

译文

可恨你不像江边楼上高悬的明月，不管人们南北东西四处漂泊，都与人相伴不分离。

可恨你就像江边楼上高悬的明月，短暂的圆满之后又会有缺失，等待明月再圆不知还要等到何时？

赏析

这是一首借喻明月来倾诉别离之情的词。全词纯用白描手法写出，颇有民歌风味，情感真挚，朴实自然。结构上采取重章复沓的形式，深得回环跌宕、一唱三叹的妙处。上下片主体相同，只是稍加变化，形成鲜明的对比，匠心独具。

上片指出他行踪不定，在南北东西漂泊，在漂泊中经常在月下怀念他的妻子，因此感叹他的妻子不能像月亮那样跟他在一起。下片写他同妻子分离的时候多，难得团圆。这首词的特色，是文人词而富有民歌风味。民歌是真情的自然流露，不用典故，是白描。这首词也是真情的自然流露，也是白描，很亲切。民歌往往采取重复歌唱的形式，这首词也一样。不仅由于《采桑子》这个词调的特点，像“南北东西”，“暂满还亏”两句是重复的；就是上下两片，也有重复而稍加以变化的句子，如“恨君不似江楼月”与“恨君却似江楼月”，只有一字之差，民歌中的复叠也往往是这样的。还有，民歌往往也用比喻，这首词的“江楼月”，正是喻体，这个比喻亲近而贴切。

这首词用“江楼月”作比，在上片里赞美“江楼月”“南北东西，只有相随无别离”，是到处漂泊，永不分离的赞词。

下片里写“江楼月”，“暂满还亏，待得团圆是几时”，是难得团圆的恨词。同样用“江楼月”作比，一赞一恨，是在一篇中用同一个比喻而具有二柄。还有，上片的“江楼月”，比“只有相随无别离”，是永不分离；下片的“江楼月”，比“待得团圆是几时”，是难得团圆。命意不同。同用一个比喻，在一首词里，所比不同，构成多边。

此词从江楼月联想到人生的聚散离合。月的阴晴圆缺，却又不分南北东西，而与人相随。词人取喻新巧，正反成理。以“不似”与“却似”隐喻朋友的聚与散，反映出聚暂离长之恨。具有鲜明的民歌色彩。全词明白易晓，流转自如。风格和婉，含蕴无限。曾季狸《艇斋诗话》：本中长短句，浑然天成，不减唐、《花间》之作。《啸翁词评》：居仁直忤柄臣，深居讲道。而小词乃工稳清润至此。

长相思[①]·一重山

【五代】李煜

一重[②]山，两重山。山远天高烟水[③]寒，相思枫叶丹。

菊花开，菊花残。塞雁高飞人未还，一帘风月闲。

注释

①《长相思》：调名取自南朝乐府“上言长相思，下言久离别”句，多写男女相思之情。又名《相思令》《双红豆》《吴山青》《山渐青》《忆多娇》《长思仙》《青山相送迎》等。此调有几种不同格体，俱为双调，此词为三十六字体。

②重：量词。层，道。

③烟水：雾气蒙蒙的水面。

作者名片

李煜（937—978），南唐元宗（即南唐中主）李璟第六子，初名从嘉，字重光，号钟隐、莲峰居士，汉族，生于金陵（今江苏南京），祖籍彭城（今江苏徐州铜山区），南唐最后一位国君。李煜精书法、工绘画、通音律，诗文均有一定造诣，尤以词的成就最高。李煜的词，继承了晚唐以来温庭筠、韦庄等花间派词人的传统，又受李璟、冯延巳等的影响，语言明快、形象生动、用情真挚，风格鲜明，其亡国后词作更是题材广阔，含意深沉，在晚唐五代词中别树一帜，对后世词坛影响深远。

译文

一重又一重，重重叠叠的山啊。山远天高，烟云水气又冷又寒，可我的思念像火焰般的枫叶那样。

菊花开了又落了，时令交替轮换。塞北的大雁在高空振翅南飞，可是思念的人却还没有回来。只有帘外的风月无思无忧。

赏析

《长相思·一重山》这首小令，《新刻注释草堂诗余评林》在词调下题作“秋怨”。这“秋怨”，便是统贯全词的抒情中心。虽然通篇未曾出现“秋”“怨”字眼，但仔细吟诵一遍，便会觉得“秋怨”二字确实最为简洁、准确地概括了本词的旨意。全词写了一个思妇在秋日里苦忆离人、急盼归来，然而最终没有盼来的怨恨心绪。

上片写她望中所见之景。这三句描写了一幅荒寂寥廓的群山秋色图，层次极为分明：“一重山”，是近景，“二重山”，是中景；“山远天高烟水寒”，是远景。上片结句说她“望尽天涯路”而无所得，便收束眼光，不经意地扫视周遭景物，瞥见不远处有枫叶如火，灼人眼目。这使她猛然想起：时令又到了丹枫满山的秋天，自己经年累月的相思之情何日才能了结啊？“相思”一词的出现，使得词旨豁然显现。

下片便顺着“相思”折入，着重刻画她的心理活动，写她思中所念之事。“菊花开，菊花残”，用短促、相同的句式，点出时间流逝之速，暗示了她相思日久，怨愁更多。“一帘风月闲”，刻画出了思妇由于离人不归，对帘外风晨月夕的美好景致无意赏玩的心境。柳永《雨霖铃》词写一对恋人分别后的意绪说：“此去经年，应是良辰好景虚设。便纵有千种风情，更与何人说”，含意正与此同。

这首词的最大特点是，句句写思妇“秋怨”，“秋怨”二字却深藏不露。对思妇的外貌、形象、神态、表情未作任何描摹，而是侧重于表现出她的眼中之景，以折现其胸中之情，用笔极其空灵。李煜词的语言锤炼功夫很深，他善于用单纯明净、简洁准确的语言生动地再现物象，展示意境。这个特点在该词里也有鲜明的体现，像“山远天高烟水寒”句，自然明朗，形象丰富，立体感强，境界阔远，并且景中蕴情，耐人寻味。

遣悲怀三首·其二

【唐】元稹

昔日戏言①身后意②，
今朝都到眼前来。
衣裳已施行看尽③，
针线犹存未忍开。
尚想旧情怜④婢仆，
也曾因梦送钱财。
诚知⑤此恨人人有，
贫贱夫妻百事哀。

注释

①戏言：开玩笑的话。
②身后意：死后的设想。
③行看尽：眼看快要完了。
④怜：怜爱，痛惜。
⑤诚知：确实知道。

译文

往昔曾经戏言我们身后的安排，如今都按你所说的展现在眼前。

你穿过的衣裳已经快施舍完了，你的针线盒我珍存着不忍打开。

因怀念你我对婢仆也格外怜爱，也曾梦见自己为你送去钱财。

我诚知死别之恨人人都有，但咱们共同患难的夫妻死别则更为悲哀。

赏析

这首诗主要写妻子死后的“百事哀”。诗人写了在日常生活中引起哀思的几件事。人已仙逝，而遗物犹在。为了避免见物思人，便将妻子穿过的衣裳施舍出去；将妻子做过的针线活仍然原封不动地保存起来，不忍打开。诗人想用这种消极的办法封存起对往事的记忆，而这种做法本身恰好证明他无法摆脱对妻子的思念。还有，每当看到妻子身边的婢仆，也引起自己的哀思，因而对婢仆也平添一种哀怜的感情。白天事事触景伤情，夜晚梦魂飞越冥界相寻。梦中送钱，似乎荒唐，却是一片感人的痴情。苦了一辈子的妻子去世了，如今生活在富贵中的丈夫不忘旧日恩爱，除了“营奠复营斋”以外，已经不能为妻子做些什么了。于是积想成梦，出现送钱给妻子的梦境。末两句，从“诚知此恨人人有”的泛说，落到“贫贱夫妻百事哀”的特指上。夫妻死别，固然是人所不免的，但对于同贫贱共患难的夫妻来说，一旦永诀，是更为悲哀的。末句从上一句泛说推进一层，着力写出自身丧偶不同于一般的悲痛感情。

寓　意[1]

【宋】晏殊

油壁香车[2]不再逢，
峡云[3]无迹任西东。
梨花院落溶溶[4]月，
柳絮池塘淡淡风。
几日寂寥伤酒后，
一番萧索[5]禁烟中。
鱼书欲寄何由达，
水远山长处处同。

注释

①寓意：有所寄托，但在诗题上又不明白说出。这类诗题多用于写爱情的诗。

②油壁香车：古代妇女所坐的车子，因车厢涂刷了油漆而得名。这里指代女子。

③峡云：巫山峡谷上的云彩。宋玉《高唐赋》记有巫山神女，与楚王相会，说自己住在巫山南，“旦为朝云，暮为行雨”。后常以巫峡云雨指男女爱情。

④溶溶：形容月光似水一般流动。

⑤萧索：缺乏生机；不热闹。

译文

再也见不到你所乘坐的油壁香车，我们像那巫峡的彩云倏然飘散，我在西，你在东。

院落里，梨花沐浴在如水一般的月光之中；池塘边，阵阵微风吹来，柳絮在空中飞舞。

多日来借酒消愁，是那么的伤怀寂寞；在寒食的禁烟中，怎不令我加倍地思念你的芳踪。

想寄封信告诉你，可隔着一层层山、一道道水，又怎能到你的手中？

赏析

这是抒写别后相思的恋情诗。首联追叙离别时的情景。颔联寓情于景，回忆当年花前月下的美好生活。颈联叙述自己寂寥萧索的处境，揭示伊人离去之后的苦况。尾联表达对所恋之人的刻苦相思之情。

“油壁香车不再逢，峡云无迹任西东。”飘忽传神。一开始出现的便是两个瞬息变幻的特写镜头：“油壁香车”奔驰而来，又骤然消逝；一片彩云刚刚出现而又倏忽散去。写的都是物像，却半隐半露，寄寓了一段爱情周折，揭示主旨。

“梨花院落溶溶月，柳絮池塘淡淡风。”景中有情。“梨花院落”“柳絮池塘”，描写了一个华丽精致的庭院。宋葛立方说：“此自然有富贵气。”反映出诗人的高贵身份。“溶溶月”“淡淡风”，是诗人着意渲染的自然景象。

这两句互文见义：院子里、池塘边，梨花和柳絮都沐浴在如水的月光之中。阵阵微风吹来，梨花摇曳，柳条轻拂，飞絮蒙回，是一个意境清幽、情致缠绵的境界。大概是诗人相思入骨，一腔幽怨无处抒写，又适值春暮，感时伤别，借景寄情；或是诗人触景生情，面对春宵花月，情思悠悠，过去一段幽情再现。这里展现的似乎是实景，又仿佛是一个幻觉，诗人以神取景，神余象外。可谓“不着一字，尽得风流”（司空图《诗品》）。

颈联“几日寂寥伤酒后，一番萧索禁烟中”，写眼前苦况，欲遣不能。多少日子以来只凭杯酒解闷，由于饮得过量，形容憔悴，心境凄凉。“伤酒”两字，可见诗人颓唐、沮丧的形象。眼前又是寒食禁烟之际，更添萧索之感。

此诗通篇运用含蓄手法，“意在言外，使人思而得之。”“怨别”乃全诗主旨。字面上不着一“怨”字，怨在语言最深处。“不再逢”“任西东”，怨也；“溶溶月”“淡淡风”，怨也；“寂寥”“萧素”“水远山长”，无一不怨。“处处同”则是怨的高潮。章节之间起承转合，首尾呼应也都以“怨”贯串，此其一。其二，含蓄又通过比拟手法表现出来。“油壁香车”“峡云无迹”“水远山长”，托物寓意，言近旨遥，“婉转附物，怊怅情切沙。其三，写景寄兴，“梨花”“柳絮”二句出之以景语，却渗透、融汇了诗人的主观情绪，蕴藉传神。

长相思·其一

【唐】李白

长相思，
在长安[①]。
络纬[②]秋啼金井阑[③]，
微霜凄凄簟色寒[④]。
孤灯不明思欲绝，
卷帷[⑤]望月空长叹。
美人如花隔云端！
上有青冥[⑥]之长天，
下有渌水[⑦]之波澜。
天长路远魂飞苦，
梦魂不到关山难[⑧]。
长相思，
摧[⑨]心肝！

注释

①长安：今陕西省西安市。
②络纬：昆虫名，又名莎鸡，俗称纺织娘。
③金井阑：精美的井阑。
④簟色寒：指竹席的凉意。簟，凉席。
⑤帷：窗帘。
⑥青冥：青云。
⑦渌水：清水。
⑧关山难：关山难渡。
⑨摧：伤。

译文

日日夜夜地思念啊，我思念的人在长安。

秋夜里纺织娘在井栏边啼鸣，微霜浸透了竹席显得分外清寒。

夜里想她魂欲断，孤灯伴我昏暗暗；卷起窗帘望明月，对月徒然独长叹。

如花似玉的美人啊，仿佛相隔在云端！

上面长空一片，渺渺茫茫，下面有清水卷起万丈波澜。

天长地远，日夜跋涉多艰苦，梦魂也难以飞越这重重关山。

日日夜夜地思念啊，相思之情痛断肝肠！

赏析

这首诗是李白离开长安后回忆往日情绪时所作，豪放飘逸中兼有含蓄。诗人通过对络纬、微霜、孤灯等景物的描写抒发了感情，表现出相思的痛苦。

本诗由两部分组成。第一部分从开头到“美人如花隔云端”，描写了主人公“在长安”的相思之苦。从“金井阑”中可以猜出主人公的住处颇为奢华，但身处华厦却感到十分空虚寂寞：先是听见纺织娘凄惨地鸣叫，又感到“霜送晓寒侵被”的凄凉，无法入眠。而“孤灯不明”更增添了愁绪。其中，“孤”字在写灯的同时也表现了人物的心理。接下来写从卷帷中看到的，只能供人仰望的月亮令主人公想到了美人。然而，美人远在云端，使人只能“对空长叹”。

以下到结尾是第二部分，描写梦中的追求，承接“苦相思”。在浪漫的氛围中，主人公幻想着梦魂飞去寻找自己的心上人。但“上有青冥之长天，下有渌水之波澜”，不仅天长地远，而且还要渡过重重关山。这种没有结果的追求使主人公不禁一声长叹：“长相思，摧心肝”。此句结尾不仅回应开头，而且语出有力，令人荡气回肠。

蝶恋花[1]·春暮

【五代】李煜

遥夜[2]亭皋[3]闲信[4]步。才过清明，渐觉伤春暮。数点雨声风约住[5]。朦胧淡月云来去。

桃杏依稀香暗渡。谁在秋千，笑里轻轻语。一寸相思千万绪[6]。人间没个安排[7]处。

注释

①蝶恋花：词牌名，分上下两阕，共六十个字，一般用来填写多愁善感和缠绵悱恻的内容。
②遥夜：长夜。
③亭皋：水边的平地
④闲：吴本《二主词》误作“闭”。信：吴讷本、吕远本、侯文灿本《南唐二主词》作“倒”。王仲闻《南唐二主词校订》云：“倒步不可解，必信步之误。”刘继增《南唐二主词笺》云：“旧钞本作信。”
⑤风约住：下了几点雨又停住，就像雨被风管束住似的。
⑥一寸：指心，喻其小。绪：连绵不断的情丝。
⑦安排：安置，安放。

译文

夜间在亭台上闲适地踱着步子。清明刚过，便已经感觉到了春天渐渐逝去的气息。夜里飘落了几点雨滴后又停了，积云遮挡的月亮朦胧不明，云层也随着风移动。

桃花、杏花在暗夜中散发着幽幽香气，不知道在园内荡着秋千，轻声说笑的女子是谁？小小的心田里积聚着千丝万缕的相思之意，辽阔的天地间竟没有一个地方可以排遣这些愁绪。

赏析

“遥夜”交代时间，夜色未深，但入夜也有一段时间了。词人“信步”上着一个“闲”字，点染出一副随意举步、漫不经心的样子。“才过清明，渐觉伤春暮”是无理之语。按说“清明才过”，春光正好，词人却已经“伤春暮”了，看来“闲信步”含有排遣内心某种积郁的用意。

上片最后两句是词人耳目所见，刚刚听到几点雨声，却被春风挡住而听不到了。天上的月亮因积有云层而朦胧不明。这两句写景，清新淡雅而又流转自然。

下片谓这时虽说已过了桃杏盛开的花期，但余香依稀可闻。人为淡月、微云、阵阵清风、数点微雨和依稀可闻到的桃杏花香的美景所感染，那“伤春暮”的情怀暂时退却了。此处白描手法运用得当。

下片二、三句词意陡转。词人遐想联翩之际，听到近处有妇女荡秋千的轻声笑语，她们说些什么听不清楚，但不断传来的莺语，对他来说是一番诱惑。

结尾两句，写词人因意中人不在身边，以致常常魂牵梦萦。今夜出来漫步，便有可能出于排遣对意中人的相思之苦。举天地之大，竟无一处可以安排作者的愁绪，由此可见其彷徨、感伤与苦闷的程度之深。

长干行①二首

【唐】李白

一

妾发初覆额，

折花门前剧。

郎骑竹马②来，

注释

①长干行：属乐府《杂曲歌辞》调名。下篇一作张潮。

②竹马：儿童放在胯下当马骑的竹竿。

绕床弄青梅。
同居长干里[3]，
两小无嫌猜，
十四为君妇，
羞颜未尝开。
低头向暗壁，
千唤不一回。
十五始展眉[4]，
愿同尘与灰。
常存抱柱信[5]，
岂上望夫台。
十六君远行，
瞿塘滟滪堆[6]。
五月不可触，
猿声天上哀[7]。
门前迟行迹[8]，
一一生绿苔[9]。
苔深不能扫，
落叶秋风早。
八月胡蝶黄，
双飞西园草。

③长干里：在今南京市，当年系船民集居之地，故《长干曲》多抒发船家女子的感情。

④展眉：眉开眼笑，比喻心情愉快。

⑤抱柱信：典出《庄子·盗跖篇》，写尾生与一女子相约于桥下，女子未到而突然涨水，尾生守信而不肯离去，抱着柱子被水淹死。

⑥滟滪堆：三峡之一瞿塘峡峡口的一块儿大礁石，农历五月涨水没礁，船只易触礁翻沉。

⑦天上哀：哀一作“鸣”。

⑧迟行迹：迟一作“旧”。

⑨生绿苔：绿一作“苍”。

感此伤妾心，

坐愁红颜[10]老。

早晚下三巴，

预将书报家。

相迎不道远，

直至长风沙[11]。

二

忆妾深闺里[12]，

烟尘不曾识。

嫁与长干人，

沙头[13]候风色。

五月南风兴，

思君下巴陵[14]。

八月西风起，

想君发扬子[15]。

去来悲如何，

见少离别多。

湘潭[16]几日到，

妾梦越风波。

昨夜狂风度，

吹折江头树。

⑩红颜：指年经人的红润脸色。

⑪长风沙：地名，在今安徽省安庆市的长江边上，距南京约700里。

⑫忆妾深闺里：妾一作“昔”。

⑬沙头：沙岸上。风色：风向。

⑭下：一作“在”。巴陵：今湖南岳阳。

⑮发：出发。扬子：扬子渡。

⑯湘潭：泛指湖南一带。

淼淼[17]暗无边，
行人在何处。
好乘浮云骢[18]，
佳期兰渚[19]东。
鸳鸯绿蒲上，
翡翠[20]锦屏中。
自怜[21]十五余，
颜色桃花红。
那作商人妇，
愁水复愁风。

⑰淼淼：形容水势浩大。
⑱浮云骢：骏马。西汉文帝有骏马名浮云。
⑲兰渚：生有兰草的小洲。
⑳翡翠：水鸟名。
㉑自怜：自我怜惜。

译文

一

我的头发刚刚盖过额头，在门前折花做游戏。你骑着竹马过来，把弄着青梅，我们绕着床相互追逐。我们同在长干里居住，两个人从小都没什么猜忌。十四岁时嫁给你做妻子，害羞得没有露出过笑脸。低着头对着墙壁的暗处，一再呼唤也不敢回头。十五岁才舒展眉头，愿意永远和你在一起。常抱着至死不渝的信念，怎么能想到会走上望夫台。十六岁时你离家远行，要去瞿塘峡滟滪堆。五月水涨时，滟滪堆不可相触，两岸猿猴的啼叫声传到天上。门前是你离家时徘徊的足迹，渐渐地长满了绿苔。绿苔太厚，不好清扫，树叶飘落，秋天早早来到。八月里，黄色的蝴蝶飞舞，双双飞到西园草地上。看到这种情景我很伤心，因而忧愁容颜衰老。无论什么时候你想下三巴回家，请预先把家书捎给我。迎接你不怕道路遥

远，一直走到长风沙。

二

想当初我在深闺的时候，不曾见识烟尘。可嫁给长干的男人后，整天在沙头等候风色。五月南风吹动的时候，想到你正下巴陵；八月西风吹起的时候，想到你正从扬子江出发。来来去去，聚少离多，悲伤几何？什么时候到湘潭呢？我最近天天梦见那里大起风波。昨夜又见狂风吹来，吹折了江头的大树。江水淼淼，昏暗无边，夫君啊，你在何处？我将乘坐浮云骢，与你相会在兰渚东。鸳鸯嬉戏在绿蒲池上，翡翠鸟儿绣在锦屏当中。自怜才过十五岁，面容正如桃花一般嫣红。哪里想到嫁为商人妇，既要愁水又要愁风。

赏析

诗人李白写过许多反映妇女生活的作品，《长干行二首》就是其中杰出的诗篇。

长干是地名，在今江苏南京。乐府旧题有《长干曲》，郭茂倩《乐府诗集》中载有古词一首，五言四句，写一位少女驾舟采菱、途中遇潮的情景。与李白同时的崔颢有《长干曲》，崔国辅有《小长干曲》，也都是五言四句的小乐府体，所描绘的都是长江中下游一带男女青年的生活场景。这些诗歌内容都较简单。李白《长干行》的篇幅加长了，内容也比较丰富。它以一位居住在长干里的商妇自述的口吻，叙述了她的爱情生活，倾诉了对于远方丈夫的殷切思念。它塑造了一个具有丰富深挚的情感的少妇形象，具有动人的艺术力量。

这是两首爱情叙事诗。第一首诗通过对商妇的各个生活阶段和生动具体的生活侧面的描绘，在读者面前展开了一幅幅鲜明生动的画面。诗人通过运用形象，进行典型的概括，开头的六句，宛若一组民间孩童嬉戏的风情画卷。“十四为君妇”以下八句，又通过心理描写生动细腻地描绘了小新娘出嫁后的新婚生活。在接下来的诗句中，更以浓重的笔墨描写闺中少妇的离别愁绪，诗情到此形成了鲜明转折。“门前迟行迹”以下八句，通过节气变化和不同景物的描写，将一个思念远行丈夫的少妇形象，鲜明地跃然纸上。最后两句则透露了李白特有的浪漫主义色彩。这首诗的不少细节描写是很突出而富于艺术效果的。如“妾发初覆额”以下几句，写男女儿童天真无邪的游戏动作，活泼可爱。“青梅竹马”成为至今仍在使用的成语。又如“低头向暗壁，千唤不一回”，写女子刚结婚时的羞怯，非常细腻真切。诗人注意到表现女子不同阶段心理状态的变化，而没有作简单化的处理。再如“门前迟行迹，一一生绿苔”，“八月胡蝶黄，双飞西园草”，通过具体的景物描写，展示了思妇内心世界深邃的感情活动，深刻动人。

第二首诗与第一首诗同是写商妇的爱情和离别。第二首诗恰似第一首诗中的少妇风尘仆仆地划着小船来到长风沙的江边沙头上等候久别的丈夫。此诗在描述女子情感脉络上非常细密柔婉，像是山林中的清泉涓涓流畅而又还回曲折，给读者留下数不清的情韵，把少妇的闺怨描写得淋漓酣畅。这首诗中，诗人用“嫁与长干人，沙头候风色”两句便将女主人公的身世交代得清清楚楚。“五月南风兴”以下四句交代了诗中丈夫的行踪。“昨夜狂风度，吹折江头树”则表现了她对夫婿安危的深切关怀，最后，“自怜十五余，颜色桃花江。那作商人妇，愁水复愁风”以少妇感怀身世的方式将满腔离愁别恨渲染得恰到好处。这首诗将南方女子温柔细腻的感情刻画得十分到位。全诗感情细腻，缠绵婉转，步步深入，语言直白，音节和谐，格调清新隽永，也属诗歌艺术中的上品。

《长干行二首》的风格缠绵婉转，具有柔和深沉的美。商妇的爱情有热烈奔放的特点，同时又是那样的坚贞、持久、专一、深沉。她的丈夫是外出经商，并非奔赴疆场，吉凶难卜；因此，她虽然也为丈夫的安危担心，但并不是摧塌心肺的悲恸。她的相思之情正如春蚕吐丝，绵绵不绝。这些内在的因素，决定了作品风格的深沉柔婉。

摸鱼儿[①]·更能消几番风雨

【宋】辛弃疾

淳熙己亥，自湖北漕[②]移湖南，同官王正之[③]置酒小山亭，为赋。

更能消[④]、几番风雨，匆匆春又归去。惜春长怕[⑤]花开早，何况落红[⑥]无数。春且住，见说道、天涯芳草无归路。怨春不语。算只有殷勤，画檐蛛网、尽日惹飞絮。

长门事，准拟佳期又误。蛾眉曾有人妒。千金纵买相如赋，脉脉[⑦]此情谁诉？君莫舞，君不见、玉环飞燕皆尘土。闲愁最苦！休去倚危栏[⑧]，斜阳正在、烟柳断肠处。

注释

①摸鱼儿：词牌名。
②漕：漕司的简称，指转运使。
③同官王正之：作者调离湖北转运副使后，由王正之接任原来职务，故称“同官”。王正之：名正己，是作者旧交。
④消 ：经受。
⑤怕：一作“恨”。
⑥落红：落花。
⑦脉脉：绵长深厚。
⑧危栏：高楼上的栏杆。

译文

还经得起几回风雨，春天又将匆匆归去。爱惜春天，常怕花开得过早，何况此时已落红无数。春天啊，请暂且留步，难道没听说，连天的芳草已阻断你的归路？真让人恨啊！春天就这样默默无语，看来殷勤多情的，只有雕梁画栋间的蛛网，为留住春天整天沾染飞絮。

长门宫阿娇盼望重被召幸，约定了佳期却一再延误，都只因太美丽有人嫉妒。纵然用千金买了司马相如的名赋，这一份脉脉深情又向谁去倾诉？奉劝你们不要得意忘形，难道你们没看见，红极一时的玉环、飞燕都化作了尘土。闲愁最能折磨人。不要去登楼凭栏眺望，一轮就要沉落的夕阳正在那令人断肠的烟柳迷蒙之处。

赏析

本篇作于淳熙六年（1179）春。时辛弃疾四十岁，南归至此已有十七年之久了。在这漫长的岁月中，作者满以为扶危救亡的壮志能得到施展，收复失地的策略将被采纳。然而，事与愿违。不仅如此，作者反而因此招致排挤打击，不得重用，接连四年，改官六次。这次，他由湖北转运副使调官湖南。这一调转，并非奔赴他日夜向往的国防前线，而是照样去担任主管钱粮的小官。现实与他恢复失地的志愿相去愈来愈遥远了。行前，同僚王正之在山亭摆下酒席为他送别，作者见景生情，借这首词抒写了他长期积郁于胸的苦闷之情。

这首词表面上写的是失宠孤独的苦闷，实际上却抒发了作者对国事的忧虑和屡遭排挤打击的沉重心情。词中对南宋小朝廷的昏庸腐朽，对投降派的得意猖獗表示强烈不满。

上片写惜春、怨春、留春的复杂情感。词以“更能消”三字起笔，在读者心头提出了“春事将阑”，还能经受得起几番风雨摧残这样一个大问题。表面上，“更能消”一句是就春天而发，实际上却是就南宋的政治形势而言的。

下片借陈阿娇的故事，写爱国深情无处倾吐的苦闷。这一片可分三个层次，表现三个不同的内容。从“长门事”至“脉脉此情谁诉”是第一层。这是词中的重点。作者以陈皇后长门失宠自比，揭示自己虽忠而见疑，屡遭谗毁，不得重用和壮志难酬的不幸遭遇。“君莫舞”三句是第二层，作者以杨玉环、赵飞燕的悲剧结局比喻当权误国、暂时得志的奸佞小人，向投降派提出警告“闲愁最苦”至篇终是第三层，以烟柳斜阳的凄迷景象，象征南宋王朝昏庸腐朽、日落西山、岌岌可危的现实。

这首词有着鲜明的艺术特点。一是通过比兴手法，创造象征性的形象来表现作者对祖国的热爱和对时局的关切。拟人化的手法与典故的运用也都恰到好处。第二是继承屈原《离骚》的优良传统，用男女之情来反映现实的政治斗争。第三是缠绵曲折，沉郁顿挫，呈现出别具一格的词风。表面看，这首词写得“婉约”，实际上却极哀怨，极沉痛，写得沉郁悲壮，曲折尽致。

木兰花·拟古决绝词柬[1]友

【清】纳兰性德

人生若只如初见，何事秋风悲画扇[2]。等闲变却故人[3]心，却道故人心易变。

骊山语罢清宵半，泪雨霖铃终不怨。何如薄幸[4]锦衣郎[5]，比翼连枝当日愿。

注释

①柬：给……信札。

②“何事”句：用汉朝班婕妤被弃的典故。班婕妤为汉成帝妃，被赵飞燕谗害，退居冷宫，后有诗《怨歌行》，以秋扇闲置为喻抒发被弃之怨情。南北朝梁刘孝绰《班婕妤怨》诗又点明“妾身似秋扇”，后遂以秋扇见捐喻女子被弃。这里是说本应当相亲相爱，但却成了相离相弃。

③故人：指情人。却道故人心易变（出自娱园本），一作“却道故心人易变”。

④薄幸：薄情。

⑤锦衣郎：指唐明皇。

译文

人生如果都像初次相遇那般相处该多美好，那样就不会有现在的相思之苦了。

如今轻易地变了心，你却说情人就是容易变心的。

想当初唐皇与贵妃的山盟海誓犹在耳边，最终却作决绝之别，即使如此，也不能抱怨。

但你又怎比得上当年的唐明皇呢，他毕竟与杨玉环有过比翼鸟、连理枝的誓愿。

赏析

词题说这是一首拟古之作，其所拟之《决绝词》本是古诗中的一种，是以女子的口吻控诉男子的薄情，从而表态与之决绝。如古辞《白头吟》、唐元稹《古决绝词三首》等。纳兰性德的这首拟作是借用汉唐典故而抒发“闺怨”之情。

用“决绝”这个标题，很可能就是写与初恋情人的绝交这样一个场景的。这首词确实也是通过模拟被抛弃的女性的口吻来写的。

“人生若只如初见”：初相遇的时候，一切都是美好的，所有的时光，都是快乐的。即使偶有一些不如意的地方，也甘心消受，因为抱着憧憬，所以相信一切只会越来越好。所有的困难，都是微不足道，与意中人的相处也应像初见那般甜蜜温馨，深情快乐，可蓦然回首，曾经沧海，早已是，换了人间。

“何事秋风悲画扇”一句用汉朝班婕妤被弃的典故。扇子夏天用来趋走炎热，到了秋天就没人理睬了，古典诗词多用扇子来比喻被冷落的女性。这里是说本应当相亲相爱，但却成了相离相弃。又将词情从美好的回忆一下子拽到了残酷的现实当中。

“等闲变却故人心，却道故人心易变”二句：因为此词是模拟女性的口吻写的，所以这两句写出了主人公深深的自责与悔恨。纳兰不是一个负心汉，当时十多岁的少年还没主宰自己的命运。其实像李隆

基这样的大唐皇帝都保不住心爱的恋人，更何况是纳兰。

“骊山语罢清宵半，夜雨霖铃终不怨”：这一句来自于唐明皇和杨贵妃的典故，《太真外传》中记载，唐明皇与杨玉环曾于七月七日夜，在骊山华清宫长生殿里盟誓，愿世世为夫妻。白居易《长恨歌》中的“ 在天愿作比翼鸟，在地愿为连理枝”更是对此作了生动的描写，当时这二人的感情被传为佳话。后安史乱起，明皇入蜀，在马嵬坡无奈处死杨玉环。杨玉环死前云：“妾诚负国恩，死无恨矣。明皇后来在途中听到雨声、铃声而悲伤，遂作《雨霖铃》曲以寄哀思。这里借用此典说即使是最后作决绝之别，也不生怨。

“何如薄幸锦衣郎，比翼连枝当日愿”：这里化用唐李商隐《马嵬》“如何四纪为天子，不及卢家有莫愁”的句意。女子将二人比作明皇与贵妃，可是你又怎么比得上当年的唐明皇呢，他毕竟与杨玉环有过比翼鸟、连理枝的誓愿！意思是纵死而分离，也还是刻骨地念念不忘旧情。整首诗到这里就结束了，但女子的哀怨之情却持久地缠绵在读者心中，久久不曾消退。

这首词以一个女子的口吻，抒写了被丈夫抛弃的幽怨之情。词情哀怨凄婉，屈曲缠绵。“秋风悲画扇”即是悲叹自己遭弃的命运，“骊山”之语暗指原来浓情蜜意的时刻，“夜雨霖铃”写像唐玄宗和杨贵妃那样的亲密爱人也最终肠断马嵬坡，“比翼连枝”出自《长恨歌》诗句，写曾经的爱情誓言已成为遥远的过去。而这“闺怨”的背后，似乎更有着深层的痛楚，“闺怨”只是一种假托。故有人认为此篇别有隐情，词人是用男女间的爱情为喻，说明与朋友也应该始终如一，生死不渝。

春　思

【唐】李白

燕草①如碧丝，

注释

①燕草：指燕地的草。燕，河北省北部一带，此泛指北部边地，征夫所在之处。

秦桑[2]低绿枝。
当君怀归[3]日，
是妾[4]断肠时。
春风不相识，
何事入罗帏[5]。

②秦桑：秦地的桑树。秦，指陕西省一带，此指思妇所在之地。燕地寒冷，草木迟生于较暖的秦地。
③君：指征夫。怀归：想家。
④妾：古代妇女自称。此处为思妇自指。
⑤罗帏：丝织的帘帐。

译文

燕地小草刚像丝绒一般柔软纤细，秦地的桑叶早已茂密得压弯了树枝。

当你怀念家园盼望归家之日时，我早就因思念你而愁肠百结。

春风啊，你与我素不相识，为何要吹进罗帐激起我的愁思呢？

赏析

此诗写一位出征军人的妻子在明媚的春日里对丈夫梦绕魂牵的思念，以及对战争早日胜利的盼望，表现思妇的思边之苦及其对爱情的坚贞。全诗言辞朴实无华，情景交融，神骨气味高雅浑然，富有民歌特色。

李白有相当数量的诗作描摹思妇的心理，《春思》是其中著名的一篇。在我国古典诗歌中，“春”字往往语带双关。它既指自然界的春天，又可以比喻青年男女之间的爱情。诗题“春思”之“春”，就包含着这样两层意思。

“燕草如碧丝，秦桑低绿枝。”开头两句是说，燕地小草像碧丝般青绿，秦地的桑树已经叶翠枝绿。

开头两句，可以视作“兴”。诗中的兴句一般就眼前所见，信手拈起，这两句却以相隔遥远的燕、秦两地的春天景物起兴，颇为别致。

“当君怀归日，是妾断肠时。”三、四句是说，当你怀念家园盼归之日，我早就因思念你而愁肠百结。

三、四两句直接承接兴句的理路而来，故仍从两地着笔。丈夫怀归，按理说，诗中的女主人公应该感到欣喜才是，而下句竟以“断肠”承之，这又似乎违背了一般人的心理。但如果联系上面的兴句细细体会，就会发现，这样写对表现思妇的感情又进了一层。元代萧士赟注李白集曾加以评述道：“燕北地寒，生草迟。当秦地柔桑低绿之时，燕草方生，兴其夫方萌怀归之志，犹燕草之方生，妾则思君之久，犹秦桑之已低绿也。”这一评述，揭示了兴句与所用之词之间的微妙的关系。诗中看似与理不合之处，正是感情最为浓密的所在。

“春风不相识，何事入罗帏？”末两句是说，春风啊你与我素不相识，为何吹进罗帐激我愁思？

诗中的最后两句，诗人捕捉了思妇在春风吹入闺房，掀动罗帐的一刹那的心理活动，表现了她对行役屯戍未归的丈夫的殷殷思念之情。从艺术上说，这两句让多情的思妇对着无情的春风发话，又仿佛是无理的，但用来表现独守春闺的特定环境中的思妇的情态，又令人感到真实可信。春风撩人、春思缠绵，申斥春风是为了表达孤眠独宿的少妇对丈夫的思情。以此作结，恰到好处。

无理而妙是古典诗歌中一个常见的艺术特征。从李白的这首诗中不难看出，所谓无理而妙，就是指在看似违背常理、常情的描写中，反而更深刻地表现了各种复杂的感情。

青玉案[①]·元夕[②]

【宋】辛弃疾

东风夜放花千树[③]，更吹落、星如雨[④]。宝马雕车[⑤]香满路。凤箫声动[⑥]，玉壶光转，一夜鱼龙舞。

蛾儿雪柳黄金缕，笑语盈盈暗香去。众里寻他千百度[⑦]；蓦然回首，那人却在，灯火阑珊处[⑧]。

注释

①青玉案：词牌名。
②元夕：夏历正月十五日为上元节（元宵节），此夜称元夕（元夜）。
③花千树：花灯之多如千树开花。
④星如雨：指焰火纷纷，乱落如雨。星，指焰火。形容满天的烟花。
⑤宝马雕车：豪华的马车。
⑥“凤箫”句：指笙、箫等乐器演奏。凤箫：箫的美称。
⑦他：泛指第三人称，古时就包括“她”。千百度：千百遍。
⑥蓦然：突然，猛然。阑珊：零落稀疏的样子。

译文

焰火像是被东风吹散了的千树繁花，纷纷落下，仿佛星星如雨般坠落。豪华的马车满路飘香。悠扬的凤箫声四处回荡，玉壶般的明月渐渐转向西边，一夜舞动鱼灯、龙灯不停歇，笑语喧哗。

美人头上都戴着华丽的饰物，笑语盈盈地随人群走过，只有衣香犹在暗中飘散。我在人群中寻找她千百回，猛然回头，不经意间却在灯火零落之处发现了她。

赏析

此词的上半阕主要写上元节的夜晚，满城灯火，众人狂欢的景象。

“东风夜放花千树，更吹落，星如雨”：东风还未催开百花，却先吹放了元宵节的火树银花。它不但吹开地上的灯花，而且还从天上吹落了如雨的彩星——燃放的烟火，先冲上云霄，而后自空中而落，好似陨星雨。这是化用唐朝人岑参的“忽如一夜春风来，千树万树梨花开”。然后写车马、鼓乐、灯月交辉的人间仙境，写民间艺人们载歌载舞、鱼龙漫衍的“社火”百戏，极为繁华热闹，令人目不暇接。其间的“宝”“雕”“凤”“玉”，种种丽字，只是为了给那灯宵的气氛来传神来写境，大概那境界本非笔墨所能传写，幸亏还有这些美好的字眼，聊为助意而已。这也是对词中的女主人公言外的赞美 。

下阕，专门写人。作者先从头上写起：这些游女们头上都戴着

亮丽的饰物，行走过程中不停地说笑，在她们走后，衣香还在暗中飘散。这些丽者，都非作者意中关切之人，在百千群中只寻找一个却总是踪影难觅，已经是没有什么希望了。忽然，眼睛一亮，在那一角残灯旁边，分明看见了，是她！没有错，她原来在这冷落的地方，未曾离去！发现那人的一瞬间，是人生精神的凝结和升华，是悲喜莫名的感激铭篆。到末幅煞拍，才显出词人构思之巧妙：那上阕的灯、月、烟火、笙笛、社舞、交织成的元夕欢腾，那下阕的惹人眼花缭乱的一队队的丽人群女，原来都只是为了那一个意中之人而设，而且，倘若无此人，那一切就没有任何意义与趣味。

同时，还有一种说法认为：站在灯火阑珊处的那个人，是对他自己的一种写照。根据历史背景可知，当时的他不受重用，文韬武略施展不出，心中怀着一种无比惆怅之感，所以只能在一旁孤芳自赏。也就像站在热闹氛围之外的那个人一样，给人一种清高不落俗套的感觉，体现了受冷落后不肯同流合污的高士之风。

凭这首婉约词，作者与北宋婉约派大家晏殊和柳永相比，在艺术成就上毫不逊色。上片写元夕之夜灯火辉煌，游人如云的热闹场面，下片写不慕荣华，甘守寂寞的一位美人形象。美人形象便是寄托着作者理想人格的化身。“众里寻他千百度，蓦然回首，那人却在，灯火阑珊处。”王国维把这种境界称之为成大事业者，大学问者的第三种境界，确实是大学问者的真知灼见。

国风·邶风·静女

【先秦】佚名

静女①其姝②，

俟③我于城隅④。

爱⑤而不见，

搔首踟蹰⑥。

注释

①静女：贞静娴雅之女。

②姝（shū）：美好。

③俟（sì）：等待，此处指约好地方等待。

④城隅：城角隐蔽处。一说城上角楼。

⑤爱：“薆”的假借字。隐蔽，躲藏。

⑥踟蹰：徘徊不定。

静女其娈⑦，
贻⑧我彤管。
彤管有炜⑨，
说怿女⑩美。
自牧归荑⑪，
洵美且异⑫。
匪⑬女之为美，
美人之贻⑭。

⑦娈（luán）：面目姣好。
⑧贻（yí）：赠。
⑨有：形容词词头。炜（wěi）：盛明貌。
⑩说（yuè）怿（yì）：喜悦。女（rǔ）：汝，你，指彤管。
⑪牧：野外。归：借作“馈”，赠。荑（tí）：白茅，茅之始生也。象征婚媾。
⑫洵美且异：确实美得特别。洵：实在，诚然。异：特殊。
⑬匪：非。
⑭贻：赠与。

译文

娴静姑娘真漂亮，在城上角楼等我。故意躲藏让我找，急得搔头徘徊心紧张。

娴静姑娘真娇艳，送我一枝红彤管。鲜红彤管有光彩，爱它颜色真鲜艳。

郊野采荑送给我，荑草美好又珍异。不是荑草长得美，美人相赠厚情意。

赏析

《静女》一诗，向来为选家所注目。现代学者一般都认为此诗写的是男女青年的幽期密约，也就是说，它是一首爱情诗。而旧时的各家之说，则多有曲解，未得其真旨。最早《毛诗序》云：“《静女》，刺时也。卫君无道，夫人无德。”郑笺释云：“以君及夫人无道德，故陈静女遗我以彤管之法。德如是，可以易之，为人君之配。”而《易林》有“季姬踟蹰，结衿待时；终日至暮，百两不来”“季姬踟蹰，望我城隅；终日至暮，不见齐侯，居室无忧”“踯躅踟蹰，抚心搔首；五昼四夜，睹我齐侯”之句，则反映齐诗之说，王先谦《诗三家义集疏》遂谓“此媵俟迎而嫡作诗也”。所说拘牵于礼教，皆不免附会。诗是从男子一方来写的，但通过他对恋人外貌的赞美，对她待自己情义之深的宣扬，也可见出未直接在诗中出现的那位女子的人物形象，甚至不妨说她的形象在男子的第一人称叙述中显得更为鲜明。而这又反过来使读者对小伙子的痴情加深了印象。

诗的第一章是即时的场景：有一位娴雅而又美丽的姑娘，与小伙子约好在城墙角落会面，他早早赶到约会地点，急不可耐地张望着，却被树木房舍之类东西挡住了视线，于是只能抓耳挠腮，一筹莫展，徘徊原地。“爱而不见，搔首踟蹰”虽描写的是人物外在的动作，却极具特征性，很好地刻画了人物的内在心理，栩栩如生地塑造出一位恋慕至深、如痴如醉的有情人形象。

第二、第三两章，从词意的递进来看，应当是那位痴情的小伙子在城隅等候他的心上人时的回忆，也就是说，“贻我彤管”“自牧归荑”之事是倒叙的。在章与章的联系上，第二章首句“静女其娈”与第一章首句“静女其姝”仅一字不同，次句头两字“贻我”与“俟我”结构也相似，因此两章多少有一种重章叠句的趋向，有一定的匀称感，但由于这两章的后两句语言结构与意义均无相近之处，且第一章还有五字句，这种重章叠句的趋向便被扼制，使之成为一种相似。这样的结构代表了《诗经》中一种介于整齐的重章叠句体与互无重复的分章体之间的特殊类型，似乎反映出合乐歌词由简单到复杂的过渡历程。

读诗的第二、三章，读者会发出会心的微笑，对诗人的“写形写神之妙”（陈震《读诗识小录》）有进一步的感受。照理说，彤管比荑草要贵重，但男主人公对受赠的彤管只是说了句“彤管有炜”，欣赏的是它鲜艳的色泽，而对受赠的普通荑草却由衷地大赞“洵美且异”，欣赏的不是其外观而别有所感。

第三章结尾“匪女之为美，美人之贻”两句对恋人赠物的“爱屋及乌”式的反应，可视为一种内心独白，既是第二章诗意的递进，也与第一章以“爱而不见，搔首踟蹰”的典型动作刻画人物的恋爱心理可以首尾呼应，别具真率纯朴之美。读完此诗，对那位痴心小伙子的一腔真情，读者必然深受感动。

江陵①愁望有寄

【唐】鱼玄机

枫叶千枝复万枝，
江桥掩映②暮帆③迟。
忆君心似西江水，
日夜东流无歇时。

注释

①江陵：唐朝时江陵府东境达今湖北潜江汉水南岸。诗中“江陵”指长江南岸之潜江，而非北岸之江陵。子安，即李亿，为朝廷补阙。
②掩映：时隐时现，半明半暗。
③暮帆：晚归的船。

作者名片

鱼玄机（844—871），女，晚唐诗人，长安（今陕西西安）人。初名鱼幼微，字蕙兰。咸通（唐懿宗年号，860—874）中为补阙李亿妾，以李妻不能容，进长安咸宜观出家为女道士。后被京兆尹温璋以打死婢女之罪名处死。鱼玄机性聪慧，有才思，好读书，尤工诗。与李冶、薛涛、刘采春并称唐代四大女诗人。其诗作现存五十首，收于《全唐诗》。有《鱼玄机集》一卷。其事迹见《唐才子传》等书。

译文

成千上万的枫树枝上缀满了红叶，在苍茫的暮色中，江桥掩映着姗姗来迟的晚归的风帆。

思念你的心情就像那西江水，日日夜夜向东流去，不曾

停歇。

赏析

这是一首抒情诗，通过对秋景的描绘，表达了女诗人因孤独寂寞而对远方情郎的思念之情。此诗前两句写盼人不至，后两句接写相思情。全诗运用句中重复、句中排比、反义字相起等手段，造成悠扬飘摇的风调，有助于加强抒情效果，深切地抒发了诗人的相思之情。

首句以江陵秋景兴起愁情。《楚辞·招魂》："湛湛江水兮上有枫，极目千里兮伤春心。"枫生江上，西风来时，满林萧萧之声，很容易触动人的愁怀。"千枝复万枝"，是以枫叶之多写愁绪之重。它不但用"千""万"写枫叶之多，而且通过"枝"字的重复，从声音上状出枝叶之繁。而"枫叶千万枝"字减而音促，没有上述那层好处。

"江桥掩映暮帆迟"。极目远眺，但见江桥掩映于枫林之中；日已垂暮，而不见那人乘船归来。"掩映"二字写出枫叶遮住望眼，对于传达诗中人焦灼的表情是有帮助的。词属双声，念来上口。有此二字，形成句中排比，声调便曼长而较"江桥暮帆迟"更为好听。

前两句写盼人不至，后两句便接写相思之情。用江水之永不停止，比相思之永无休歇，与《室思》之喻，机杼正同。乍看来，"西江""东流"颇似闲字，但减作"忆君如流水，日夜无歇时"，比较原句便觉读起来不够味了。刘方平《春怨》末二句云："庭前时有东风入，杨柳千条尽向西"，晚清王闿运称赞说"以东、西二字相起，（其妙）非独人不觉，作者也不自知也"，"不能名言，但恰入人意。"（《湘绮楼说诗》）鱼玄机此诗末两句妙处正同。细味这两句，原来分用在两句之中非为骈偶而设的成对的反义字（"东""西"），有彼此呼应，造成抑扬抗坠的情调，或擒纵之致的功用，使诗句读来有一唱三叹之音，亦即所谓"风调"。而删芟这样字面，虽意思大致不差，却必损韵调之美。因此鱼玄机此诗每句多二字，有助于加强抒情效果，它们充分发挥了作用。所以比较五绝“自君之出矣”一体，艺术上正自有不可及之处。

如意娘

【唐】武则天

看朱成碧①思纷纷②，
憔悴③支离为忆君。
不信比来④长下泪，
开箱验取石榴裙。

注释

①看朱成碧：把红色看成绿色。朱，红色；碧，青绿色。
②思纷纷：思绪纷乱。
③憔悴：瘦弱，面色不好看。
④比来：近来。

作者名片

武则天（624—705），并州文水（今山西文水县东）人。中国历史上唯一一个正统的女皇帝。十四岁入后宫为唐太宗的才人，唐太宗赐号媚娘，唐高宗时初为昭仪，后为皇后，尊号为天后。后自立为皇帝，定洛阳为都，改称神都，建立武周王朝。神龙元年（705年）正月，武则天病笃，宰相张柬之发动兵变，迫使武氏退位，史称神龙革命。唐中宗复辟，后遵武氏遗命改称“则天大圣皇后”。唐玄宗开元四年（716年），改谥号为则天皇后；天宝八载（749年），加谥则天顺圣皇后。

译文

相思过度，思绪纷乱中竟将红色看成绿色；身体憔悴，精神恍惚，只因太思念你。

如果你不相信我近来因思念你伤心泪绝，那就打开衣箱看看我石榴裙上的斑斑泪痕吧。

赏析

《乐苑》上说：“《如意娘》，商调曲，唐则天皇后所作也。”武则天十四岁入宫为才人，太宗李世民赐号武媚。而后太宗崩，居感业寺为尼。高宗李治在寺中看见她，复召入宫，拜昭仪。武则天在感业寺的四年，是她人生中最失意的四年，但祸兮福之所伏，武则天在感业寺的日子也充满了命运的转机。在感业寺，武则天写下了她最有名的诗歌《如意娘》，史载这首诗是写给唐高宗李治的。或许，正是这首诗，使得李治才忽然想到尚在削发为尼的旧情人武媚娘。

《如意娘》一诗极尽相思愁苦之感，尺幅之中曲折有致，融合了南北朝乐府风格于一体，明朗又含蓄，绚丽又清新。

首句“看朱成碧思纷纷”赋比兴兼具，有多重含意。一来明写抒情主人公相思过度，以致魂不守舍，恍惚迷离中竟将红色看成绿色。

“朱”“碧”两种反差极大的颜色，构成了强烈的感情的冷暖对照。眼前一片寒冷碧绿触目伤怀，引起思虑万千。“憔悴支离为忆君”一句直抒胸臆。从外表写入内心，尽言思妇的瘦弱不支和心力交瘁。至此，这两行诗辗转写的是凄切，是寂寞，是深深地哀怨。情绪的流向较为单一。

接下来，作者笔锋一转，打破一二句的和弦，以全新的节奏和韵律再现诗的主题：“不信比来长下泪，开箱验取石榴裙。”

《如意娘》写得曲折有致，较好地融合南北朝乐府风格于一体，是武则天的上乘之作，对后世有一定的影响。

一剪梅[1]·红藕香残玉簟秋

【宋】李清照

红藕香残玉簟[2]秋。轻解罗裳[3]，独上兰舟[4]。云中谁寄锦书[5]来？雁字[6]回时，月满西楼[7]。

花自飘零水自流。一种相思，两处闲愁[8]。此情无计可消除，才下眉头[9]，却上心头。

注释

①一剪梅：词牌名，又名“一枝花”“腊前梅”“腊梅香”“腊梅春”“玉簟秋”“醉中”等。以周邦彦《一剪梅·一剪梅花万样娇》为正体，双调六十字，前后段各六句、三平韵。另有双调六十字，前后段各六句、五平韵；双调五十九字，前段五句三平韵，后段六句三平韵等变体。红藕：红色的荷花。
②玉簟（diàn）：光滑似玉的精美竹席。
③裳（cháng）：古人穿的下衣，也泛指衣服。
④兰舟：这里指小船。
⑤锦书：前秦苏惠曾织锦作《璇玑图诗》，寄其夫窦滔，计八百四十字，纵横反复，皆可诵读，文辞凄婉。后人因称妻寄夫为锦字，或称锦书；亦泛为书信的美称。
⑥雁字：群雁飞时常排成“一”字或“人”字，诗文中因以雁字称群飞的大雁。
⑦月满西楼：意思是鸿雁飞回之时，西楼洒满了月光。
⑧一种相思，两处闲愁：意思是彼此都在思念对方，可又不能互相倾诉，只好各在一方独自愁闷着。
⑨才下眉头，却上心头：意思是，眉上愁云刚消，心里又愁了起来。

作者名片

李清照（1084—1155），号易安居士，汉族，今山东省济南章丘人。宋代（南北宋之交）女词人，婉约词派代表，有“千古第一才女”之称。所作词，前期多写其悠闲生活，后期多悲叹身世，情调感伤。形式上善用白描手法，自辟途径，语言清丽。论词强调协律，崇尚典雅，提出词“别是一家”之说，反对以作诗文之法作词。能诗，留存不多，部分篇章感时咏史，情辞慷慨，与其词风不同。有《易安居士文集》《易安词》，已散佚。后人有《漱玉词》辑本。今有《李清照集校注》。

译文

粉红色的荷花已经凋谢，幽香也已消散，光滑如玉的竹席带着秋的凉意。解开绫罗裙，换着便装，独自登上小船。仰头凝望远天，那白云舒卷处，谁会将锦书寄来？雁群飞回来时，月光已经洒满了西楼。

落花独自飘零着，水独自流淌着。彼此都在思念对方，可又不能互相倾诉，只好各在一方独自愁闷。这相思的愁苦实在无法排遣，刚从微蹙的眉间消失，又隐隐上了心头。

赏析

这是一首倾诉相思、别愁之苦的词。这首词在黄昇《花庵词选》中题作“别愁”，是李清照写给新婚未久即离家外出的丈夫赵明诚的，她诉说了自己独居生活的孤独寂寞，急切思念丈夫早日归来的心情。伊世珍《琅嬛记》说：“易安结褵（婚）未久，明诚即负笈远游。易安殊不忍别，觅锦帕书《一剪梅》词以送之。”作者在词中以女性特有的敏感捕捉稍纵即逝的真切感受，将抽象而不易捉摸的思想感情，以素淡的语言表现出具体可感、为人理解、耐人寻味的东西。

词的上阕首句“红藕香残玉簟秋”写荷花凋谢、竹席浸凉的秋天，空灵蕴藉。“红藕”，即粉红荷花。“玉簟”，是精美的竹席。这一句涵义极其丰富，它不仅点明了萧疏秋意的时节，而且渲染了环境气氛，对作者的孤独闲愁起了衬托作用。

下阕“花自飘零水自流”，言眼前的落花流水可不管你的心情如何，自是飘零东流。其实，这一句含有两个意思：“花自飘零”，是说她的青春像花那样空自凋残；“水自流”，是说她丈夫远行了，像悠悠江水空自流。只要我们仔细玩味，就不难发觉，李清照既为自己的红颜易老而感慨，更为丈夫不能和自己共享青春而让它白白地消逝而伤怀。这种复杂而微妙的感情，正是从两个“自”字中表现出来的。这就是她之所以感叹“花自飘零水自流”的关键所在，也是她俩真挚爱情的具体表现。当然，它所喻的人世的一切，诸如离别，均给人以无可奈何之感。“一种相思，两处闲愁。”由己及人，互相思念，这是有情人的心灵感应，相互爱慕，温存备至，她想到丈夫一定也同样因离别而苦恼着。这种独特的构思将李清照与赵明诚夫妇二人心心相印、情笃爱深，相思却又不能相见的无奈思绪流诸笔端。“此情无计可消除，才下眉头，却上心头。”这种相思之情笼罩心头，无法排遣，蹙着的愁眉方才舒展，而思绪又涌上心头，其内心的绵绵愁苦挥之不去，遣之不走。“才下”“却上”两个词用得很好，把真挚的感情由外露转向内向，迅疾的情绪变化打破了故作平静的心态，把相思之苦表现得极其真实形象，表达了绵绵无尽的相思与愁情，独守空房的孤独与寂寞充满字里行间，感人至深。这和李煜《相见欢》“剪不断，理还乱，是离愁，别是一般滋味在心头”，有异曲同工之妙，成为千古绝唱。

总之，《一剪梅》笔调清新，风格细腻，给景物以情感，景语即情语，景物体现了她的心情，显示着她的形象特征。词人移情入景，借景抒情，情景交融，耐人寻味。

古意

【唐】李白

君为女萝[①]草，
妾作菟丝[②]花。
轻条不自引[③]，
为逐春风斜。
百丈托[④]远松，

注释

①女萝：一种靠依附他物生长的地衣类植物。古人常以此比喻新婚夫妇。

②菟丝：一种利用爬藤状构造攀附在其他植物上的寄生植物。古人常以此比喻新婚夫妇。

③引：避开，退却。

④托：寄托，依靠。

缠绵[5]成一家。
谁言会面易，
各在青山崖。
女萝发馨香[6]，
菟丝断人肠。
枝枝相纠结，
叶叶竞[7]飘扬。
生子不知根，
因谁共芬芳。
中巢双翡翠，
上宿[8]紫鸳鸯[9]。
若识二草心，
海潮亦可量。

⑤缠绵：纠缠不已，不能解脱（多指病或感情）。
⑥馨香：芳香。
⑦竞：争逐，比赛。
⑧上宿：指睡觉。
⑨鸳鸯：文学作品中经常用来比喻夫妻。

译文

新婚夫妇，夫君就像是女萝草，妻妾就如菟丝花。

女子有了心上人，就好像轻柔的枝条，只有在春风里才会摇曳生姿。

新婚以后，妻妾希望依附夫君，彼此缠绵缱绻、永结同心。

谁说见一面很容易，我们各自在青色山崖的两边。

君在外春风得意、如鱼得水，而妻妾却在家里忧心忡忡、痛断肝肠。

妻妾在家除了相夫教子外，别无旁务，因而想入非非。

我的归宿在哪里？夫君该不会在外面与别的女子“共芬芳”、做“鸳鸯”吧？

夫君啊！假如为妾的有二心的话，那么海水也可以用斗来量了。

赏析

这是一首怨妇诗。李太白乃浪漫主义豪放派诗人。很多作品均狂放不羁，如“飞流直下三千尺”“黄河之水天上来”等等。细腻的描写风花雪月、儿女情长的作品不是太多。

“君为女萝草，妾作菟丝花”。古人常以“菟丝”“女萝”比喻新婚夫妇，优美贴切，因而传诵千古。菟丝花为蔓生植物，柔弱，茎细长略带黄色，常常缠绕在其他植物之上；女萝草为地衣类植物，有很多细枝。诗人以“菟丝花”比作妻妾，又以“女萝草”比喻夫君，意谓新婚以后，妻妾希望依附夫君，让彼此关系缠绵缱绻、永结同心。即所谓“百丈托远松，缠绵成一家”。

“女萝发馨香，菟丝断人肠。枝枝相纠结，叶叶竞飘扬”。大意是说，夫君在外春风得意、如鱼得水，而妻妾却在家里忧心忡忡、痛断肝肠。

“生子不知根，因谁共芬芳。中巢双翡翠，上宿紫鸳鸯”。我只想用一个字来理解——怨。过去，男主外、女主内。妻妾在家除了相夫教子外，别无旁务，因而想入非非。我的归宿在哪里？夫君该不会在外面与别的女子“共芬芳”、做“鸳鸯”吧？

“若识二草心，海潮亦可量”。妻妾向夫君表明态度：夫君啊！假如为妾的有二心的话，那么海水也可以用斗来量了。大约相当于今天的“海枯石烂不变心”吧！

国风·唐风·绸缪[1]

【先秦】佚名

绸缪束薪[2]，
三星[3]在天。
今夕何夕，
见此良人[4]？
子兮[5]子兮，
如此良人何？
绸缪束刍[6]，
三星在隅[7]。
今夕何夕，
见此邂逅[8]？
子兮子兮，
如此邂逅何？
绸缪束楚，
三星在户[9]。
今夕何夕，
见此粲[10]者？
子兮子兮，
如此粲者何？

注释

①绸（chóu）缪（móu）：缠绕，捆束。犹缠绵也。
②束薪：喻夫妇同心，情意缠绵，后成为婚姻礼。薪：《诗经》中大部分关于男女的婚事常言及“薪”，如《汉广》“翘翘错薪”，《南山》“析薪如之何”。
③三星：即参星，主要由三颗星组成。
④良人：丈夫，指新郎。
⑤子兮（xī）：你呀。
⑥刍（chú　）：喂牲口的青草。
⑦隅：指东南角。
⑧邂逅：即解媾，解，悦也。原意男女和合爱悦，这里指志趣相投的人。
⑨楚：荆条。户：门。
⑩粲：漂亮的人。

译文

一把柴火扎得紧，天上三星亮晶晶。今夜究竟是什么夜晚？见这好人真欢欣。要问你啊要问你，怎样对待这好人？

一捆牧草扎得多，东南三星正闪烁。今夜究竟是什么夜晚？遇这良辰真快活。要问你啊要问你，拿这良辰怎么过？

一束荆条紧紧捆，天边三星照在门。今夜究竟是什么夜晚？见这美人真兴奋。要问你啊要问你，将这美人怎样疼？

赏析

诗文每章的头两句是起兴，当是诗人所见。

下两章“束刍”“束楚”同“束薪”。又参星黄昏后始见于东方天空。故知“绸缪束薪，三星在天”两句点明了婚事及婚礼时间。“在天”与下两章“在隅”“在户”是以三星移动表示时间推移，“隅”指东南角，“在隅”表示“夜久矣”，“在户”则指“至夜半”。

三章合起来可知婚礼进行时间——即从黄昏至半夜。后四句是以玩笑的话来调侃这对新婚夫妇：“今夕何夕，见此良人（粲者）。子兮子兮，如此良人（粲者）何！”语言活脱风趣，极富有生活气息。其中特别是“今夕何夕”之问，含蓄而俏皮，表现出由于一时惊喜，竟至忘乎所以，连日子也记不起的极兴奋的心理状态，对后世影响颇大，诗人往往借以表达突如其来的欢愉之情，特别是男女之间的情爱。

从整体上看这首诗好像洞房花烛夜新婚夫妻在逗趣，具有祝福调侃的意味，非常温馨、甜蜜。在这千金一刻的良宵，见着自己的心上人，将如何尽情享受这新婚的欢乐。语言活脱风趣，极富有生活气息。特别是 “今夕何夕”之问，含蓄而俏皮，表现出由于一时惊喜，竟至忘乎所以，连日子也记不起来的心理状态。

井底引银瓶

【唐】白居易

井底引[①]银瓶，
银瓶[②]欲上丝绳绝。
石上磨玉簪，
玉簪[③]欲成中央折。
瓶沉簪折知奈何？
似妾今朝与君别。
忆昔在家为女时，
人言举动有殊[④]姿。
婵娟[⑤]两鬓秋蝉翼，
宛转[⑥]双蛾[⑦]远山色[⑧]。
笑随戏伴后园中，
此时与君未相识。
妾弄青梅凭短墙，
君骑白马傍[⑨]垂杨。
墙头马上遥相顾，
一见知君即断肠。
知君断肠共君语[⑩]，

注释

①引：拉起，提起。
②银瓶：珍贵器具。喻美好的少女。
③簪：簪子，旧时用来别住头发的一种饰物。用金属、玉石、骨头等制成。
④殊：美好。
⑤娟：美好。
⑥宛转：轻细弯曲状。
⑦蛾：代指蝉翼。
⑧远山色：形容女子眉黛如远山的颜色。
⑨傍：靠近。
⑩语（yù）：告诉、倾诉。

君指南山松柏树。
感君松柏化为心，
暗合双鬟[11]逐君去。
到君家舍五六年，
君家大人[12]频有言。
聘则为妻奔是妾[13]，
不堪主[14]祀奉蘋蘩[15]。
终知君家不可住，
其奈出门无去处。
岂无父母在高堂[16]？
亦有亲情满故乡。
潜来[17]更不通消息，
今日悲羞归不得。
为君一日恩，
误妾百年身。
寄言痴小[18]人家女，
慎勿将身轻许人！

⑪合双鬟：古少女发式为双鬟，结婚后即合二为一。

⑫大人：指男方父母。

⑬聘为妻：指经过正式行聘手续的女子才能为正妻，正妻可以主祭。奔：私奔。妾：偏室。

⑭不堪主祀：不能作为主祭人。

⑮蘋（píng）蘩（fán）：两种可供食用的水草，古代常用于祭祀。

⑯高堂：指父母。

⑰潜来：偷偷来，私奔。

⑱痴小：指痴情的少女。

译文

从井底用丝绳向上拉起银瓶，银瓶快上来了丝绳却断掉了。
在石头上磨玉做的簪子，玉簪快要磨成却从中间折断。
银瓶沉入井底玉簪折断又能如何呢？就像如今我和君的离别。

回想起往日在家还是闺秀之时，人们都说（我）举动之间都有美丽的影姿。

两鬓薄薄如蝉翼，蛾眉弯弯似淡淡远山。

笑着和（侍婢）嬉戏大笑，相伴在后花园，这个时候我还没有和君相识呢。

我玩弄靠着矮墙的青梅树的枝丫，君骑着白马立在垂杨边上。

我在墙头，你在马上遥相对望，一看见君就知道已经有断肠的相思。

知道君有断肠的相思后就把我的心意向君倾诉，君将手指向了南山的松柏树。

感受到君心就如松柏化成的，暗想着要结起双鬟随君离去。

随着君到家里五六年，君的父母常常有话告诉我。

经过正式行聘的才是正妻，私奔的是妾室，没有资格参与家族祭祀。

终于知道君的家是不能够住下去的，可是出了门却没有去处。

难道我没有父母？我家乡也有亲人。

因为和君私奔所以很久不与家里通消息，如今悲愤羞愧无法回家。

对君而言不过一天的姻缘，却耽误了我一生的幸福。

以我的经历告诉那些痴情的少女，千万要慎重，不要将终生轻易许人。

赏析

前三句的两个比喻总体概括了全诗意旨，那瓶沉簪折正是女子遭遗弃命运的写照。次三句写女子年少时的美貌殊姿，以相识之前的欢悦与相识后四句横遭不幸的痛苦相对比。再下写女子以身相许，决然私奔的过程，表现了痴情女子的天真和纯洁及为情所动的真实形态。之后的五句叙述私奔带来的屈辱和痛苦。“聘则为妻奔是妾”表达了没有经过礼法嘉许的结合，即使相爱情深也不能得到他人的认可。女子愤然出走，然而天地茫茫，已经无处可归。诗末两句凄凉悱恻，是对后世痴情女子的警策，也是女子自身屈辱悲愤的呐喊。“痴情女子负心汉，教人如何不悲伤。”

“到君家舍五六年，君家大人频有言”。好好的良家女子，只因为随爱人私奔，便从此失去了为人妻的资格。“聘则为妻奔是妾，不堪主祀奉苹蘩。”侍奉公丈夫五六年之久，都换不来男家人的认可，她没有资格参与家族祭祀，她生的儿子也算不得夫家首选的继承人。这位重自尊的女性，终于决定离开这个家庭。一个追求真正爱情的弱女子是难以与强大的封建礼教相抗争的。在那个时代，像这样一个自主追求真正爱情的女子，不但在夫家会受到歧视，就是回到娘家，也会被自己的父母弟妹所鄙弃，她会被看成败坏门风的不祥之物。残酷的封建礼教就是这样直接摧残着人们的身心。因此诗人最后感叹说：“寄言痴小人家女，慎勿将身轻许人。”看似劝诫，实为叹息，诗人对诗中主人公的同情远远超过了他的劝诫。诗歌的基调因之也变得深沉且凝重。

此诗的最大成就在于成功地塑造了一个单纯、美丽、多情的女子形象。除结尾外，整篇作品都是一个不幸女子的内心独白。刻画她的美丽不是通过自我欣赏而是借他人口中说出，手法颇高妙。“知君断肠共君语”“感君松柏化为心”“暗合双鬟逐君去”等语，刻画少女，贴切自然，充分表现出女主人公的单纯、多情。开头以银瓶、玉簪隐喻美丽的少女，新颖别致，托此以起兴，与下文衔接自然。结尾仅言她出门后没有去处，不进一步描写悲剧的结局，余韵深长，发人深省。

在这首中长篇叙事诗中，诗人用凝练的语句表现了一私奔女子的悲哀。《礼记》：“奔者为妾，父母国人皆贱之”。它在题材上与古乐府中的弃妇诗类同，但其风格和情调与传统之作多有不同。从内容上看，全诗所表现的生活现象带有中唐都市生活的色彩，女子能有这样的机会与男子交往并能私奔，这在当时其他人的作品中也有所表现，这是唐人都市生活中特有的一个现象。唐朝的商业生活给青年男女的交往带来了一定自由，但传统的礼教观念却扼杀了他们追求幸福的权利，并制造了一些悲剧，而在这一悲剧中女子受害更大。诗人取材典型，对扼杀人性的礼教提出了批判。对不幸的女子表示了同情。其中对礼与情之间矛盾的表现体现了中唐士人的思想个性。其次在艺术表现上诗人也体现了中唐文人的叙事艺术的水平，诗人以女子之口叙述他们相识、私奔以及产生矛盾的整个过程，情节完整生动，极具戏剧性。诗人着重交代矛盾的原因，细致描写女子被弃后的心理，突出故事的悲剧性与抒情性。诗人便就这种“奔者为妾”的社会现状写了这首长诗。同时，也告诫女子不要轻易与人私奔。

暮秋独游曲江[1]

【唐】李商隐

荷叶生时春恨生[2]，

荷叶枯时秋恨成。

深知[3]身在情长在，

怅望[4]江头江水声。

注释

①曲江：即曲江池。在今陕西省西安市东南。

②春恨：犹春愁，春怨。生：一作“起”。

③深知：十分了解。

④怅望：惆怅地看望或想望。

译文

荷叶初生时遇到恋人，不久分离，春恨已生。荷叶枯萎时恋人辞世，秋恨又成。

深知只要身在人世，哀愁就会长久相伴。惆怅地望望江头，只有那流不尽的江水声。

赏析

刘熙载《艺概·诗概》独推李商隐诗“深情绵邈”，这首悼念所爱者的小诗便是一篇很有代表性的佳作。

此诗前二句写荷叶的“生”与“枯”，暗示人生的变化；后二句感叹尽管自己此身尚存，此情常在，无奈逝者已矣，格调无限凄婉，将前两句所蕴含的绵绵深情推向无以复加的新境。

“荷叶生时春恨生，荷叶枯时秋恨成”，诗一开头就用缓慢沉重的语气喃喃诉说起作者内心的憾恨。上、下句七字中有四字重复，令人想起其七绝名篇《夜雨寄北》中的“巴山夜雨”，读来自有回环往复、似直而迂的情韵。这两句赋中寓比，把无情的曲江荷叶化为有情之物，仿佛荷叶的春生、秋枯都与诗人的哀思有关。句中春生、秋枯，恨生、恨成映衬对比，更丰富了诗的内涵。这样，诗的前半部分从语气、字句、修辞、写法诸方面无不恰到好处地表达出悼亡的沉痛感情。

“深知身在情长在”一句无限凄婉，将前两句所蕴含的绵绵深情推向无以复加的诗境。如此一往情深的悼亡语，正如其作于东川的《属疾》诗所云：“多情真命薄，容易即回肠。”他也只不过暂存人世，最为伤心的是常常触绪成悲，哀思难禁。不过，这一句显得更为沉痛哀绝，唯《无题》诗中“春蚕到死丝方尽，蜡炬成灰泪始干”的至情之语可以相比。诗情亦由此臻于极致的境界。

前三句是至情语，结句则新境再展，转用婉曲语作收。又值暮秋之时，衰病垂暮的李商隐独游曲江，闻声起哀，触景伤情。“怅望江头江水声”，他似乎在怅望水声，而不是在听水声。表面的视、听错乱，深刻地反映了他内心的怅恨茫然。通感所谓声入心通，这里正说明其听觉、视觉、感觉的交融沟通。诗人所视、所听并不真切，思潮翻腾，哀痛难忍。曲江流水引起他前尘如梦的回忆，往事难追的怅恨，逝者如斯的叹息。诗戛然而止，却如曲江流水有悠悠不尽之势。

本诗文字上的重复使诗歌具有一种民间歌谣的格调，和回环反复的音调之美。诗以荷叶的生与枯象征情感和人生的变化，诉说自己直到死亡才会消失的爱。结尾以景结束，以静静流逝的江水象征已经逝去的往事。

清平乐·留人不住①

【宋】晏几道

留人不住，醉解兰舟②去。一棹碧涛春水路，过尽晓莺啼处。

渡头杨柳青青，枝枝叶叶离情。此后锦书③休寄，画楼云雨④无凭⑤。

注释

①留人不住：郑文宝《柳枝词》："亭亭画舸系春潭，直到行人酒半酣。不管烟波与风雨，载将离恨过江南。"此处翻用其意。

②兰舟：木兰舟，以木兰树所造之船。此处泛指船只。

③锦书：书信的美称。前秦苏若兰织锦为字成回文诗，寄给丈夫窦滔。后世泛称情书为锦书。

④云雨：隐喻男女交合之欢。

⑤无凭：靠不住。

译文

苦苦留人不住，他酒醉后登上画船，扬帆而去。小舟拨开轻卷的碧波，行驶在漫漫的春水路上，所过之处尽是黄莺啼晓之声。

渡口杨柳郁郁青青，枝枝叶叶都满含着别意离情。从此休要寄锦书再诉衷情，画楼里的欢娱不过是一场春梦，那山盟海誓毕竟空口无凭。

赏析

此词是一首离情词。送者有意，而别者无情，从送者的角度来写，写尽其痴人痴情。

“留人不住”四个字将送者、行者双方不同的情态描绘了出来：一个是再三挽留，一个是去意已决，毫无留恋之情。“醉解兰舟去”，恋人喝醉了，一解开船缆就决绝地走了。“留”而“不住”，又为末两句的怨语做了铺垫。

“一棹碧涛春水路，过尽晓莺啼处”二句紧承“醉解兰舟去”，写的是春晨江景，也是女子揣想情人一路上所经的风光。江中是碧绿的春水，江上有婉转的莺歌，是那样的宜人。当然，景色的美好只是女子的想象，或许更是她的期望，即使他决然地离开了她，她也仍旧希望自己的情人在路上有美景相伴，可见痴情至深。“过尽”两个字，暗示女子与恋人天各一方的事实，含蓄透露出她的忧伤。

“渡头杨柳青青，枝枝叶叶离情”。情人已经走了很久，不见踪影，但女子依旧站在那里。堤边杨柳青青，枝叶茂盛繁多，千丝万缕，依依有情，它们与女子一起伫立于渡口，安静凝望远方。古人有折柳枝送别的习俗，所以“枝枝叶叶”含有离情的意思，此处即借杨柳的枝叶来暗示女子黯然的离情。

“此后锦书休寄，画楼云雨无凭”，所表达的感情非常激烈。女子负气道：“以后你不必给我寄信了，反正我们之间那犹如一场春梦的欢会没有留下任何凭证，你的心里也没有我的位置。”“画楼云雨”四个字道出了女子与男子曾经的美好过往，只可惜男子决然绝情。相守的期盼落空之后，她只有怀着无限的怨恨选择放弃，从特意提及“锦书”可知，女子内心并不想如此决绝，只是无可奈何罢了。

这首词在技巧上运用了很多对比方法：一个苦苦挽留，一个“醉

解兰舟”；一个“一棹碧涛”、晓莺轻啼，一个独立津渡、满怀离情；一个意浅，一个情深，让人一目了然。在结构上，亦是先含情脉脉，后决绝断念。结尾二句虽似负气怨恨，但正因为爱得执着，才会有如此烦恼，所以更能反衬出词人的一片痴情。总之，此词刻画细腻，惟妙惟肖地表现出一个女子痴中含怨的微妙心理。

卜算子·不是爱风尘

【宋】严蕊

不是爱风尘①，似被前缘②误。花落花开自有时，总赖东君③主。

去也终须④去，住也如何住！若得山花插满头，莫问奴⑤归处。

注释

①风尘：古代称妓女为堕落风尘。
②前缘：前世的因缘。
③东君：司春之神，借指主管妓女的地方官吏。
④终须：终究。
⑤奴：古代妇女对自己的卑称。

作者名片

严蕊（生卒年不详），原姓周，字幼芳，南宋中叶女词人。出身低微，自小习乐礼诗书，严蕊沦为台州营妓，改严蕊艺名。严蕊善操琴、弈棋、歌舞、丝竹、书画，学识通晓古今，诗词语意清新，四方闻名，有不远千里慕名相访。

译文

我自己并不是生性喜好风尘生活，之所以沦落风尘，是为前生的因缘所致。花落花开自有一定的时候，可这一切都只能依靠司春之神东君来做主。

总有一天会离此而去，留下来又将如何生活下去呢？若有朝一日能将山花插满头，那就不需要问我归向何处。

赏析

全词以不是爱风尘为题，诉说自己并不是喜好风尘生活感伤宿命，表达作者无可奈何的心情。

上片叙述自己并不是贪念风尘。又找不到自己沉沦的根源，无可奈何，只好归因于冥冥不可知的前缘与命运。

“不是爱风尘，似被前尘误。”首句开门见山，特意声明自己并不是生性喜好风尘生活。封建社会中，妓女被视为冶叶倡条 ，所谓“行云飞絮共轻狂”，就代表了一般人对她们的看法 。作者因事关风化而入狱，自然更被视为生性淫荡的风尘女子了。它不自觉地反映出作者对“前缘”似信非信，既不得不承认，又有所怀疑的迷惘心理，既自怨自艾，又自伤自怜的复杂感情。

“花落花开自有时，总赖东君主。”花落花开自有一定的时候，可这一切都只能依靠司其之神东君来做主，这两句流露出词人借自然现象来喻自身命运。比喻像自己这类歌妓，俯仰随人，不能自主，命运总是操在有权者手中。这是妓女命运的真实写照。

下片则承上不能自主命运之意，抒发词人对幸福自由的无限渴望。

“去也终须去，住也如何住！”下阕承上不能自主命运之意，转写自己在去住问题上的不得自由。去，指由营妓队伍中放出；住，指仍留乐营为妓。离开风尘苦海，自然是她所渴想的，但却迂回其词，用“终须去”这种委婉的语气来表达离此风尘苦海的愿望。下句“住也如何住”从反面补足此意，说仍旧留下来作营妓简直不能想象如何

生活下去。两句一去一住，一正一反，一曲一直，将自己不恋风尘、愿离苦海的愿望表达得既婉转又明确。

“若得山花插满头，莫问奴归处。”如果有朝一日，能够将山花插满头鬓，过着一般妇女的生活，那就不必问我的归宿了。言外之意是：一般妇女的生活就是自己向往的目标，就是自己的归宿，别的什么都不再考虑了。两句回应篇首“不是爱风尘”，清楚地表明了对俭朴而自由的生活的向往，但仍可看出她出语留有余地。

这是一位身处卑贱但尊重自己人格的风尘女子的一番婉而有骨的自白。

鹧鸪天·醉拍春衫惜旧香

【宋】晏几道

醉拍春衫惜旧香[①]。天将离恨恼疏狂。年年陌上生秋草，日日楼中到夕阳。

云渺渺，水茫茫。征人归路许多长。相思本是无凭语[②]，莫向花笺费泪行。

注释

①旧香：指过去欢乐生活遗留在衣衫上的香泽。
②无凭语：没有根据的话。

译文

借着醉意拍春衫，回想着，旧日春衫上的香。天将离愁与别恨，折磨我这疏狂人。路上年年生秋草，楼中日日进夕阳。

登楼望；云渺渺，水茫茫。征人归路在哪方。相思话语无诉处，又何必，写在信纸上，费了泪千行。

赏析

此词在对作者往日欢歌笑语的回忆中，流露出他对落拓平生的无限感慨和微痛纤悲。上片于室内的角度写离恨。起首两句抒写离恨的无法排遣。“旧香”是往日与伊人欢乐的遗泽，乃勾起“离恨”之根源，其中凝聚着无限往昔的欢乐情事，自觉堪惜，“惜”字饱含着对旧情的深切留念。而“醉拍春衫”则是产生“惜旧香”情思的活动，因为“旧香”是存留在“春衫”上的。句首用一“醉”字，可使人想见其纵恣情态，“醉”，更容易触动心怀郁积的情思。次句乃因“惜旧香”而激起的无可奈何之情。“疏狂”二字是作者个性及生活情态的自我写照。“疏”为阔略世事之意。这句意谓以自己这个性情疏狂的人却被离恨所烦恼而无法排遣，而在句首着一“天”字，使人觉得他的无可奈何之情是无由开解的。“年年”两句选取最常见的秋草、夕阳，烘托思妇日复一日、年复一年的思念之情。路上秋草年年生，实写征人久久不归；日日楼中朝暮独坐，实写为离恨折磨之苦。过片承“夕阳”而写云、水，将视野扩展，从云水渺茫、征人归路难寻中，突出相见无期。此二句即景生情，以景寓情，道出了主人公于楼上怅望时的情思。结拍两句是无可奈何的自慰，措辞无多，然而读之使人更觉哀伤。“莫向花笺费泪行”虽是决绝之辞，却是情至之语，从中带出以往情事，当是曾向花笺多费泪行。既然离恨这般深重，非言辞所能申写，如果再“向花笺费泪行”，那便是虚枉了。

临江仙①·斗草阶前初见

【宋】晏几道

斗草②阶前初见，穿针③楼上曾逢。罗裙香露玉钗风。

靓妆眉沁绿，羞脸粉生红。

流水便随春远，行云终与谁同。酒醒长恨锦屏空。相寻梦里路，飞雨落花中。

注释

①临江仙：原唐教坊曲名，后用为词牌。原曲多用于咏水仙，故名。

②斗草：古代春夏间的一种游戏。梁宗懔《荆楚岁时记》载："五月五日……四民并踏百草。又有斗百草之戏。"但宋代在春社、清明之际已开始斗草。

③穿针：指七月七日七巧节。《西京杂记》载："汉宫女以七月七日登开襟楼，寄七子针"，以示向天上织女乞求织锦技巧，称之为"七巧节"。

译文

当你在阶前与女伴斗草时我们初次相见，当你在楼上与女伴穿针时我们再次相逢。少女踏青斗草游戏。只见你在阶前和别的姑娘斗草，裙子上沾满露水，玉钗在头上迎风微颤，那活泼唯美的情态给我留下了深刻印象。另一次是七夕，少女夜须穿针乞巧拜新月。我和你在穿针楼上重逢，只见你靓妆照人，眉际沁出翠黛，羞得粉脸生出娇红，我们两个人已是生情意，却道得空灵。不料华年似水，伊人亦如行云，不知去向了。

赏析

此词系作者为思念一个自己曾经深爱过的女子而作，全词写情婉转而含蓄。作者正面写了与女子的初见与重逢，而对于两人关系更为接近后的锦屏前相叙一节却未作正面表现，给读者留下了充分的想象空间。梦中相寻一节也写得很空蒙，含蓄地暗示了多量的情感内涵，把心中的哀愁抒写得极为深沉婉曲。

上片不过是寥寥五句，可是一句一景，一景一情。景中不仅有人，也有人物的感情透出；而且，通过这情景交融的描写，又暗暗交代了双方的感情由浅入深，逐步递变。更妙的是，这个女子的音容笑貌，也仿佛可以呼之欲出。

“斗草阶前初见，穿针楼上曾逢。”忆叙他与她在两个特定环境中的初次相见和再次相逢。“斗草阶前初见”写有一天女子同别的姑娘阶前斗草的时候，词人第一次看见了她。斗草，据《荆楚岁时记》：“五月五日，四民并踏百草。又有斗百草之戏”。“穿针楼上曾逢”写转眼又到了七夕。女子楼上对着牛郎织女双星穿针，以为乞巧。这种风俗就从汉代一直流传下来。这天晚上，楼上穿针，他又同她相逢了。

“罗裙香露玉钗风。靓妆眉沁绿，羞脸粉生红。”这三句，是补叙两次见面时她的情态。她的裙子沾满了花丛中的露水，玉钗头上迎风微颤。她“靓妆眉沁绿，羞脸粉生红”，靓妆才罢，新画的眉间沁出了翠黛，她突然看到了他，粉脸上不禁泛起了娇红。以上既有泛写，又有细腻的刻画，一位天真美丽的女子形象如在眼前。末句一“羞”字，已露情意。

下片则陡转话题，抛开往日美好的回忆，陷入眼前苦苦相思的苦闷之中。

“流水便随春远，行云终与谁同”用巫山神女的典故，表达了心中的无限惆怅。“流水便随春远”说随着时光的流逝，共同生活结束了，姑娘不知流落何方。“春”也象征他们的欢聚，可惜不能长久。“行云终与谁同”，用巫山神女“旦为朝云，暮为行雨”（见《高唐赋》）的典故，说她像传说中的神女那样，不知又飘向何处，依附谁人了。

“酒醒长恨锦屏空”，人是早已走了，再也不回来了。可是，那情感却一直留了下来。每当夜阑酒醒的时候，总觉得围屏是空荡荡的，他永远也找不回能够填满这空虚的那一段温暖了。正因为她像行云流水，不知去向，所以只好梦里相寻了。“相寻梦里路，飞雨落花中”，春雨飞花中，他独自跋山涉水，到处寻找那女子。尽管这是梦里，他仍然希望能够找到她。此处以梦境相寻表现了词人对自己深爱

过的女子深沉的爱恋和思念。

这首词写怀念深爱之人。表现作者对往日相逢的美好回忆和如今孤独相思的不堪。全词前后反衬，对比鲜明，形成强烈的情感落差，所以有很强的感染力。

鹧鸪天①·彩袖殷勤捧玉钟

【宋】晏几道

彩袖②殷勤捧玉钟③，当年拚却④醉颜红。舞低杨柳楼心月，歌尽桃花扇底风。

从别后，忆相逢，几回魂梦与君同⑤。今宵剩把银釭⑥照，犹恐相逢是梦中。

注释

①鹧鸪天：词牌名，又名“思佳客”，五十五字。此词黄升《花庵词选》题作《佳会》。
②彩袖：代指穿彩衣的歌女。
③玉钟：古时指珍贵的酒杯，是对酒杯的美称。
④拚（pàn）却：甘愿，不顾惜。却：语气助词。
⑤同：聚在一起。
⑥剩把：剩，通尽，只管。把：持，握。银釭：银质的灯台，指灯。

译文

你挥舞彩袖手捧酒杯殷勤劝酒，回想当年心甘情愿醉倒于颜红。舞姿曼妙，直舞到挂在杨柳树梢照到楼心的一轮明月低沉下去；歌女清歌婉转，直唱到扇底风消歇。

自从那次离别后，我总是怀念那美好的相逢，多少回梦里与你共同欢聚。今夜里我举起银灯把你细看，唯恐这次相逢又是在梦中。

赏析

言为心声，有至情之人，才能有至情之文。一首《鹧鸪天》，写悲感，写欢情，都是那样真挚深沉，感人肺腑，具有强烈的感情色彩。虽然这首词的题材比较窄，不外乎伤离怨别，感悟怀旧，遣情遗恨之作，并没有超出晚唐五代词人的题材范围。小晏写情之作的动人处，在于它的委婉细腻，情深意浓而又风流妩媚，清新俊逸。白居易曰："感人心者，莫先乎情。"古往今来，脍炙人口的诗词，大抵不仅有情，而且情真。所谓"真字是词骨。情真、景真，所作必佳，且易脱稿。"

"彩袖殷勤捧玉钟，当年拚却醉颜红。舞低杨柳楼心月，歌尽桃花扇底风。"一个是殷勤地劝酒，一个是拼命地喝，为伊消得人憔悴。当年一夕初逢的倾心难忘，别后梦中的飘忽难寻，今宵突然重逢的恍惚难信，景境几转，人事剧变，一切都"如幻如电，如昨梦前尘"。而重逢时的惊疑和惊喜之状也就自然而然，毫无忸怩作态。作者善写风流之情，欢娱之境，尽极沉郁之致，荡气回肠之甚，又能表现出纯真无邪的品性，使人不觉其卑俗，虽百读之而不厌。

"从别后，忆相逢，几回魂梦与君同。今宵剩把银釭照，犹恐相逢是梦中。"回忆相会时的欢乐肆意，酣畅淋漓，正是为了反衬钟情至深，相思至极，魂牵梦萦，不免寤寐求之。而梦中的相会终归是空，清醒后的相思却越更深邃，越彻骨。以至于当真正相会之时，分不清眼前是梦是真，害怕再次醒来更加痛彻心扉的相思。梦的意境在作者笔下，采用递进的方式，前一句的相思之情已是极限，后一句则递进一步，产生了循环往复的艺术效果，意象更为丰满。可谓青出于蓝而胜于蓝。晏几道以其"淡语皆有味，浅语皆有致"的典雅风格和"秀气胜韵，得之天然"的清丽词风冠盖一时。

潇湘神[1]·斑竹枝

【唐】刘禹锡

斑竹[2]枝，斑竹枝，泪痕点点寄相思[3]。楚客[4]欲听瑶瑟[5]怨，潇湘[6]深夜月明时。

注释

①潇湘神：词牌名，一名《潇湘曲》。此词作于朗州（今湖南省常德市）时期，诗中所及山水和故事皆在湘沅间。潇湘：湖南西南部潇水、湘水。

②斑竹：即湘妃竹。相传舜崩苍梧，娥皇、女英二妃追至，哭啼极哀，泪染于竹，斑斑如泪痕，故谓"斑竹"。

③泪痕点点寄相思：《述异记》载，"舜南巡，葬于苍梧。尧二女娥皇、女英泪下沾竹，文悉为之斑。"

④楚客：本指屈原，此处为作者自况。作此词时刘禹锡正值贬官朗州（治所在今湖南常德）。

⑤瑶瑟：以美玉妆饰成的瑟。古代之管弦乐器。

⑥潇湘：潇水在今湖南零陵县西北合于湘水，称潇湘。

译文

斑竹枝啊斑竹枝，泪痕点点寄托着相思。楚地的游子啊若想听听瑶瑟的幽怨，应在这潇水湘江之上当着夜深月明之时。

赏析

《潇湘神》，一名《潇湘曲》。刘禹锡贬官朗州（今潮南常德）后，依当地的迎神曲之声制词，写了二首，创此词调，此为其中的第二首。潇湘，潇水流至湖南零陵县西与湘水合流，世称"潇湘"。潇湘神，即湘妃。指舜帝的两个妃子娥皇、女英。《博物志》记载，舜帝南巡，死于苍梧，葬于九嶷，他的爱妃娥皇、女英闻讯后赶至湘水边，哭泣悲甚，其泪挥洒在湘竹上，留下斑斑泪痕，遂成斑竹，她们也就自投于湘水，成为湘水女神，亦称“湘灵”。刘禹锡这首词，便是题咏湘妃故事的。

“斑竹枝，斑竹枝，泪痕点点寄相思。”开头两个叠句，一方面是利用两组相同的音调组成滚珠流水般的节奏，以加强哀怨的气氛；一方面是反复强调斑竹枝这一具体事物，以唤起并加深人们对有关传统故事的印象。词人在这重叠深沉的哀叹中，实际上也融进了自己被贬谪的怨愤痛苦之情，从竹上的斑点，写到人物的泪痕，又从人物的泪痕写到两地相思，层层深入，一气流贯。在词人的笔下，斑竹成为多情相思的象征，是一种隽永幽雅的意象，而不再是普通的自然景物。

“楚客欲听瑶瑟怨，潇湘深夜月明时。”楚客，本指屈原。刘禹锡当时正贬官在朗州，与屈原流放湘西相似，所以这里的“楚客”实是作者以屈原自喻，将湘妃、屈原和自己的哀怨，联系在一起。这里的“瑶瑟”，乃瑟的美称，在作者的想象中，湘灵鼓瑟必然极为哀怨，所以说“瑶瑟怨”。当夜深人静、明月高照之时，楚客徘徊于潇湘之滨，在伴和着潺潺湘水的悠扬琴韵中，细细领略其中滋味，此之谓以环境烘托心情。词中创造了一个凄清空漾的境界，更适于传达出词人哀怨深婉的情思，作者和湘灵的怨愤之情融合了，历史传说与现实生活融合了，作者的主观感情与客观景物也融合了，情致悠然不尽，辞止而意无穷。

全词虽为祭祀潇湘神而作，但却借古代神话湘妃的故事，抒发自己政治受挫和无辜被贬谪的怨愤。作者运用比兴的艺术手法，描绘了一个真实与虚幻结合的艺术境界，将远古的传说、战国时代逐臣的哀怨和自己被贬湘地的情思交织起来，融为一体，赋予这首小词以深邃的政治内涵，显示出真与幻的交织和结合，以环境烘托其哀怨之情，虽似随口吟成，而意境幽远，语言流利，留给读者无穷回味和遐想的余地。

生查子[1]·新月曲如眉

【五代】牛希济

新月[2]曲如眉，未有团圞[3]意。红豆[4]不堪看，满眼相思泪。

终日劈桃穰[5]，仁[6]在心儿里。两朵隔墙花，早晚成连理[7]。

注释

①生查子（zhā zǐ）：原为唐教坊曲名，后用为词牌名。《尊前集》注：双调。元高拭词注：南吕宫。四十字，上下片格式相同，各两仄韵，上去通押。
②新月：阴历月初的月亮。
③团圞（luán）：团圆。
④红豆：又名相思豆，草本植物，种子形如豌豆。
⑤劈：剖开。桃穰（ráng）：桃核。
⑥仁：桃仁。这里“仁”与“人”谐音，意思双关。
⑦连理：不同根的草木，它们的枝干连成为一体。古人喻夫妇为“连理枝”。

作者名片

五代词人。（872? —? ）陇西（今甘肃）人。词人牛峤之侄。早年即有文名，遇丧乱，流寓于蜀，依峤而居。后为前蜀主王建所赏识，任起居郎。前蜀后主王衍时，累官翰林学士、御史中丞。后唐庄宗同光三年（925），随前蜀主降于后唐，明宗时拜雍州节度副使。

译文

新月弯弯如眉毛，没有圆的意思。不忍心看红豆，满眼都是相思泪。

整天劈核桃，那人像桃仁嵌在核壳中一样嵌在我心中。两朵隔墙相望的花，早晚会结成连理枝。

赏析

上阕以“传情入景”之笔，抒发男女间的相思之苦。作者借“移情”笔法，赋予视野中的客观景象以强烈的主观情感，使天边新月、枝上红豆都染上别离相思的情愫。“新月曲如眉，未有团圞意”，明为写月，实则喻人，作者以眉比月，正暗示出相思人儿因不见团聚而双眉紧蹙，郁闷不欢的愁苦之态。“红豆”本是相思的信物，但在离人的眼里却是贮满了忧伤，令人见之落泪。一弯新月，数枝红豆，词人撷取传统的寄寓人间悲欢离合、别离思念之情的两种意象，正表达出对爱人的无限深情和思之不得的痛切缺憾。

就内容而言，下阕为上阕之顺延；就感情的“走向”而言，二者又有着微妙的差异。如果说上阕中写相思还只是借助于意象的寄托，情感的附着还比较虚幻，词中的情绪基调也是一种充满残缺感的低沉。那么下阕中的情感就相对地落到了实处，词中流露着的、是充满希冀的向上的基凋。“终日劈桃穰，仁儿在心里”，一语双关，看似百无聊赖的行为，正寄托着主人公对心上人丝丝缕缕的情爱和日复一日的期盼。“两朵隔墙花，早晚成连理”更表明对爱情的充满信心，尽管花阡两朵，一“墙”相隔，但相爱的人儿终将冲破阻碍，喜结连理。整首词写得情致深长，淋漓沉至。

这首词在艺术上的一个显著特色，就是极其自然地运用了南北朝民歌中的吴歌“子夜体”，以下句释上句，托物抒情，论词家评曰：“妍词妙喻，深得六朝短歌遗意。五代词中希见之品。”

无　题①

【唐】李商隐

相见时难别亦难，
东风无力百花残②。
春蚕到死丝方尽③，
蜡炬④成灰泪始干。
晓镜⑤但愁云鬓改，
夜吟应觉月光寒。
蓬山⑥此去无多路，
青鸟殷勤为探看。

注释

①无题：唐代以来，有的诗人不愿意标出能够表示主题的题目时，常用“无题”作诗的标题。
②东风无力百花残：这里指百花凋谢的暮春时节。东风，春风。残，凋零。
③丝方尽：丝，与“思”谐音，以“丝”喻“思”，含相思之意。
④蜡炬：蜡烛。
⑤晓镜：早晨梳妆照镜子。镜，用作动词，照镜子的意思。云鬓（bìn）：女子多而美的头发，这里比喻青春年华。
⑥蓬山：蓬莱山，传说中的海上仙山，指仙境。

译文

相见很难，离别更难，何况在这东风无力、百花凋谢的暮春时节。

春蚕结茧到死时丝才吐完，蜡烛要烧成灰烬时像泪一样的蜡油才能滴干。

早晨梳妆照镜，只担忧如云的鬓发改变颜色，容颜不再。长夜独自吟诗不寐，必然感到冷月侵人。

蓬莱山离这儿不算太远，却无路可通，烦请青鸟一样的使者，殷勤地为我去探看。

赏析

这首诗，以女性的口吻抒写爱情心理，在悲伤、痛苦之中，寓有灼热的渴望和坚忍的执着精神，感情境界深微绵邈，极为丰富。

开头两句，写爱情的不幸遭遇和抒情主人公的心境：由于受到某种力量的阻隔，一对情人已经难以相会，分离的痛苦使她不堪忍受。首句的“别”字，不是说当下正在话别，而是指既成的被迫分离。两个“难”字，第一个指相会困难，第二个是痛苦难堪的意思。这位抒情主人公既已伤怀如此，恰又面对着暮春景物，当然更使她悲怀难遣。“东风无力百花残”一句，既写自然环境，也是抒情者心境的反映，物我交融，心灵与自然取得了精微的契合。这种借景物反映人的境遇和感情的描写，在李商隐的笔底中是常见的。例如《夜雨寄北》的前两句：“君问归期未有期，巴山夜雨涨秋池。”次句不仅象征诗人留滞巴蜀，而且反映了客子离人的百无聊赖，同“东风无力百花残”一样，写实与象征融为一体，赋予感情以可以感触的外在形态，也就是通常说的寓情于景的抒情方式。

三、四句，接着写因为“相见时难”而“别亦难”的感情，表现得更为曲折入微。“春蚕到死丝方尽”中的“丝”字与“思”谐音，全句是说，自己对于对方的思念，如同春蚕吐丝，到死方休。“蜡炬成灰泪始干”是比喻自己为不能相聚而痛苦，无尽无休，仿佛蜡泪直到蜡烛烧成了灰方始流尽一样。思念不止，表现着眷恋之深，但是终其一生都将处于思念中，却又表明相会无期，前途是无望的，因此，自己的痛苦也将终生以随。可是，虽然前途无望，她却至死靡它，一辈子都要眷恋着；尽管痛苦，也只有忍受。所以，在这两句里，既有失望的悲伤与痛苦，也有缠绵、灼热的执着与追求。追求是无望的，无望中仍要追求，因此这追求也有着悲观色彩。

以上四句着重揭示内心的感情活动，使难以言说的复杂感情具体化，写得很精彩。五六句转入写外向的意念活动。上句写自己，次句想象对方。“云鬓改”，是说自己因为痛苦的折磨，夜晚辗转不能成眠，以至于鬓发斑白，容颜憔悴，亦即六朝诗人吴均所说“绿鬓愁

中改，红颜啼里灭”（《和萧洗马子显古意六首》）的意思。但是，《无题》“晓镜”句说的是清晨照镜时为“云鬓改”而愁苦，并且是“但愁”——只为此而愁。这就生动地描写了纡折婉曲的精神活动，而不再是单纯地叙述青春被痛苦所消磨这件事了。自己于夜间因痛苦而憔悴，清晨又为憔悴而痛苦。“夜吟”句是推己及人，想象对方和自己一样痛苦。她揣想对方大概也将夜不成寐，常常吟诗遣怀，但是愁怀深重，无从排遣，所以愈发感到环境凄清，月光寒冷，心情也随之更趋暗淡。月下的色调是冷色调，“应觉月光寒”是借生理上冷的感觉反映心理上的凄凉之感。“应”字是揣度、料想的口气，表明这一切都是自己对于对方的想象。想象如此生动，体现了她对于情人的思念之切和了解之深。

想象愈具体，思念愈深切，便愈会燃起会面的渴望。既然会面无望，于是只好请使者为自己殷勤致意，替自己去看望他。这就是结尾两句的内容。诗词中常以仙侣比喻情侣，青鸟是一位女性仙人西王母的使者，蓬山是神话、传说中的一座仙山，所以这里即以蓬山用为对方居处的象征，而以青鸟作为抒情主人公的使者出现。这个寄希望于使者的结尾，并没有改变“相见时难”的痛苦境遇，不过是无望中的希望，前途依旧渺茫。诗已经结束了，抒情主人公的痛苦与追求还将继续下去。

这首诗，从头至尾都熔铸着痛苦、失望而又缠绵、执着的感情，诗中每一联都是这种感情状态的反映，但是各联的具体意境又彼此有别。它们从不同的方面反复表现着融贯全诗的复杂感情，同时又以彼此之间的密切衔接而纵向地反映以这种复杂感情为内容的心理过程。这样的抒情，连绵往复，细微精深，成功地再现了心底的绵邈深情。

车遥遥[1]篇

【魏晋】傅玄

车遥遥兮马洋洋[2]，
追思君兮不可忘。
君安[3]游兮西入秦，
愿为影兮随君身。
君在阴[4]兮影不见，
君依光[5]兮妾所愿。

注释

①遥遥：言远去。
②洋洋：同“扬扬”，通假字，得意的样子。
③安：怎么，代词。
④阴：暗处。
⑤光：明处。

作者名片

傅玄（217—278），字休奕，北地郡泥阳（今陕西铜川耀州区东南）人，西晋初年的文学家、思想家。出身于官宦家庭，祖父傅燮，东汉汉阳太守。父亲傅干，魏扶风太守。

译文

车马遥遥行远去到何方，追念你的行踪啊不能把你遗忘。
你游历到哪里呢？是否西入秦地，我愿像影子跟随在你身旁。
你在暗处时影子无法随身，希望你永远依傍着光亮。

赏析

“黯然销魂者，唯别而已矣！”人虽已经离去，情却常难断绝。因此就有了“杨柳岸、晓风残月”的凄伤，有了“才下眉头、却上心

头”的无奈。此诗即借一位妻子真切的内心独白，抒写了这种难以言传的离情别意。

“车遥遥兮马洋洋”——诗之开篇，是女主人公追忆夫君离去的梦幻般的虚景。她仿佛觉得，此刻还正是亲爱的夫君离去的时候：那车身也一样颠簸、轻摇，那马儿也一样舒缓、潇洒。就这样在遥遥无尽的大道上去了，什么时候再见到它载着夫君归来？当消歇的马蹄声，终于将她从幻境中惊觉，车马和夫君便全都云雾般消散。引出一种惆怅失意的无限追念。

“追思君兮不可忘”，即承上文之境，抒发了女主人公追忆中的凄婉情思。那情景怎么能够忘怀呢——当夫君登车离去时，自己是怎样以依恋的目光追随着车影，几乎是情不自禁地倾身于栏杆。夫君究竟要去往哪里？“君安游兮西入秦”正以自问自答方式，指明了这远游的令人忧愁的去向。她说：夫君之入秦，既然是为了求宦进取，我自然不能将你阻留；只是这一去颠沛万里，可教我怎能不牵挂你？句中的“安游”从字面上看，只是一种幽幽的自问之语。不过在体会女主人公心境时，读者不妨把它理解为对旅途平安的一片祈祝之情。

对往事的温馨追忆，由此把女主人公推入了深深的痛苦之中。“愿为影兮随君身”一句，正是女主人公顾影自伤中触发的奇妙诗思。这诗思妙之处在于它来自日常生活，而且特别适合于常常陷入顾影自伤痛苦的女子心理。这诗思又异常动人，表现的是虽在痛苦之中，而关切夫君犹胜过自身的妻子的深情。

想到这里，女主人公似乎颇有些喜意了，因为她“解决”了一个日日萦绕她的痛苦难题。但她忽然又想到，身影之存在是需要“光”的。若是身在背阴之处，那影子也会“不见”的，这样岂不又要分离？她简直有些焦急了，终于在诗之结尾，向夫君发出了凄凄的呼唤：“君在阴兮影不见，君依光兮妾所愿”——夫君哪，你可不要到那背阴处去呀，一去我就会不见了。你站在阳光下好吗？那可是我的一片心愿呢！

这首诗完全是女主人公的内心独白，或者说是她一片痴心的“自说自话”。迷茫中把眼前的车马，认作为载着夫君离去的车马；为了不分离，就想化为夫君的身影；而且还不准夫君站到阴处：似乎都可笑之至、无理得很。然而，这种“无理得很”的思致，倒恰恰是多情之至微妙心理的绝好表露。

玉楼春[①]·别后不知君远近

【宋】欧阳修

别后不知君远近。触目凄凉多少[②]闷。渐行渐远渐无书[③]，水阔鱼沉何处问。

夜深风竹敲秋韵[④]。万叶千声皆是恨。故攲[⑤]单枕梦中寻，梦又不成灯又烬。

注释

①玉楼春：词牌名。《词谱》谓五代后蜀顾夐词起句有“月照玉楼春漏促”“柳映玉楼春欲晚”句；欧阳炯起句有“日照玉楼花似锦”“春早玉楼烟雨夜”句，因取以调名。亦称“木兰花”“春晓曲”“西湖曲”“惜春容”“归朝欢令”等。双调五十六字，前后阕格式相同，各三仄韵，一韵到底。

②多少：不知多少之意。

③书：书信。

④秋韵：即秋声。此秋风吹竹声。

⑤攲（qī）：倚，依。

译文

分别后不知你的行程远近。满目凄凉心中有说不尽的苦闷。你越走越远渐渐断了书信，音信全无我要去哪里问讯？

深夜里风吹竹叶萧萧不停。每一片叶子都似乎在诉说着别愁离恨。我斜倚孤枕想在梦中见你，谁知道梦没有做成灯芯已经燃尽。

赏析

此词描写思妇念远的愁情。上阕写思妇别后的孤凄苦闷和对远游人深切的怀念；下阕借景抒情，描写思妇秋夜难眠独伴孤灯的愁苦。全词突出一个“恨”字，层层递进，深沉婉约，把一个闺中独居的女子在爱人离别后的凄凉悲愁以及对杳无音讯的无情之人的怨恨，刻画得淋漓尽致；笔调细腻委婉，语言浅白，情感朴实；境界哀怨缠绵，清疏蕴藉，雅俗兼备；抒情与写景兼融，景中寓婉曲之情，情中带凄清之景，表现出特有的深曲婉丽的艺术风格。

此词深受五代花间词的影响，表现闺中思妇深沉凄绝的离愁别恨。全词以景寓情，情景交融，词境委婉曲折、深沉精细而又温柔敦厚。

发端句“别后不知君远近”是恨的缘由。因不知亲人行踪，故触景皆生出凄凉、郁闷，亦即无时无处不如此。“多少”，以模糊语言极状其多。三四两句再进一层，抒写了远别的情状与愁绪。

“渐行渐远渐无书”，一句之内重复了三个“渐”字，将思妇的想象意念从近处逐渐推向远处，仿佛去追寻爱人的足迹，然而雁绝鱼沉，天涯无处觅寻踪影。“无书”应首句的“不知”，且欲知无由，她只有沉浸在“水阔鱼沉何处问”的无穷哀怨之中了。“水阔”是“远”的象征，“鱼沉”是“无书”的象征。“何处问”三字，将思妇欲求无路、欲诉无门的那种不可名状的愁苦，抒写得极为痛切。在她与亲人相阻绝的浩浩水域与茫茫空间，似乎都充塞了触目凄凉的离别苦况。词的笔触既深沉又婉曲。

词篇从过片以下，深入细腻地刻画了思妇的内心世界，着力渲染了她秋夜不寐的愁苦之情。“自古伤心惟远别，登山临水迟留。暮尘衰草一番秋。寻常景物，到此尽成愁。”（张先《临江仙·自古伤心惟远别》）风竹秋韵，原是“寻常景物”，但在与亲人远别，空床独宿的思妇听来，万叶千声都是离恨悲鸣，一叶叶一声声都牵动着她无限愁苦之情。

“故欹单枕梦中寻，梦又不成灯又烬”。思妇为了摆脱苦状的现实，急于入睡成梦，故特意斜靠着孤枕，幻想在梦中能寻觅到在现实中寻觅不到的亲人，可是“千山万水不曾行，魂梦欲教何处觅？”（韦庄《木兰花·独上小楼春欲暮》）连仅有的一点儿小小希望也成了泡影，不单是“愁极梦难成”（薛昭蕴《小重山·春到长门春草青》），最后连那一盏做伴的残灯也熄灭了。“灯又烬”一语双关，闺房里的灯花燃成了灰烬，自己与亲人的相会也不可能实现，思妇的命运变得和灯花一样凄迷、黯淡。词到结句，哀婉幽怨之情韵袅袅不断，具有深沉的艺术感染力。

对于欧阳修的花间派词人，往往喜欢对女性的外在体态服饰进行精心刻画，而对人物内心的思想感情则很少揭示。欧阳修显然比他们进了一大步，在这首词中，他没在使用一个字去描绘思妇的外貌形象，而是着力揭示思妇内心的思想感情，字字沉着，句句推进，如剥笋抽茧，逐层深入，由分别——远别——无音信——夜闻风竹——寻梦不成——灯又烬，将一层又一层的愁恨写得越来越深刻、凄绝。刘熙载云：“冯延巳词，晏同叔得其俊，欧阳永叔得其深。”（《艺概》）此语精辟地指出了欧词婉约深沉的特点。以此词而言，这种风格表现得极为明显。

全词写愁恨由远到近，自外及内，从现实到幻想，又从幻想回到现实。且抒情写景两得，写景句寓含着婉曲之情，言情句携带着凄凉之景，将闺中思妇深沉凄绝的别恨表现得深曲婉丽，淋漓尽致。

采莲曲

【唐】白居易

菱叶萦①波荷飐②风，
荷花深处小船通③。
逢郎欲语低头笑，
碧玉搔头④落水中。

注释

①萦（yíng）：萦回，旋转，缭绕。
②飐（zhǎn）：摇曳。
③小船通：两只小船相遇。
④碧玉搔头：即碧玉簪，简称玉搔头。搔头：簪之别名。

译文

菱叶随着水波飘荡，荷叶在风中摇曳；荷花深处，采莲的小船轻快飞梭。

采莲姑娘碰见自己的心上人，想跟他说话却低头羞涩地微笑，哪想头上的玉簪掉落水中。

赏析

《采莲曲》，乐府旧题，为《江南弄》七曲之一。内容多描写江南一带水国风光，采莲女子劳动生活的情态，以及她们对纯洁爱情的追求等。描写采莲生活的诗歌很早就出现了，汉乐府中就有《采莲曲》《江南可采莲》"江南可采莲，莲叶何田田！鱼戏莲叶间：鱼戏莲叶东，鱼戏莲叶西，鱼戏莲叶南，鱼戏莲叶北。"南北朝出现了不少写采莲生活的名作，如《西洲曲》"采莲南唐秋，莲花过人。低头弄莲子，莲子清如水头。"到了唐代，写采莲更是成为一种时尚，很多名家如李白、白居易、王昌龄、戎昱、崔国辅、皇甫松等都写过这类诗歌。白居易的《采莲曲》写得尤为细腻动人。

白居易这首诗写采莲少女的初恋情态，喜悦而娇羞，如闻纸上有人，呼之欲出。尤其是后两句的细节描写，生动而传神，如灵珠一颗，使整个作品熠熠生辉。

"菱叶萦波荷飐风，荷花深处小船通。"写风中婀娜舞动的荷叶荷花，从荷花的深处有小船悠然划出，画面充满了动感。"菱叶萦波荷飐风"，在碧水荡漾一望无际的水面上，菱叶荷叶一片碧绿，阵阵清风吹来，水波浮动，绿叶随风摇摆，菱叶在绿波荡漾的湖面上漂漂荡荡，荷花在风中摇曳生姿。正因为绿叶的摇动，才让人们看到了"荷叶深处小船通"。荷花深处，暗示了荷花的茂盛、广阔，而"小船通"，则告诉读者有人有活动。这就像一组电影长镜头，先见一片风光，然后将人物活动呈现在其中，给人以真切感。

"逢郎欲语低头笑，碧玉搔头落水中"是上承"荷花深处小船通”而来，由写景转为写景中之人。荷花深处，遮天蔽日，凉风习习，是水乡少男少女在劳动之余私下相会的极佳场所。这里并没有说明他们是故意寻找还是无意撞见，也许是兼而有之吧。诗歌仅以欲语而止、搔头落水两个动作细节的描写，就活灵活现刻画出一个痴情、娇羞、可爱的少女形象。恋人相遇，互诉衷肠，何止千言万语，而此时此地，这个娇羞的少女却一句话也说不出来，惟有低头含笑而已；而且情贯一心，甚至不小心将碧玉搔头落入水中，这些都是初恋少女在羞怯、微带紧张的状态上才会有的情态，被诗人细心地捕捉住并传神地再现出来。

《采莲曲》为民歌体裁，但是白居易没有落入俗套，在短短的四句二十八个字中，既写景，又写人，生动形象，富有情趣，层层深入，活灵活现。此诗用乐府旧题写男女恋情，少女欲语低头的羞涩神态，以及搔头落水的细节描写，都自然逼真，意味无穷。犹如一卷望不尽的画面，使人百读不厌。

应天长·别来半岁音书绝

【唐】韦庄

别来半岁音书绝，一寸离肠千万结①。难相见，易相别，又是玉楼花似雪②。

暗相思，无处说，惆怅夜来烟月③。想得此时情切，泪沾红袖黦④。

注释

①“一寸”句：意谓短短的一寸离肠也郁结着万千愁情。离肠：犹离情。结：谓离愁郁结。

②玉楼：即闺楼。花似雪：梨花如雪一样白。指暮春时节。

③烟月：指月色朦胧。

④红袖：妇女红色的衣袖。黦（yuè）：黑黄色。此指红袖上斑斑点点的泪痕。晋周处《风土记》："梅雨沾衣，皆败黦。"

作者名片

韦庄（约836—约910），字端己，汉族，长安杜陵（今中国陕西省西安市附近）人，晚唐诗人、词人，五代时前蜀宰相。文昌右相韦待价七世孙、苏州刺史韦应物四世孙。韦庄工诗，与温庭筠同为"花间派"代表作家，并称"温韦"。所著长诗《秦妇吟》反映战乱中妇女的不幸遭遇，在当时颇负盛名，与《孔雀东南飞》、《木兰诗》并称"乐府三绝"。有《浣花集》十卷，后人又辑其词作为《浣花词》。《全唐诗》录其诗三百一十六首。

译文

分别半年你我音书断绝，短短的一寸离肠也郁结着万千愁情。相见很难，分别却很容易，转眼又到了玉楼繁华似雪的时节。

暗暗相思，无处诉说，愁过白天又愁烟云遮明月，愁到此时心情更凄恻。伤心的眼泪不停流淌，打湿红色衣袖。

赏析

这一首词，也有人认为是韦庄"留蜀后思君之辞"，跟他另一首《应天长》（绿槐阴里黄莺语）的命意相同，不是没有道理的。而韵文学专家羊春秋认为这首词乃情人别后相忆之词，不必过于求深。把爱情词都连到君国上面来，是难免穿凿附会之讥的。

诗重在发端，词也是起结最难。发端处要开门见山，一下擒住题旨，才不致流于浮泛。"别来半岁音书绝"，正是实写，是全词抒情线索的起点，也是笼罩全篇的冠冕。它既点明了别后的时间是"半岁"，又倾诉了别后的情况是"音书绝"。以下的词意全从此语生发出来。不是别后半岁，音书隔绝，就没有这首词的创作冲动，就没有这首词的审美情趣。江淹在《别赋》中说："黯然销魂者，唯别而已矣。"词人迫于无法遏制的情感的需要，真实地反映了别后的心境是"一寸离肠千万结"。离肠即是离情，但离情是无形的、抽象的，离肠是有形的、具体的，便于用数字来表现离愁的程度。在极短的"一寸离肠"上系上"千万愁结"，通过两个大小悬殊的对比，更能收到强烈的艺术效果。但若把"难相见，易相别"放在这个具体的语言环境中加以仔细体会，就会发现它既是"一寸离肠千万结"的原因，也是"又是玉楼花似雪"的过脉。大概半岁前在长亭送别的时候，正是"飞雪似杨花"；而在两地暌违的今天，又是"杨花似雪"了。飞花如雪，"玉楼"中人此时所见光景当亦同之。由此转入所忆之人，及彼此相对忆念之情。

下阕即从居者着想，写她面对明媚的春光，无日无夜不在怀念远方的行人。"暗相思"三句，情深而婉，恰到好处地道出了天下少妇的娇羞心情，她暗自咽下"别是一般滋味"的苦酒，而不敢在别人面前倾诉那满腔哀怨，万种闲愁。她在朦胧的夜色中，看到天上团圆的月，想起问离别的人：想到自己在见月思人，不知对方是否也在望月思乡？这月曾经是照过他们离别的。于是情不自禁地"泪沾红袖黦"了。下阕以"想得"二字领后两句，"此时"二字包前三句，悬想对方相思情景，得杜甫"今夜鄜州月"诗的思致。"此时"之"暗相思，无处说，惆怅夜半烟月"，又体现出两地同时，两人同心，亦彼事，亦己情，一齐摄入，映照玲珑，构想深微，笔致错落。

梦微之[1]

【唐】白居易

夜来携手梦同游，

晨起盈巾泪莫收。

注释

①微之：唐朝诗人元稹，字微之，与白居易同科及第，并结为终生诗友。

漳浦[2]老身三度病，
咸阳宿草八回秋。
君埋泉下[3]泥销骨，
我寄人间雪满头。
阿卫韩郎[4]相次去，
夜台[5]茫昧得知不？

②漳浦：地名，在今福建漳州南部。
③君埋泉下：指微之去世。
④阿卫：微之的小儿子。韩郎：微之的爱婿。
⑤夜台：指坟墓，因为闭于坟墓，不见光明，所以称为夜台，后来也用来指代阴间。

译文

夜里做梦与你携手共同游玩，早晨醒来泪水流满巾也不擦拭。
在漳浦我三次生病，长安城草生草长已经八个年头。
想你尸骨已经化成泥沙，我还暂时寄住人间白发满头。
阿卫韩郎已经先后去世，黄泉渺茫昏暗能够知晓吗？

赏析

这首《梦微之》是白居易在元稹离世九年后所做的一首悼亡诗。

“夜来携手梦同游，晨起盈巾泪莫收”。梦中乐天与微之重逢，二人携手同游，他们可能意气风发地畅谈天下大事、黎明苍生；可能痛斥那宦海风波、官场污浊；可能耻笑那魑魅小人、假义君子……可是梦总有醒来的时候！泪水打湿了乐天的绢帕，老泪纵横也无心擦拭了。时年，乐天已经是一位风烛残年的老人。他想起了元稹当年还和过他的一首诗，诗中有这么两句：“我今因病魂颠倒，唯梦闲人不梦君”。确实，生时不能相见，梦见还可以慰藉相思，梦不见是悲痛的！可是，死后故人梦更是痛彻心扉！明知此生不能再见，却又一遍遍回忆着逝去的时光，每每回忆一次都是一遍强于一遍的无奈忧伤！死亡，切断了所有一切可能的念想！

“漳浦老身三度病，咸阳宿草八回秋”。乐天说他自己在漳浦这个地方已经生了几次病了，长安城草生草长不知不觉已有八个年头。时间蹉跎了芳华，元稹死后，乐天的一把老骨头也不得安生，只是淡漠地看着长安城的草生草长。如果人的生命也能够像草生草长一样该多好，就像乐天17岁时写下的《赋得古原草送别》一样：“野火烧不尽，春风吹又生”。乐天与元稹一别已是九年，而且还会有好几个九年，直到乐天也身赴黄泉。乐天的生老病死，已经没有了元稹的参与！

“君埋泉下泥销骨，我寄人间雪满头”。元稹埋在黄泉之下，泥土侵蚀着他的身体，也许早已和泥化作尘土，乐天也只是顶着满头白发暂时居住在人间。乐天是一位“深入浅出”型的沉思者：孤高、正直、磊落、坦荡。这句话正是白诗在字面、形式上看似浅显，而情意、内涵甚深的表现。我想起了祖父，我那逝世不久的祖父。很多时候，在我们的亲人活着时，我们是羞赧于将悄悄写下的那些关于他们的赞美文字与人分享的，尤其是不愿让他们本人看到。而今，祖父魂归大地、深埋黄土，他在人间的最后一席之地只是水泥石碑下一方小小的骨灰盒，家人把祖父与已逝世13年的祖母合埋了。写着这些文字时，我想起祖父总是在清明前后轻轻擦拭着太祖父、太祖母及祖母的祭框，擦着擦着就出神地望着。可是如今，他深埋地下，谁又来擦拭他崭新的祭框呢？有关祖父的一切，我再也不会知晓了。他早年因公致残的左腿，还会风湿发作吗？黄泉该是个湿冷的地方吧？想到这些，我已经受不住了。有句话是残忍的：“我们将会死去很久”。乐天写下这首诗时，身边不是缺乏朋友，亦不是敌人泛滥。拉法特曾说：“没有朋友也没有敌人的人，就是凡夫俗子”。乐天恰好不是个凡夫俗子，他一生的朋友是很多的，比如李商隐就是他的忘年交。也正因为如此，在时隔九年后，乐天的这份思友之情才愈显得弥足珍贵！

“阿卫韩郎相次去，夜台茫昧得知不”。阿卫是元稹的小儿子，韩郎是元稹的女婿。他们都先后死去了，黄泉渺茫昏暗能够知道这些吗？高寿的乐天目睹了后辈们的离去。一方面，活着的人想要知道死去的人的情况，另一方面，活着的人总是念念不忘地将人世间的新鲜事儿祷告给死者，纵然知道是徒劳，还是怀着这份希望。《古诗十九首》中有言："去者日以疏,来者日以亲"。当乐天看着去者已去经年，而来者亦已成去者，这是多么大的内心荒凉！

人生得一知己足矣，斯世当以同怀视之！浅品《梦微之》，我品味到了这世间有一种真情———相濡以沫！

锦　瑟[1]

【唐】李商隐

锦瑟无端[2]五十弦，
一弦一柱思华年。
庄生晓梦迷蝴蝶，
望帝春心托杜鹃。
沧海月明珠有泪[3]，
蓝田[4]日暖玉生烟。
此情可待成追忆？
只是[5]当时已惘然。

注释

①锦瑟：装饰华美的瑟。瑟：拨弦乐器，通常二十五弦。

②无端：犹何故。怨怪之词。五十弦：这里是托古之词。

③珠有泪：《博物志》："南海外有鲛人，水居如鱼，不废绩织，其眼泣则能出珠。"

④蓝田：《元和郡县志》："关内道京兆府蓝田县：蓝田山，一名玉山，在县东二十八里。"

⑤只是：犹"止是"、"仅是"，有"就是"、"正是"之意。

译文

精美的瑟为什么竟有五十根弦，一弦一柱都叫我追忆青春年华。

庄周翩翩起舞睡梦中化为蝴蝶，望帝把自己的幽恨托身于杜鹃。

沧海明月高照，鲛人泣泪皆成珠，蓝田红日和暖，可看到良玉生烟。

如此情怀哪里是现在回忆起来才感到无限怅恨呢？即使在当年早已是令人不胜怅惘了。

赏析

此诗运用象征、隐喻的手法，创造性地发展了传统的“比兴”方法。“锦瑟无端五十弦，一弦一柱思华年。”绘有花纹的美丽如锦的瑟有五十根弦，诗人也一边在感慨快到五十岁了，一弦一柱都唤起了他对逝水流年的喜悦追忆，暗示自己才华出众而年华流逝。

“庄生晓梦迷蝴蝶，望帝春心托杜鹃。”最能体现李商隐用典精辟、譬喻精深的特点。李商隐以“庄生梦蝶”的典故入诗，又巧妙地设计了两个字：“晓”与“迷”，深层喜悦譬喻溢于言表。“晓”早晨，喻人的一生则是青年时代。“晓梦”：青春美梦，年轻时立下的宏伟大志，色彩斑斓的喜悦理想。“迷”是迷恋，沉溺也不放弃，不可割舍，不懈地追求喜悦。诗人设字绝妙精巧，赋予典故以新的喜悦哲理，让读者有感于物，有悟于心：使诗句产生了影视效应，再现了诗人为不可割舍的理想进行了不懈追求，无奈却挣扎于权势争夺之中，左右为难受尽欺凌终不得志，到头来只是一场悲苦的梦幻而已。

后一句的蓝田沧海，也并非空穴来风。蓝田，山名，在今陕西蓝田东南，是有名的产玉之地。此山为日光煦照，蕴藏其中的玉气（古人认为宝物都有一种一般目力所不能见的光气），冉冉上腾，但美玉的精气远察如在，近观却无，所以可望而不可置诸眉睫之下，这代表了一种异常美好的理想景色，然而它是不能把握和无法亲近的。诗中此句，正是在“韫玉山辉，怀珠川媚”的启示和联想下，用蓝田日暖给上句沧海月明做出了对仗，造成了异样鲜明强烈的对比。而就字面讲，蓝田对沧海，也是非常工整的，因为沧字本义是青色。诗人在辞藻上的考究，也可以看出他的才华和功力。

此联和上联共用了四个典故，呈现了不同的意境和情绪。庄生梦蝶，是人生的恍惚和迷惘；望帝春心，包含苦苦追寻的执着；沧海鲛泪，具有一种阔大的寂寥；蓝田日暖，传达了温暖而朦胧的欢乐。诗人从典故中提取的意象是那样的神奇、空灵，他的心灵向读者缓缓开启，华年的美好，生命的感触等皆融于其中，却只可意会不可言说。

诗的尾联，采用反问递进句式加强语气，结束全诗。“此情”总揽所抒之情：“成追忆”则与“思华年”呼应。“可待”即“岂待”，说明这令人惆怅伤感的“此情”，早已迷惘难遣，此时当更令人难以承受。

作者在诗中追忆了自己的青春年华，伤感自己不幸的遭遇，寄托了悲慨、愤懑的心情，大量借用庄生梦蝶、杜鹃啼血、沧海珠泪、良玉生烟等典故，采用比兴手法，运用联想与想象，把听觉的感受，转化为视觉形象，以片段意象的组合，创造朦胧的境界，从而借助可视可感的诗歌形象来传达其真挚浓烈而又幽约深曲的深思。全诗辞藻华美，含蓄深沉，情真意长，感人至深。

一剪梅①·雨打梨花深闭门

【明】唐寅

雨打梨花深闭门，忘了青春，误了青春。赏心乐事共谁论②？花下销魂③，月下销魂。

愁聚眉峰尽日颦④，千点啼痕⑤，万点啼痕。晓看天色暮看云，行也思君，坐也思君。

注释

①一剪梅：词牌名，又名“腊梅香”“玉簟秋”等。双调六十字，前后段各六句、三平韵。
②赏心乐事：欢畅的心情，快乐的事情。论：说。
③销魂：黯然神伤。
④颦（pín）：皱眉。
⑤啼痕：泪痕。

作者名片

唐寅（1470—1523），字伯虎，一字子畏，号六如居士、桃花庵主、鲁国唐生、逃禅仙吏等，汉族，南直隶苏州吴县人。明代著名画家、文学家。据传他于明宪宗成化六年庚寅年寅月寅日寅时生。他玩世不恭而又才气横溢，诗文擅名，与祝允明、文徵明、徐祯卿并称“江南四大才子（吴门四才子）”，画名更著，与沈周、文徵明、仇英并称“吴门四家”。

译文

深闭房门隔窗只听雨打梨花的声音，就这样辜负了青春年华，虚度了青春年华。纵然有欢畅愉悦的心情又能跟谁共享？花下也黯然神伤，月下也黯然神伤。

整日里都是眉头紧皱如黛峰耸起，脸上留下千点泪痕，万点泪痕。从早晨到晚上一直在看着天色云霞，走路时想念你啊，坐着时也是想念你。

赏析

《一剪梅·雨打梨花深闭门》是明代词人、一代文豪唐寅，即唐

伯虎以女子口吻所作的一首闺怨词。这首词的佳处不只在于词句之清圆流转，其于自然明畅的吟诵中所表现的空间阻隔灼痛着痴恋女子的幽婉心态更是动人。唐寅轻捷地抒述了一种被时空折磨的痛苦，上下片交叉互补、回环往复，将一个泪痕难拭的痴心女形象灵动地显现于笔端。

上片首句，即以重重门关横亘在画面上，它阻断了内外的联系，隔绝了春天，从而表明思妇对红尘的自觉放弃，对所思之人的忠贞挚爱。以下五句，似乎是思妇的内心独白，但更像“画外音”，是对“深闭门”情节的议论。“深闭门”是思妇的特定行为：她藏于深闺，将一切都关在门外，正见其相思凄楚之难堪。这空间的阻隔，既无情地拉开着恋者的距离，而空间的阻隔又必然在一次次“雨打梨花”“春来春去”中加重其往昔曾经有过的“赏心乐事”的失落感；至若青春年华也就无可挽回地在花前月下神伤徘徊之间被残酷地空耗去。时间在空间中流逝，空间的凝滞、间距的未能缩却花开花落，人生便在等待中渐渐消逝。

下片正面描写为情感而自我封闭状态中思妇的形象，通过皱眉洒泪、看天看云、行行坐坐几个连续动作，表达其坐卧不安的无边相思。

活过之物终将凋零，只可在“行也思君，坐也思君”中，“愁聚眉峰尽日颦”。上片的“花下销魂，月下销魂”，是无处不令人回思往时的温馨；下片的“行也思君，坐也思君”则写尽朝暮之间无时不在翘首企盼所恋者的归来，重续欢情。作者轻捷地抒述了一种被时空折磨的痛苦，上下片交叉互补、回环往复，将一个泪痕难拭的痴心女形象灵动地显现于笔端，诚无愧其“才子”之誉称。

“闺怨”之作在历代词人笔下堪称汗牛充栋，愈是习见的题材愈难出新意，从而所贵也尤在能别出心裁。

西江月[1]·宝髻松松挽就

【宋】司马光

宝髻[2]松松挽就，
铅华[3]淡淡妆成。
青烟翠雾罩轻盈[4]，
飞絮游丝无定。
相见争如[5]不见，
有情何似无情。
笙歌散后酒初醒，
深院月斜人静。

注释

①西江月：词牌名。
②宝髻：妇女头上带有珍贵饰品的发髻。
③铅华：铅粉、脂粉。
④“青烟翠雾”二句：形容珠翠冠的盛饰，皆为妇女的头饰。轻盈：形容女子的仪态美。
⑤争如：怎如、倒不如。

作者名片

司马光（1019—1086），字君实，号迂叟，陕州夏县（今山西夏县）涑水乡人，《宋史》《辞海》等明确记载，世称涑水先生。生于河南省信阳市光山县。北宋史学家、文学家。历仕仁宗、英宗、神宗、哲宗四朝，卒赠太师、温国公，谥文正，主持编纂了中国历史上第一部编年体通史《资治通鉴》，为人温良谦恭、刚正不阿，其人格堪称儒学教化下的典范，历来受人景仰。生平著作甚多，主要有史学巨著《资治通鉴》《温国文正司马公文集》《稽古录》《涑水记闻》《潜虚》等。

译文

挽了一个松松的云髻，化上了淡淡的妆容。青烟翠雾般的罗衣，笼罩着她轻盈的身体。她的舞姿就像飞絮和游丝一样，飘忽不定。

此番一见不如不见，多情不如无情。笙歌散后，醉酒初醒，庭院深深，斜月高挂，四处无声。

赏析

上片写宴会所遇舞伎的美姿，下片写对她的恋情，开头两句，写出这个姑娘不同寻常：她并不浓妆艳抹，刻意修饰，只是松松地挽成了一个云髻，薄薄地搽了点铅粉。次两句写出她的舞姿：青烟翠雾般的罗衣，笼罩着她的轻盈的体态，像柳絮游丝那样和柔纤丽而飘忽无定。下阕的头两句陡然转到对这个姑娘的情上来："相见争如不见，有情何似无情"，上句谓见后反惹相思，不如当时不见；下句谓人还是无情的好，无情即不会为情而痛苦。以理语反衬出这位姑娘色艺之可爱，惹人情思。最后两句写席散酒醒之后的追思与怅惘。

这首小令尺幅之内把惊艳、钟情到追念的全过程都反映出来，而又能含蓄不尽，给人们留下想象的余地，写法别致。它不从正面描写那个姑娘长得多么美，只是从发髻上、脸粉上，略加点染就勾勒出一个淡雅绝俗的美人形象；然后又从体态上、舞姿上加以渲染："飞絮游丝无定"，连用两个比喻把她的轻歌曼舞的神态表现出来。而这首词写得最精彩的还是歇拍两句。当他即席动情之后，从醉中醒了过来，又月斜人静的时候，种种复杂的感受都尽括"深院月斜人静"这一景语中，达到了"不着一字，尽得风流"的境界。

从结构上说，词的上片写其人其境，营造出惝恍飘忽、扑朔迷离的意境，下片写自己的感受，性灵流露，雅而不俗，余味深长。全词造句自然，意不晦涩，语不雕琢，随手写来，妥帖停匀，足见司马光作词虽为余技，却也显示出学识之厚与感情之富。

长相思[1]·汴水[2]流

【唐】白居易

汴水流，泗水[3]流，流到瓜州[4]古渡头。吴山[5]点点愁。

思悠悠[6]，恨悠悠，恨到归时方始休。月明人倚楼。

注释

①长相思：词牌名，调名取自南朝乐府“上言长相思，下言久离别”句，多写男女相思之情。
②汴水：源于河南，东南流入安徽宿县、泗县，与泗水合流入淮河。
③泗水：源于山东曲阜，经徐州后，与汴水合流入淮河。
④瓜州：在今江苏省扬州市南面。
⑤吴山：泛指江南群山。
⑥悠悠：深长的意思。

译文

怀念丈夫的思潮，就像那汴水、泗水一样朝着南方奔流，一直流到瓜州渡口，愁思像那江南群山，起起伏伏。

思念呀，怨恨呀，哪里才是尽头？除非你归来才会罢休。一轮皓月当空照，而我倚楼独自忧愁。

赏析

这首词是抒发“闺怨”的名篇，构思比较新颖奇巧。它写一个闺中少妇，月夜倚楼眺望，思念久别未归的丈夫，充满无限深情。词作采用画龙点睛之笔，最后才点出主人公的身份，突出作品的主题思想，因而给读者留下强烈的悬念。

上片全是写景，暗寓恋情。前三句以流水比人，写少妇丈夫外出，随着汴水、泗水向东南行，到了遥远的地方；同时也暗喻少妇的心亦随着流水而追随丈夫的行踪飘然远去。第四句“吴山点点愁”才用拟人化的手法，婉转地表现少妇思念丈夫的愁苦。前三句是陈述句，写得比较隐晦，含而不露，如若不细细体会，只能看到汴水、泗水远远流去的表面意思，而看不到更深的诗意，这就辜负了作者的苦心。汴水发源于河南，古汴水一支自开封东流至今徐州，汇入泗水，与运河相通，经江苏扬州南面的瓜州渡口而流入长江，向更远的地方流去。这三句是借景抒情，寓有情于无情之中，使用的是暗喻和象征的手法。“吴山点点愁”一句，承“瓜洲古渡”而入吴地，而及吴山，写得清雅而沉重，是上片中的佳句。“吴山点点”是写景，在这里，作者只轻轻一带，着力于“愁”字。著此“愁”字，就陡然使意发生了巨大的变化：吴山之秀色不复存在，只见人之愁如山之多且重，这是一；山亦因人之愁而愁，这是二；山是愁山，则上文之水也是恨水了，这是三。一个字点醒全片，是其笔力堪称强劲。

下片直抒胸臆，表达少妇对丈夫长期不归的怨恨。“恨”且“悠悠”，无穷无尽，思念之深、等待之久，亦由此可知。而要此恨消除，除非爱人归来，所以词中说“恨到归时方始休”，这一句既是思妇的心理活动，也是词人揆情度理给她的思念所作的结论。“月明人倚楼”句，或解释为爱人归来之后双双倚楼望月，即把这一句作为“恨到归时方始休”的补充句；或解释为思妇对着汴泗怀念爱人的时间、地点。在这两种解释中，本文取后者。月明之夜，思妇难寐，正是怀人念远之情最浓重的时刻。这个结句极富意境，有深化人物形象和升华主题的作用。

这首词体现了作者纯熟的写作技巧。他以月下脉脉的流水映衬、象征悠悠绵绵的离情别绪，深沉的思念和由此而产生的怨恨情绪；外景中明明的月光，长长的流水，点点的远山，与思妇内心世界中悠悠的思怨，极为和谐地统一在一起；且又频用叠字叠韵，句句押韵，再配上那柔和的民歌风味，就自然形成了一种行云流水之致，这与写“流水”“相思”十分贴切。所以这首词虽然只有三十六个字，却不失为一件玲珑剔透的艺术珍品。

蝶恋花·伫倚危楼风细细

【宋】柳永

伫倚危楼[①]风细细，望极[②]春愁，黯黯[③]生天际[④]。草色烟光[⑤]残照里，无言谁会凭阑意。

拟把疏狂图一醉，对酒当歌，强乐还无味。衣带渐宽终不悔，为伊消得人憔悴。

注释

①伫倚危楼：长时间依靠在高楼的栏杆上。伫，久立。危楼，高楼。
②望极：极目远望。
③黯黯：迷蒙不明，形容心情沮丧忧愁。
④生天际：从遥远无边的天际升起。
⑤烟光：飘忽缭绕的云霭雾气。

译文

独上高楼，伫栏长倚，细细春风迎面吹来，望不尽的春日离愁，黯黯然弥漫天际。碧绿的草色，迷蒙的烟光掩映在落日余晖里，谁能理解我默默凭倚栏杆的心意？

本想尽情放纵喝个一醉方休。与他人对酒高歌，才感到勉强求乐反而毫无兴味。我渐渐消瘦衣带宽松也不后悔，为了她我情愿一身憔悴。

赏析

这是一首怀人之作。词人把漂泊异乡的落魄感受，同怀念意中人的缠绵情思结合在一起写，采用“曲径通幽”的表现方式，抒情写景，感情真挚。

上片首先说登楼引起了“春愁”：“伫倚危楼风细细。”全词只此一句叙事，便把主人公的外形像一幅剪纸那样突现出来了。“风细细”，带写一笔景物，为这幅剪影添加了一点儿背景，使画面立刻活跃起来了。

“伫倚危楼风细细，望极春愁，黯黯生天际。”这首词开头三句是说，我长时间倚靠在高楼的栏杆上，微风拂面一丝丝一细细，忘不尽的春日离愁，沮丧忧愁从遥远无边的天际升起。他首先说登楼引起了“春愁”。

“草色烟光残照里，无言谁会凭阑意。”写主人公的孤单凄凉之感。前一句用景物描写点明时间，可以知道，他久久地站立楼头眺望，时已黄昏还不忍离去。

“拟把疏狂图一醉，对酒当歌，强乐还无味。”下片前三句是说，打算把放荡不羁的心情给灌醉，举杯高歌勉强欢笑反而觉得毫无意味。词人的生花妙笔真是神出鬼没。读者越是想知道他的春愁从何而来，他越是不讲，偏偏把笔宕开，写他如何苦中求乐。他已经深深体会到“春愁”的深沉，单靠自身的力量是难以排遣的，所以他要借助于酒，借酒浇愁。

“衣带渐宽终不悔，为伊消得人憔悴。”末两句是说，我日渐消瘦下去却始终不感到懊悔，宁愿为她消瘦得精神萎靡神色憔悴。为什么这种“春愁”如此执着呢？至此，作者才透露出这是一种坚贞不渝的感情。

这首词妙在紧扣“春愁”（即相思），却又迟迟不肯说破，只是从字里行间向读者透露出一些消息，眼看要写到了，却又煞住，掉转笔墨，如此影影绰绰，扑朔迷离，千回百折，直到最后一句，才使真相大白。在词的最后两句相思感情达到高潮的时候，戛然而止，激情回荡，又具有很强的感染力。

塞鸿秋·春情

【元】张可久

疏星淡月秋千院，愁云恨雨芙蓉面。伤情燕足留红线①，恼人鸾影②闲团扇。兽炉③沉水烟④，翠沼残花片。一行⑤写入相思传。

注释

①燕足留红线：曲出宋曾慥类说引《丽情集·燕女坟》：南朝宋末妓女姚玉京婚配敬瑜，敬瑜死后，玉京守志奉养公婆。常有双燕筑巢于梁间。一日，其中一只被鸷鹰捉去，另一只孤飞悲鸣，停在玉京臂上，似要与她告别。玉京以红线系燕尾，嘱咐明年再来做伴，明年燕子果然来到，此后相伴六、七年。到玉京病死那年，燕子也飞到坟地悲鸣而死。

②鸾影：据《异苑》，罽宾国王买得一鸾，三年不鸣。夫人曰："尝闻鸾见其类则鸣，何不悬镜照之。"王从其言，鸾睹影悲鸣，冲霄一奋而绝。

③兽炉：兽形的金属香炉。

④沉水烟：即沉水香，俗名沉香。一种名贵香料。

⑤一行：当即。

作者名片

张可久（约公元1270年–约公元1350年），字小山（《尧山堂外纪》记载：名伯远，字可久，号小山；《四库全书总目提要》记载：字仲远，号小山。），浙江庆元路（浙江宁波）人，元朝著名散曲家、剧作家，与乔吉并称"双璧"，与张养浩合为"二张"。张可久是元曲作家中作品最多者，数量之冠，传世、保存小令作品800余首。他的散曲集有《小山乐府》《张小山小令》《张小山北曲联乐府》等。

译文

疏疏的星，淡淡的月，冷冷清清秋千院，愁如云，恨似雨，布满芙蓉般的脸面。寂寞伤心，深情在燕足上系红线，对镜照芳容，形影孤单好烦恼，百无聊赖摇团扇。看香炉里烟气低沉，池塘中落花成片，这些景物都像一行行字句写入了相思传。

赏析

这是一首描写女子对男子相思之情的散曲，全曲含蓄但切情真意切。首句先描景渲染萧条凄楚的气氛，统领全曲的主色调。“芙蓉面”用得贴切形象，极言女子娇好的容颜，含蓄而准确。把女子的容颜喻为芙蓉，更添西施般娇柔之态，极需人之呵护。

第二句借以典故抒发对男子的思念之深切，含蓄而恰到好处地表达女子内心深处欲迸发出来的情感。“燕足留红线”取自宋曾慥类说引《丽情集·燕女坟》的典故感人至深，作者匠心独运，反其意而用之，增添无奈、凄楚之感。“恼人鸾影闲团扇”出自《异苑》中的罽宾国王与鸾的故事，类比见出女主人公抑郁难耐的心情，比平铺直叙的哭诉更显深刻而有力。

后两句寄纷繁的花瓣及沉香之烟以相思，草草结束相思之曲，却很好地把女子对男子的相思之意推向最高处。

全曲每句均押韵，读起来朗朗上口，真切动人，含蓄深远，是元曲中体现女子对男子之思的典范。

忆帝京[①]·薄衾小枕凉天气

【宋】柳永

薄衾小枕[②]凉天气，乍觉[③]别离滋味。展转数寒更[④]，起了还重睡。毕竟不成眠，一夜长如岁。

也拟待、却回征辔；又争奈、已成行计。万种思量，多方开解，只恁寂寞厌厌地。系我一生心，负你千行泪。

注释

①忆帝京：词牌名，柳永制曲，盖因忆在汴京之妻而命名，《乐章集》注“南吕调”。双调七十二字，上片六句四仄韵，下片七句四仄韵。

②薄衾（qīn）：薄薄的被子。小枕：稍稍就枕。

③乍觉：突然觉得。

④展转：同“辗转”，翻来覆去。《楚辞·刘向》：“忧心展转，愁怫郁兮。”数寒更（gēng）：因睡不着而数着寒夜的更点。古时自黄昏至拂晓，将一夜分为甲、乙、丙、丁、戊五个时段，谓之“五更”，又称“五鼓”。每更又分为五点，更则击鼓，点则击锣，用以报时。

译文

小睡之后，就因薄被而被冻醒，突然觉有种难以名状的离别滋味涌上心头。辗转反侧地细数着寒夜里那敲更声次，起来了又重新睡下，反复折腾终究不能入睡，一夜如同一年那样漫长。

也曾打算勒马再返回，无奈，为了生计功名已动身上路，又怎么能就这样无功而回呢？千万次的思念，总是想尽多种方法加以开导解释，最后只能就这样寂寞无聊地不了了之。我将一生一世地把你系在我心上，却辜负了你那流不尽的伤心泪。

赏析

这首《忆帝京》是柳永抒写离别相思的系列词作之一。这首词纯用口语白描来表现男女双方的内心感受，艺术表现手法新颖别致。是柳永同类作品中较有特色的一首。

起句写初秋天气逐渐凉了。“薄衾”，是由于天气虽凉却还没有冷；从“小枕”看，词中人此时还拥衾独卧，于是“乍觉别离滋味”。“乍觉”，是初觉，刚觉，由于被某种事物触动，一下引起了感情的波澜。接下来作者将“别离滋味”作了具体的描述：“展转数寒更，起了还重睡”。空床辗转，夜不能寐；希望睡去，是由于梦中也许还可以解愁。默默地计算着更次，可是仍不能入睡，起床后，又躺下来。

区区数笔把相思者床头辗转腾挪，忽睡忽起，不知如何是好的情状，毫不掩饰地表达出来了。“毕竟不成眠”，是对前两句含意的补充。“毕竟”两字有终于、到底、无论如何等意思。接着“一夜长如岁”一句巧妙地化用了《诗径·王风·采葛》中“一日不见，如三岁兮”的句意，但语句更为凝练，感情更为深沉。这几句把“别离滋味”如话家常一样摊现开来，质朴无华的词句里，蕴含着炽烈的生活热情。

词的下片转而写游子思归，表现了游子理智与感情发生冲突复杂的内心体验。“也拟待、却回征辔”，至此可以知道，这位薄衾小枕不成眠的人，离开他所爱的人没有多久，可能是早晨才分手，便为“别离滋味”所苦了。此刻当他无论如何都难遣离情的时候，心里不由得涌起另一个念头：唉，不如掉转马头回去吧。“也拟待”，这是万般无奈后的心理活动。可是，“又争奈、已成行计”意思是说，已经踏上征程，又怎么能再返回原地呢？归又归不得，行又不愿行，结果仍只好“万种思量，多方开解”，但出路自然找不到，便只能“寂寞厌厌地”，百无聊赖地过下去了。最后两句“系我一生心，负你千行泪”包含着多么沉挚的感情：我对你一生一世也不会忘记，但看来事情只能如此，也只应如此，虽如此，却仍不能相见，那么必然是“负你千行泪”了。这一句恰到好处地总结了全词彼此相思的意脉，突出了以“我”为中心的怀人主旨。

这首词“细密而妥溜”（刘熙载《艺概》），纯用口语，流畅自然，委婉曲折地表达抒情主人公之间的真挚情爱，思想和艺术都比较成熟。

秋风辞[1]

【汉】刘彻

秋风起兮白云飞，
草木黄落[2]兮雁南归。
兰有秀兮菊有芳[3]，
怀佳人[4]兮不能忘。
泛楼船兮济汾河[5]，
横中流兮扬素波[6]。
箫鼓鸣兮发棹歌，
欢乐极[7]兮哀情多。
少壮几时兮奈老何[8]！

注释

①辞：韵文的一种。
②黄落：变黄而枯落。
③秀：此草本植物开花叫“秀”。这里比佳人颜色。芳：香气，比佳人香气。兰、菊：这里比拟佳人。“兰有秀”与“菊有芳”，互文见义，意为兰和菊均有秀、有芳。
④佳人：这里指想求得的贤才。
⑤泛：浮。楼船：上面建造楼的大船。泛楼船，即“乘楼船”的意思。汾河：起源于山西宁武。
⑥中流：中央。扬素波：激起白色波浪。
⑦极：尽。
⑧奈老何：对老怎么办呢？

作者名片

刘彻（前156—前87），即汉武帝，西汉的第7位皇帝，杰出的政治家、战略家、诗人。刘彻开拓汉朝最大版图，在各个领域均有建树，汉武盛世是中国历史上的三大盛世之一。晚年穷兵黩武，又造成了巫蛊之祸，征和四年刘彻下罪己诏。公元前87年刘彻崩于五柞宫，享年70岁，谥号孝武皇帝，庙号世宗，葬于茂陵。

译文

秋风刮起，白云飘飞，草木枯黄大雁南归。

兰花、菊花都无比秀美，散发着淡淡幽香，但是我思念美丽的人的心情却是难以忘怀的。

乘坐着楼船行驶在汾河上，行至中央激起白色的波浪。

鼓瑟齐鸣船工唱起了歌，欢喜到极点的时候忧愁就无比繁多。

少壮的年华总是容易过去，渐渐衰老没有办法！

赏析

诗开篇写道：“秋风起兮白云飞，草木黄落兮雁南归。”阵阵秋风卸白云而飞，岸边的树木已不复葱郁，然而纷纷飘坠的金色的落叶，为秋日渲染了一副斑斓的背景。大雁苍鸣，缓缓掠过樯桅……短短两句，清远流丽。

胡应麟《诗薮·内编》卷三：“秋风百代情至之宗。”秋日乃惹人思情，虽有幽兰含芳，秋菊斗艳，然凋零的草木，归雁声声，勾起汉武帝对“佳人”不尽的思念之情：“兰有秀兮菊有芳，怀佳人兮不能忘。”此句写的缠绵流丽乃一诗之精华，正如张玉谷《古诗赏析》卷三：“此辞有感秋摇落系念仙意。怀佳人句，一篇之骨……”

“泛楼船兮济汾河，横中流兮扬素波。箫鼓鸣兮发棹歌”三句，竭力描写汉武帝泛舟中流、君臣欢宴景致。当楼船在汾河中流疾驶，潺湲的碧水，顿时扬起一片白色的波浪。在酒酣耳热之际，不禁随着棹橹之声叩舷而歌。

紧接着却出现了“欢乐极兮哀情多”。君临天下，当藐视一世，俯视天地之间，应慨然得意忘形尔。何来如此幽情哀音？王尧衢《古诗合解》卷一一语道破：“乐极悲来，乃人情之常也。愁乐事可复而盛年难在。武帝求长生而慕神仙，正为此一段苦处难遣耳。念及此而歌啸中流，顿觉兴尽，然自是绝妙好辞。”原来，即便是君王也免不了生老病死，眼前的尊贵荣华终有尽时，人生老之将至，所有一切也会随着死亡不复存在，所以又怎能不因为“少壮几时兮奈老何”而忧伤呢？

赋得[①]自君之出矣

【唐】张九龄

自君之出矣[②]，
不复理残机[③]。
思君如满月，
夜夜减清辉。

注释

①赋得：凡摘取古人成句为题之诗，题首多冠以“赋得”二字。“自君之出矣”是乐府诗杂曲歌辞名。

②君之出矣：夫君离家。之，助词，无实际意义。矣，了。

③不复：不再。理残机：理会残破的织布机。

译文

自从你离开家乡远行，我再不去动破旧织机。
想念你犹如天边圆月，一夜一夜减弱了光辉。

赏析

此诗是赋得体，无论是赋诗得题，还是赋诗得句，总之是拟作。自六朝至唐代，拟此者代不乏人。诗人拟之，自是一次学诗演练。

首句“自君之出矣”，即拈用成句。良人离家远行而未归，表明了一个时间概念。良人离家有多久，诗中没有说，只写了“不复理残机”一句，发人深思：首先，织机残破，久不修理，表明良人离家已很久，女主人长时间没有上机织布了；其次，如果说，人去楼空给人以空虚寂寥的感受。那么，君出机残也同样使人感到景象残旧衰飒，气氛落寞冷清；再次，机上布织来织去，始终未完成，它仿佛在诉说，女主人心神不定，无心织布，内心极其不平静。

以上，是对事情起因的概括介绍，接着，诗人便用比兴手法描绘她心灵深处的活动：“思君如满月，夜夜减清辉。”古诗十九首中，以“相去日已远，衣带日已缓”（《古诗十九首·行行重行行》）直接描摹思妇的消瘦形象，写得相当具体突出，而在这里，诗人用皎皎明月象征思妇情操的纯洁无邪，忠贞专一。“夜夜减清辉”，写得既含蓄婉转，又真挚动人。比喻美妙贴切，想象新颖独特，使整首诗显得清新可爱，充满浓郁的生活气息。

浣溪沙·谁念西风独自凉

【清】纳兰性德

谁①念西风独自凉，萧萧②黄叶闭疏窗③，沉思往事立残阳。

被酒④莫惊春睡⑤重，赌书消得泼茶香，当时只道是寻常。

注释

①谁：此处指亡妻。
②萧萧：风吹叶落发出的声音。
③疏窗：刻有花纹的窗户。
④被酒：中酒、酒醉。
⑤春睡：醉困沉睡，脸上如春色。

译文

是谁独自在西风中感慨悲凉，不忍见萧萧黄叶而闭上轩窗。独立屋中任夕阳斜照，沉浸在往事回忆中。

酒后小睡，春日好景正长，闺中赌赛，衣襟满带茶香。曾经美好快乐的记忆，当时只觉得最寻常不过，而今却物是人非。

赏析

上阕写丧妻后的孤单凄凉。

“谁念西风独自凉”从季节变换的感受发端。开篇“西风”便已奠定了整首词哀伤的基调。在西风吹冷、黄叶萧萧的冬天日子里，作者紧闭着窗子，独自觉得特别寒冷，但有谁关心呢？仅此起首一句，便已伤人心髓，后人读来不禁与之同悲。而“凉”字描写的绝不只是天气，更是词人的心境。

“萧萧黄叶”是秋天的典型景象。次句平接，面对萧萧黄叶，又生无限感伤，“伤心人”哪堪重负？纳兰性德或许只有一闭“疏窗”，设法逃避痛苦以求得内心短时的平静。“西风”“黄”“疏窗”“残阳”“沉思往事”的词人，到这里，词所列出的意向仿佛推向了一个定格镜头，凄凉的景物衬托着作者凄凉的回忆，长久地楔入读者的脑海，并为之深深感动。

下阕很自然地写出了词人对往事的追忆。

“被酒莫惊春睡重，赌书消得泼茶香。”两句回忆妻子在时的生活的两个片断：前一句写妻子对自己无微不至的体贴和关心，自己在春天里酒喝得多了，睡梦沉沉，妻子怕扰了他的好梦，动作说话都轻轻的，不敢惊动；后一句写夫妻风雅生活的乐趣，夫妻以茶赌书，互相指出某事出在某书某页某行，谁说得准就举杯饮茶为乐，以至乐得茶泼了地，满室洋溢着茶香。

最后一句“当时只道是寻常”。这七个字更是字字皆血泪。卢氏生前，作者沉浸在人生最大的幸福之中，但他却毫不觉察，只道理应如此，平平常常。言外之意，蕴含了作者追悔之情。

全词情景相生。由西风、黄叶，生出自己孤单寂寞和思念亡妻之情；继由思念亡妻之情，生出对亡妻在时的生活片断情景的回忆；最后则由两个生活片断，产生出无穷的遗憾。景情互相生发，互相映衬，一层紧接一层，虽是平常之景之事，却极其典型，生动地表达了作者沉重的哀伤，故能动人。

生查子·药名闺情

【宋】陈亚

相思①意已②深，白纸③书难足。字字苦参商④，故要槽郎读。

分明记得约当归，远至樱桃熟。何事菊花时，犹未回乡曲？

作者名片

陈亚（约公元1017年前后在世）字亚之，维扬（今江苏扬州）人。生卒年均不详，约宋真宗天禧初前后在世。咸平五年（公元1002年）进士。尝为杭之于潜令，守越州、润州、湖州，仕至太常少卿。晚年退居，有“华亭双鹤”怪石一株，尤奇峭，与异花数十本，列植于所居。亚好以药名为诗词，有药名诗百首，其中佳句如“风月前湖夜，轩窗半夏凉，”颇为人所称。药名词如生查子，称道之者亦多。

注释

①相思：即“相思子”，中药名。
②意已：谐中药名“薏苡”。
③白纸：指信笺。又谐中药名“白芷”。
④苦参商：谓夫妻别离，苦如参商二星不能相见。参星在西，商星（即辰星）在东，此出彼没，无法相见。

译文

自从与夫君离别之后，相思之情日渐加深，这短短的信笺，无法写尽我要倾诉的绵绵情意。信中的每一个字，都饱含着我的相思之苦，希望夫君仔细阅读，明白此情。

我清楚地记得分别时你我相约，你最迟于仲夏樱桃红熟之时回家。不知你被何事耽搁，已是菊花绽放的秋季，为什么还没有你回来的音信呢？

赏析

这是一首别具风味的药名闺情词。词中以深挚的感情和浅近的语言，别具一格、匠心独运地妙用一连串药名，通过闺中人以书信向客居在外的夫君倾诉相思之情的情节，抒写了闺中人思念远人的深情。

词的上片通过闺中人书信难表相思之深的描写，抒写她对丈夫的深情厚谊。“相思意已深，白纸书难足。字字苦参商，故要檀郎读。”这首词开头两句是说，自从与夫君离别以后，思念之情日渐加深，这短短的信笺，无法写尽我要倾诉的思情。信中的每一个字，都饱含着我的相思之苦，希望夫君仔细阅读，明白此情。上阕写书信难表相思之深，以见闺中人的浓情蜜意。

下片“记得约当归”前添上“分明”二字，更显出分手时的相约印象甚深。“分明”二句，写闺中人回忆当日分手时的情景：她一再叮嘱丈夫，最迟不要超过樱桃红熟时（指夏季）回家。但她等了又等，盼了又盼，却她终不见心上人回来。于是，她不禁爱怨交织地问道：“现连菊花都开了（指秋天），为什么还不回来呢？”这四句一气呵成，情味深长，含蕴不尽，可看作是信中内容的延续，也可看作是信外的心底思忖。词的下片，以怨詈口气，进一步抒写闺中人怀念远人的情怀；结尾出以反问，更显思念之深切。词中使用的药名，有“当归”“远至（志）”“樱姚”“菊花”“回乡（茴香）”等。